魔剣使いの元少年兵は、元敵幹部のお姉さんと一緒に生きたい
JN205366
支倉文度
Illustration：ox

サティス
ヒュドラ

オシリス
セト

アンジェリカ
レイド

魔剣使いの
元少年兵は、
元敵幹部のお姉さんと
一緒に生きたい

支倉文度
Illustration　ox

新紀元社

目次

第一章

第二章

第三章

第四章

第一章

（一）勇者パーティーにとって俺はただの殺戮者だった。

彼は天涯孤独の身で、五歳の頃から少年兵として武器を持たされた。
他国との戦争は勿論《もちろん》、凶悪な魔物との戦いにおいてもその能力を遺憾なく発揮し、その戦いぶりは凄まじく、十二になるまでに少年兵として挙げた戦果から『破壊と嵐《セト》』と呼ばれていた。

彼は唯一少年兵の中で魔剣適正があり、剣術だけなら大人顔負けである。
魔剣、それは不思議な力を宿した刀剣。
古いものになれば神話の時代までさかのぼるという。
無論誰にでも使えるというわけではない。
魔術師において魔力が必需であるように、魔剣使いにも素養が必要なのだ。
それが魔剣適正というものである。

文字通り、戦場に破壊と嵐をもたらした。
セトには戦いしかできなかった。

大人の兵に「突撃！」と言われれば突撃し、「殿《しんがり》を」と言われればその言葉の通りに動いた。

セトはそれしかできなかった。

戦場における雑用事はたいてい少年兵の役目なのだが、セトは戦う以外にはあまりにも不器用過ぎた。

本来ならその時点で大人たちに虐げられるのだが、魔剣適正があるおかげで、ある程度特別に扱われ、彼は武器の手入れを任されていた。

そう、セトにとっての『人との関わり』とはたいてい、戦場で大人の兵士たちとの間のものだった。

彼は気丈に振る舞い、ときには年相応の表情を見せながらも、戦場にて生き抜き続けた。

――セトはそれしかできなかったのだ。


ある日、彼は勇者のパーティーメンバーに抜擢《ばってき》される。

最近になって魔物の動きが活発になり、人々を脅かすようになったため、セトの戦闘能力に目を付けた『レイド』という歳若い勇者が決めたらしい。

国王も勇者の言葉に異論はなく、喜んでセトを同行させた。

――だがセトは旅の途中、突如としてメンバーから外されてしまう。

「セト、君をこのパーティーに入れたのが間違いだった」

「なぜ？　確かに雑務とか俺はできないけどさ……それでも戦闘では役に立ってるつもりだ！」

ある朝の湖の畔《ほとり》。

ほかのパーティーメンバーが準備を進める中、勇者レイドに連れられふたりで話すこととなった。

そのときに告げられた失望の言葉。

これまでさまざまな敵を倒し、もう魔王の領地も近くなってきたころだった。

「君は戦闘能力は高い。正直それには驚いている。だが君には戦いしかない。殺すことしかない。ほかのことはてんでダメ。他者への尊厳や協調性が欠如しているとしか思えない」

「……魔王を殺すために行くんだろう？　戦う以外になにがあるんだ？」

「確かにそうだ。でも君は炊事も荷物持ちもロクにできない。今の君は……人も魔物も関係なく襲うただの殺戮者だ！」

「俺が不器用なせいで雑務をロクにこなせていないのは悪いと思ってるよ。でも戦いは殺戮だろう？　相手は自分たちを殺しに来てる……だったら殺さなきゃこっちが殺される！」

旅の途中で出会う敵は魔物ばかりとは限らない。時には人間もいる。

野盗や敵国というさまざまな立場の人間が勇者パーティーに襲い掛かる中、勇者一行はセトの残虐性に思わず息をのんだ。

彼は顔色ひとつ変えずに、手に持った魔剣で敵を斬り殺した。

命乞いをする者にも、怯えて逃げ出す者にも躊躇《ちゅうちょ》なく平等に……。

相手が勢いのあまり肉塊《オーバーキル》になってしまうことも多々見られた。

そのあまりにも非人間的な光景を見たパーティーメンバーにとっては、セトは魔物より悍《おぞ》ましい生き物のようだった。

「これは人類を救うための旅なんだ。殺戮じゃない！　悪の力ではなにも解決しないんだ！」

「なにが違うんだ⁉」

「……もういい。君がこんな残虐な人間だとは思わなかった。今日限りで君をパーティーメンバーから外す」

「待ってくれよ！　これからどうしろって言うんだ……ッ！」

「自分で考えればいい。たまには人に頼らず自分で考えて動いてみなよ。……もっとも、君の場合は殺すしか能がなさそうだから、野盗にでもなりそうだけどね。……もしもそうなったら、僕らは全力で君を潰すッ！」

勇者は睨みをきかせて足早に去っていく。

セトは呆然としたまま、その場に立っているしかなかった。

時間だけが過ぎていき、もうじき昼となったころ、セトはようやく動いた。

トボトボと右も左もわからぬ土地を彷徨《さまよ》い歩く。

「腹減った……どうしよ、朝飯食ってねぇ」

そうだ、森に入ろう。森は食べ物の宝庫だ。

しかし生で食べるか焼くかそれくらいしかできない。

だが腹の足しにはなるだろう。

そう思い森の中へと入ることに。

鬱蒼《うっそう》とした静けさを孕《はら》む森は、外界とは完全に隔離されていた。

ひんやりとした空気がセトの頬を撫でて、注意を払いながら低い姿勢を保ち歩く彼を、より緊張させた。

（鳥の声と草木が風に揺れる音……あと、なにか聞こえるな。動物か、それほど大きくは……ない？）

太ももに装着してあるナイフを抜き取り、逆手に持って構える。

案の定、近くの茂みから音が聞こえた。だが現れたのは思わぬ存在だった。

「あ、アンタは……ッ!!」

それは魔王軍の幹部で最初に戦った相手サティス。

肩までかかるピンク色の髪を後ろに束ね、可愛げのある眼鏡をかけたスラリと背の高い女魔人。

二十代くらいの人間のような姿で、胸元が開いた扇情的なレオタード風のコンバットスーツを着こなし、女としての自信と艶美さに満ちている。

ハニートラップは勿論、魔術での攻撃もお手の物。

何度も戦い退《しりぞ》けたが、それでも向かってくる彼女の強《したた》かさに骨を折ったものだ。

だが、今の彼女にはそんな面影もなかった。

スーツは至るところが汚れて破けている。

これは殴られたり蹴られたりしてできた跡だ。

あの宝玉のように美しい白い肌は血や泥で汚れ、所々に痣《あざ》もある。

掛けている眼鏡は割れて、あれだけ明るかった彼女の表情は抜け落ちてしまったようだ。

まとめていた髪の毛も、今はだらしなく肩まで下がっており、他人を見下していた目には光がない。

小汚い軽口を放っていたその唇は、やや開いた状態で髪の毛が引っ掛かっていた。

「サティス！」

なにかの罠かと思い、セトは普段は空間に納めている魔剣を召喚。

左手にナイフを持ち換えての双剣術でジリジリと間合いを取りながら彼女を睨むが、サティスは一向になにもしてこない。

光の消えた瞳でずっとセトを見つめながら。彼女は佇んでいる。

「……？」

いつまで待っても攻撃すら仕掛けてこないサティスに、セトは怪訝な表情を浮かべるばかり。

「なぁアンタ……」

「……」

語りかけても返事はない。ただこちらを力なく見つめてくる彼女に、セトは戸惑いの色を見せ始める。

そして、ついにサティスはその場へ前のめりに倒れ込んだ。

「お、おい‼」

倒れたままぐったりとしたままのサティスにセトが注意深く近寄ると、彼女は気を失っていた。

元勇者パーティーのメンバーにして魔剣使いの少年兵セト。そして、魔王軍の女幹部サティス。

この森で彼らが運命とも言える出会いを果たしたことを、このときまだ誰も知らない。

(二) 饒舌で強気だった女幹部は随分と変わってしまった……。

サティスはうつ伏せのまま動かない。

黒いストッキングのような質感の布に覆われた美脚にも多数の傷があり、背中には鞭で打たれたような痕《あと》もあった。

あの艶美で豊かな胸は彼女の自重と地面に挟まれ、横に広がるように潰れている。

それほどまでに脱力し、ひどいダメージを負った彼女には、もう言葉を話す余力さえもないようだ。

「……どういうことだ？　一体なにが起こってるんだ」

セトは困惑しながらも魔剣を空間に納める。

周りに敵の気配はない。

彼女はひどい暴行を受け、自力でここまで来て倒れたようだ。

ということは、魔王軍の内部でなにかがあったか。

「……確かめてみる必要がある、かな？」

もう勇者パーティーのメンバーではないが、なんとなく気になった彼は、サティスをいったん助けることを選んだ。

だが助けたところで、何事もなかったように不意打ちなどをしてくる可能性もある。

そのあたりを十分に注意しながら彼女を担ぎ、森の中を歩き始めた。

するとちょうどいいところに小屋を見つける。

簡易式だが寝床もあった。

そこに彼女を寝かせて、セトは食料と水の調達へと出かけた。

（まだ油断はできないけど……サティスから事情を聞いてみないとな）

迷わないように木々にナイフで傷をつけマーキングしながら森を歩いたのだ。

一時間ほど経ってようやく小屋へと戻って来た。

（よし、魚に鹿の肉、水。食料は確保できた）

扉を開けると、サティスがちょうど目を覚ましたところだった。

虚ろな瞳で天井を眺めながらぼんやりとしている。

「目が覚めたみたいだな」

セトが収穫物を床に置いて声を掛けると、彼女がこちらを向く。

その直後、サティスは驚いたように飛び起きた。

「きゃぁああっ⁉」

それを敵対行動だと思ったセトは、すぐさまナイフを引き抜き切っ先をサティスに向ける。

「動くなッ‼」

またしても場に緊張が走る。だがサティスの様子が変だ。

怯えるように布団を抱きしめて、ガタガタと震えている。

「やめて……イヤ。もう……許して……やめて……」

力なく呟くサティスの様子にセトは既視感があった。

戦場で心を壊した少年兵だ。彼らと同じように、サティスの心は壊れていた。

敵対心はなさそうだが、突発的になにをしでかすかわからないというのがまた恐ろしい。

とりあえずナイフをゆっくりと太ももの鞘に納めながら、セトはサティスを宥《なだ》める。

「わかった、なにもしない。だから、落ち着いてくれよ……」

「ヤダ……ヤダ……ッ」

「あぁ、もう……。よしこれでどうだ？」

セトが用意したのは近くにあった四角い大きなテーブル。

それをバリケードのように横向けにしてその陰に隠れた。

少しだけ顔を覗かせながら、彼女に語り掛ける。

「姿が見えてるよりずっといいだろ？」

この奇妙な行動にサティスは一瞬呆気にとられながらも、やがて落ち着きを取り戻した。

だがそれでも怯える目は変わっていない。

「ハァ……ハァ……勇者連中のトコのボーヤ、ですよね？」

「そうだ」

「アナタ、私を罠にはめて殺す気なんでしょ？」

「俺にそんな脳みそがあると思うか？　ましてやアンタを騙すなんて無理だ」

テーブル越しに会話していくふたり。

「……こんなところでなにをしてるのです？」

「別になんだっていいだろ。もう俺は……勇者一行のメンバーじゃない」

「え……？」

サティスは意外そうな顔で呟く。

セトは戦闘に於いては脅威であった。

戦いになれば最前線に立ち、その魔剣で斬って、斬って、斬りまくる。

勇者一行といたときは、サティス自身、彼の猛攻に恐れを抱いていたのだが……。

「いろいろあったんだ。……アンタはどうなんだ？」

「わ、私は……」

サティスは俯くようにして黙ってしまった。言いたくないらしい。

いつもは饒舌《じょうぜつ》で元気にこちらを罵倒してくる彼女がこうも暗いと、セトでさえも調子が狂う。

とにかくサティスは、今完全に無力な状態だ。

魔術の才能に長《た》けた彼女の身体から魔力がほとんど感じられないのだ。

「なぁアンタ、飯は？」

「いりません」

そう言って彼女は再び寝転び、布団で全身を覆ってしまった。

それ以上聞くことができなかったセトは、仕方なく自分だけでもと、本日の食事にありつく。

「……さて、火を起こすか」

まずは魚だ。

魚を焼いて食べる。

そして次に鹿の肉。

これは、美味《うま》い。

焼き魚に焼いた鹿の肉、焼きモノばかりだが腹と心が満たされていくのがわかる。

「ふぅ、食った。残りは保存しておいて……また、狩りに出かけなきゃな」

サティスはベッドから出る気配はない。

被った布団の中で泣いているのがわかった。

小屋にて一日目。

それから夜になるまで、ふたりの間に会話すらなかった。

(三) 俺は彼女から話を聞いた。その凄惨な事情を。

夜の森は、日中と比べて、余計に暗さを増す。

ほとんどの生き物が息を潜め、または眠りにつく中、梟《ふくろう》といった夜行性の動物が活動を始め、地を這い宙を飛び、獲物を狙うのだ。

何千年と昔から続くこの森のサイクル。それは人類が長い戦乱の歴史を築いてきても、なお変わらない。

そして彼らにとって変わらぬ日常の中に、異物たる存在がふたり。

明かりを外に漏らす山小屋で、森の住民とはあまりに程遠い存在が、その中で目立っていた。

「わぁああッ!!?」

「うおッ!?」

飛び起きたサティスに驚き、飲もうとした水を思わずこぼしてしまったセトは、またしてもテーブルの裏に隠れるとサティスに声をかけた。

「ど、どうした……?」

「……いや、別に」

サティスの呼吸が荒い。なにかに怯えるように表情を歪ませながらも平静を装おうとしていた。

悪い夢でも見ていたのだろうか。

「サティス、アンタどうしちまったんだよ。俺らのこと、あんなに見下してたのに……」

そう、今やそのときの様子は見る影もない。

彼女は以前のサティスとはまるで別人だ。

ここまでかつての敵が豹変すると、逆に心配にもなる。

そんなときサティスはゆっくりと語り始めた。

「アナタたちのせいですよ」

「え？」

「……と、言いたいところだけど。実際は私の自業自得です」

彼女は幾度となく勇者一行の前に立ちはだかり、その知略と魔術で挑んできた。

勇者討伐の任務を彼女はたびたび自ら魔王に志願したものの、そのたびに勇者から退けられ、任務失敗の経歴を重ねていくことに。

魔王からは失望され愛想をつかされただけでなく、処刑まで言い渡された。

執行は今日の朝だ。本来彼女は今日この日死ぬはずだったのだ。

魔王は彼女が激しく後悔してから死ぬようにと、彼女から幹部の職を剥奪《はくだつ》し、あろうことか魔王軍のほぼ全員にリンチにさせた。

殴る蹴るだけでなく、鞭打ち、高圧電流、木馬責めなどの屈辱的な拷問も受けたのだ。

サティスにとってなによりきつかったのが、自分よりも格下の存在である魔物たちにも何度も踏みにじられたことだった。

彼女の心はここで破壊されていき、ついには目に映る現実すべてが恐怖《フィアー》となった。

そして朝方になって、処刑されることを恐れたサティスは脱走。

魔王の領土より命からがら逃げだし、この森でセトと出会った。

「そんな、ことが……ッ」

「私は……魔王様の信頼を裏切ってしまった。あろうことか、死ぬのが怖くて逃げて……」

彼女は笑っていた。だがその笑顔はセトや勇者たちが知るそれではない。

以前の彼女からはかけ離れた悲しい微笑みだ。

「じゃあ、俺のことも話すよ」

「別にいいですよ。ボーヤの話なんて面白くなさそうですし」

肩を竦《すく》めるように軽く笑って見せるサティス。

セトは横向けに立てたテーブルにもたれかかるように、その場に座った。

「俺は勇者パーティーから外された」

「日中に聞きましたね」

「……俺は、殺戮者だそうだ」

「え……？」

セトは自分の経歴を語りだした。少年兵として戦場を駆け巡っていたこと。

そして、自分の価値観がどれほど周りと違うか。

戦う以外に道を見出せなかったか。

「……――とまぁ、上手《うま》く説明できたかはわからないけど、それが俺だ」

テーブルの向こう側にいる彼女は黙っていた。

どういう表情で聞いているのかわからなかったが、セトはそのまま続ける。

「物心ついたときから、俺は大人たちに〝戦え〟って言われてた。言うことを聞かないと殴られるし、それが嫌だからずっと従った。魔剣適正？　っていうのがわかってからは、大人たちは少し優しくなった。大人の決めたこととかはあんまりよくわからなかったけど……優しくしてくれるならそれでって……」

　そのあとは話したとおり、大人に命令されるがまま戦場で殺してきた。

　時には敵に捕らえられ拷問もされたが、けして口を割らなかった、それが命令だから。

　ずっとセトの話を聞いていたサティスだが、ここでようやく口を開く。

「ねぇ」

「ん？」

「少年兵、って言いましたよね？」

「言ったな」

「確かアナタの国やその周辺諸国では、宗教上の規定で少年兵は禁止されているはずですよ？　なのにアナタは……」

「あぁー……でも大人たちが普通に少年兵《おれたち》を使ってるんだから……別にいいんじゃないか？　難しいことはわからないし、余計なことを考えずに黙って従えって言われてた。それに、敵の国と戦ってるとしょっちゅう見かけるよ。……新兵、なのかなぁ。すっごく怖がってた……でも、殺さないと殺されるし、大人たちだって怒るから……」

　再び彼女が黙る。

　なにか傷付くようなことを言ってしまったかと、セトは少し不安になるが、待っていると、彼女は話しかけてきてくれた。

「アナタは……こんなことを私に話してもいいのですか？」

「いいさ、別に。……王国への帰り方なんてわからないし、そのための準備もない。仮に帰れたところで、俺はきっと殺される。……それくらいわかるさ。俺は所詮、魔剣適正があるだけの兵士だ。死んだら死んだで、あの国には有能な大人たちがいっぱいいるから、俺ひとりいない程度で揺らがないし。……それに帰る家もないし、待っている家族もいない。誰も俺のことなんか心配してないよ」

なぜだろうか？

セトはふと疑問に思った。こんなにも自分の過去を話したことはない。

なのに今夜の自分はやけに語りたがる。

似たような境遇にいるサティスに、シンパシーを感じたからだろうか。

「そう……」

彼女は窓から月光に照らされながら短く答えた。

空からの光は、森を分け隔《へだ》てなく照らし、夜行性の動物たちの道しるべとなっている。

だが、今のこのふたりの未来にはそんな道しるべなど存在しない。

お互い帰る場所もない哀れな渡り鳥だ。

「寂しくはないのですか？　大勢の人に見捨てられたのですよ？」

「わからない……。なぁ、こういうとき大人はどうするんだ？」

「……私にも、わかりません」

彼女の穏やかな口調を最後に会話は途切れ、おのおの眠りについた。

サティスは布団に包《くる》まりながらまだ幼い彼が身を隠してくれているテーブルをじっと見ていた。

テーブルの向こう側でセトは寝息を立てている。

大きめの布に身を包み、三角座りで眠っているのだ。

「……わからない、本当にこういうときどうすればいいかわからないんですよ」

サティスはそう呟いて目を閉じる。

不思議と夢は見ず、落ち着いた睡眠をとることができた。

(四) 目覚めた彼女はどこか綺麗で……思わずドキッとした。

元少年兵の朝は早い。

朝は決まった時間に起きるという兵士特有の生活リズムが、セトの意識をすぐに覚醒させた。

最初、訓練に遅れないように早く行かなくてはと思ったが、寝起きの頭で現実を思い出す。

自分にはもう帰る場所はないのだ、と。

「サティスはまだ寝てる……よし、これより偵察に入る」

任務口調でぼそぼそと呟きながら、小屋からゆっくりと出た。

偵察とは言ったものの、実際はただの散歩だ。

早朝の森の空気を吸ってみるのもいいかもしれないと、セトは少しだけ心を躍らせた。

いつもは訓練で森に入ることがあっても、こうした落ち着きあることはできなかったからだ。

「ん、あれは果物か。よし、美味そうだ」

木の上になる果実をよじ登って取りに行くことは、彼の身体能力を考えれば造作もない。

猿《ましら》のような速さでよじ登り、甘美な香りを放つ実を五個ほど取った。

掌《てのひら》ほどある大きさの実を見て、満足げに微笑む。

まさかパーティーを追い出されてから、こうした恵みを授かるとは思ってもみなかった。

彼は果物を袋に詰め、散歩から帰る。

「今日の朝食は豪勢にこの果物をふたつ食べてだな……ん？」

小屋が見えたところで、彼は音を立てぬよう突如としてその場に伏せ、匍匐前進《ほふくぜんしん》を始める。

草陰から小屋を見ると、外に出たサティスがまだ虚ろな瞳で佇んでいた。

早朝の森の空気に肌を湿らせながらぼんやりと立つ姿は、敵だったころの彼女とはまた違った美しさがあった。

静かなサティスの姿に、セトは思わずドキリとした。

彼女のコンバットスーツや眼鏡は、一晩寝て回復した魔力で直したのか、すっかりと元通り。

傷や痣《あざ》も消えており、髪の毛は以前と同じように後ろに綺麗に束ねてある。

しかしただでさえ露出度の高い衣装のため、この雰囲気と合わさって別の妖艶さを放っている。

(起きたのか……。でも一体どうしたんだ？　あんなところにじっとして)

なぜ彼女が出てきたのかもわからず、そのまま伏せて見ていた。

外の風景をじっと見つめるサティスと、それを草陰で伏せながら見ているセト。

奇妙な構図のまま数分が経過する。

彼女は唐突に溜め息を漏らすと、なんとこちらに向けて手をかざした。

「なッ、うわぁ!!」

草陰に隠れていたセトが彼女の操る魔力で、いとも簡単に持ち上げられてしまった。

そして放り投げられるように彼女の足元へと。

「……女性を陰からジロジロ見るなんて感心しませんね」

「うぐぐ、なぜわかった?」

「舐めないでください。これでも元幹部ですので」

呆れたように言い放つと、彼女はセトが持つ袋を見る。

中からは果実が転げ落ち、そのうちのひとつがサティスの足元に。

「これ……もしかして私に?」

「え、アンタも食うのか? ……偶然見つけたんだ。朝食にはちょうどいいと思って」

土を払いながら立ち上がる。

サティスの表情が少しだけだが明るく感じ取れた。

果物を拾い上げまじまじと見つめる彼女の瞳に、若干輝きが戻っている。

「……アンタ、果物好きなのか?」

「ええ、肉なんかよりもずっとね」

「魔物は肉を食うとばかり思ってた。そうか、なら一個アンタにやる」

今度はサティスが驚いたような表情になる。

「くれるんですか……？」

「あぁ、まだ四つある。……なにか変か？」

「いえ、なぜ私を助けただけでなく……こんな施しを？　敵同士、ですよね？」

「言っただろ。俺はもうパーティーメンバーじゃない。国に帰ることができても恥さらしとしてきっと殺される。もう……帰る場所も国もないんだ。もう誰が敵で誰が味方だのは関係ない」

「……私を拷問にかけて国への帰り方を聞き出し、幹部だった私を国王に引き渡せば……少なくとも極刑は免れるのでは？」

彼女の言う通りかもしれない。サティスを捕えて王国へ引き渡せば、もしかしたら。

「……いや、もういい」

「ボーヤ……帰る場所がなくなったのに、どうしてそこまで冷静なの？」

「自分でもわからない。戦場で孤立しながら戦ったこともあるから、かな？」

セト自身、この達観した感情の謎は解けない。

勇者は国王から絶対的な信頼を得ている。

そんな彼がパーティーを追い出されるということは、国王の期待を裏切るということ。

「パーティーメンバーから外された時点で俺は国賊って奴になるんだろうさ。そう思うと……なんか、な」

セトの言葉にサティスは絶句する。

おおよそ十二歳の子供が語る内容ではない。

今彼がいる状況は、大人はおろか並の精神では耐えられない極地にいる。

そんな彼の胸中にあるのは、恐らく〝諦観〟の念。

自覚こそしていないが、少年兵という地獄の人生で、心が摩耗《まもう》している。

「……そう。私と、同じですね」

「そういや……そう、かな」

またしても気まずい雰囲気が流れようとした直後、セトとサティスは近くに複数の魔物の気配を感じた。

「魔物、か……⁉」

油断して敵の接近を許してしまったと、セトがふと彼女のほうを見ると、驚くべきことが起きていた。

「ぁ……ぁあ……ッ！」

果物を落とし、ワナワナと震えながらサティスは立ち竦んでいた。

自分の身体を抱きしめるようにして腕を回し、寒さに凍えるように身を縮こまらせている。

瞳孔は小さく収縮し、ガタガタと揺れて視点がおぼつかない。

まるで戦場にトラウマを抱く兵士のようだった。

彼女の脳内では、あの一夜が何度も繰り返されていたのだ。

魔王の幹部として、そして実力者のひとりとしての誇りやプライドすべてを一気に砕ききったあの恐ろしい一夜が。

「ひッ！　ひぃ……ッ！」

（く、動けないか）

そうこうしている内に魔物たちに囲まれる。

ふたりよりも大きく、大きなイノシシのような奴や、蜘蛛のような凶悪な見た目の奴もいた。

総勢三匹。サティスの様子を見ると戦えそうにはない。

「おぉ、これはこれは……ククク、サティス様ではございませぬか」

「本当だ、処刑直前で逃げ出した恥知らず！　……それと、このガキは確か勇者一行の中にいた者か」

サティスに侮蔑《ぶべつ》と嘲笑を向ける魔物たち。

彼らの姿を見てサティスは俯《うつむ》くようにして震えている。

「人間の気配と、なにやら覚えのある気配があるから来てみたら……ククク、これは好都合！　貴様など、ここで喰らってやろうぞ！」

魔物たちが一気に下卑《げび》た笑いを張り上げた。

「喰らう前にもう一度……サティス様よぉ。アンタをいじめてぇなぁ？　魔王軍紅一点のアンタを嬲《なぶ》るのは最高だったぜ？　お陰で女というモノを嬲るのが好きになりそうだ。グヒャヒャヒャヒャヒャッ!!」

下劣な笑い声がさらに彼女を居竦ませた。

今となっては魔王軍幹部としてあれだけの威勢を示していたのが嘘のようだ。

トラウマと現実の板挟みになり、恐怖のあまり動けなくなったサティスを横に、セトは魔物たちを睨みつけたまま動かなかった。

口を一文字にし、ずっと喋り倒す魔物たちの身体をじっと見ている。

「クハハ！　小僧めが！　我々に恐れをなして、だんまりを決め込んでおるぞ！　ホレ小僧、その女に助けを求めてみよ。もう戦えぬ臆病者であるがなぁ‼」

またも大笑いをする魔物たちを前に、セトは退きも進みもしなかった。

なにも喋らず、ただじっと魔物たちを睨みつけている。

「……フン、カカシのように突っ立っているだけか。もうよい、その女と共に死ね‼」

魔物たちが攻撃態勢に入る。

サティスが思わず悲鳴を上げる中、セトがようやく口を開いた。

それはこの状況には似つかわしくない穏やかな口調だった。

「大丈夫だ」

この一言がサティスの中に響いた。

(五)　俺は血の雨の中でアンタを守ろう。

「小癪《こしゃく》な小僧めが！」

イノシシのような魔物が突進してくる。

巨大な大砲から発射された砲弾のように、その巨体をセトに向けて、地面を轟《とどろ》かせながら疾走してきた。

互いの距離はそこまで離れていない。魔物特有の強靭《きょうじん》なバネで初速は抜群。

このままいけばふたりまとめてひき殺される。

だが魔物にとって思わぬ事態が起こった。

「抜剣……」

セトがこう呟いた直後、互いの距離が二メートルとなった地点で魔剣が飛び出る。

しかもそれはセトの手元ではなく、魔物の足元からだ。

「ぐぎゃあッ!!」

勢いよく魔剣が腹に突き刺さったまま魔物の巨体が宙に浮く。

それと同時にセトも跳躍し、宙でひっくり返った魔物の腹から魔剣を引き抜くや、その勢いからの唐竹割《からたけわり》。

魔剣が威力と風圧を孕んで、かの魔物の胴体を真っ二つにする。

血飛沫《ちしぶき》を周囲に撒《ま》き散らしながら、ふたつの肉塊となった魔物は地面に落下した。

「な……にぃ!?」

ほかの魔物もサティスも、この光景に驚愕の表情を浮かべる。

無言の少年兵は着地するや、血振《ちぶ》りを行い、刀身にぬらついた血を飛ばした。

その後すぐに太ももの鞘からナイフを引き抜き、逆手で構える。

彼独自の双剣術の構えで残った魔物を見据えた。

「この……ッ！」

大猿のような魔物と蜘蛛のような魔物が同時に飛び掛かる。

「ボーヤ、逃げなさいッ!!」

サティスは思わず叫んだ。

あの魔物たちはほかの雑魚《ざこ》とは違う。

いくら魔剣使いとはいえ二匹同時には無茶だ。

小さな身体がふたつの禍々《まがまが》しい巨体に飲み込まれようとした、そのとき。

「がら空きだ」

セトの無感情な声が小さく響く。

魔剣使いの少年兵としての彼の本質。

——殺戮だ。

「ぐがぁ⁉」

「ぐわあっ!!」

セトが大猿の足元までダッシュし、逆手に持ったナイフで、膝関節の軟骨部を器用に鋭く突き刺す。

大猿が怯《ひる》んだ隙に、大猿の図体に阻《はば》まれ若干動きを鈍らせていた大蜘蛛の右側の足すべてを、回転するコマのように動いて斬り裂いていった。

逆手に持ったナイフと魔剣は旋風となって、二体の魔物を飲み込んでいく。

それぞれが絶叫と轟音とを上げて倒れるも、まだ死んではいない。

ここでセトは魔剣の力を解放する。

刀身は赤く染まり、それに呼応するかのように、セトの瞳も赤く染まった。

セトの姿が一瞬にして消えて、次の瞬間にはサティスを守るように彼女の目の前に現れる。

彼が姿を現してから、少し遅れて真っ赤な無数の斬撃が魔物たちを襲った。

「ぐぎゃぁぁあぁッ⁉」

断末魔の悲鳴を上げながら魔物たちは肉塊へと変化していく。

これらの戦闘は、ものの数分の出来事であった。

セトは呼吸を整え、『サムライ』と言われる異国の剣士のように、血振りをした後に鞘に納めるような動作で魔剣を空間へと戻した。

「……ボーヤ」

サティスはズレた眼鏡を直しながら、恐怖から脱していく。

セトがサティスのほうを向くが、そこには喜びも悲しみも見当たらない。

ただひたすらに《空虚》だ。

殺戮に喜びを見出しているわけでもなければ、なにか特別な感情を抱いているわけでもない。

事務的に、作業的に、戦いの末に敵を滅した『殺し』の顔だ。

ただ冷たい無表情だった。

「……怪我はなかったか？」

「え、えぇ」

「よかった。……ここも危ない。やっぱり魔王領の近くだと強い魔物が出るな」

やっと見つけた小屋という安息の場所。

この森には思いのほか食べ物がいっぱいある。

だが、これでは……。

「ねぇ」

「うん？」

「助けて、くれたの？」

「……敵が来た、殺さなきゃ殺される。……殺されるのは、死ぬのはやっぱり嫌だ。アンタもそうじゃないのか？」

端的にこう言った。

その言葉に困惑の澱《よど》みは見られない。

静かにセトは迷いなく答えた。

死ぬのは嫌だ、だから殺した。

戦場で生きてきた者ゆえの理屈だ。

「そう、ですね。死にたくはないです。でも……今の見たでしょう？　もう昔の私じゃない。自分より格下の魔物にビクビク怯えて、さっきも身動きひとつとれなかったんです……笑っちゃうでしょう？　あれだけアナタたちを見下して罠にはめて、貶《おとし》めてきた女が……こんなみっともない姿をさらすなんて」

落ち込む彼女を無表情で見つめるセト。

こういうときには気の利いた言葉をかけるものなのかもしれないが、限られた対人関係でしか生きてこなかった彼にはそんなことはまったく思いつかない。

しかし、なぜかセトは今の彼女を放っておくことができなかった。

「なぁ、アンタにとって戦場はどんなところだ？」

「戦場ですか？　なんですか急に……」

「いいから」

「……昔の私にとっては、自分の力を試せる場所。かつ敵が苦痛に歪む姿を見て楽しむ場所でもありました。……実際楽しかったですよ。人間たちが私たちの圧倒的な力に圧されて苦しむ様《さま》は」

サティスは力なく笑う。

今となっては過去の栄光として、これまでのプライドは虚空に消えた。

眼鏡の奥の瞳は、虚脱感と絶望で満たされていた。

未来を絶たれた元魔王軍幹部の女魔人の笑みは、自嘲によって悲しみに歪んでいる。

「こんなに弱い自分とは知らなかった」

サティスのやるせない表情を見て、セトは少しばかり沈黙する。

「……戦場での出来事や拷問で無力感を覚えることはよくあることだ。アンタのような大人でも、受けたストレスでなにもできなくなる。俺は大勢それを見てきた」

「人間はそうでしょうけど……私は魔人ですよ？　人間より遥かに強くて……」

「……戦いに魔人も人間も関係あるのか？　同じだろ、殺し合うんだから。俺もそうだった。……子供も大人も、皆戦場で心を壊した。……俺はそういう奴を笑ったり馬鹿にしたりはしない」

セトはまっすぐサティスを見据えて答える。

彼の瞳には一切の曇りはなく、ありのままの彼女をその中に映し出していた。

「……アナタって変な子ですね」

「よく言われる。俺にはなんのことかさっぱりだが」

「でも……助けてくれたのは恩に着ます。いつも突っ走ってくるだけのイメージでしたが、ああいう戦い方もできたんですね」

「魔物がベラベラ喋っててくれたから、観察する時間はたっぷりあったんだ」

「そう……。私の観察不足、か。たとえこのまま敵対していたとしても、いずれ私はアナタに斬られていたかもしれませんね」

サティスは軽く深呼吸し、先ほどとは違って落ち着いた笑みを浮かべる。

自分のプライドの高さや、武功を上げるのに必死だったせいで、今までなにも見えていなかったのかもしれない。

そう考えると、少しばかり楽になった。もう必死になって戦う必要はないんだ、と。

「これからボーヤはどうするんです？」

「具体的には決めてないけどさ。俺は……旅をしてみようって思うんだ。昔ある傭兵の人に一回だけ話を聞いて、旅に憧れててさ。んで、いつか自分の家を持つんだ！　……なぁ！　サティスも一緒に来ないか！」

「え、でも……、私……」

「アンタも行くところないんだろ？　どうだ？」

セトが旅と口にした瞬間、瞳に年相応の無邪気さが垣間見られた。

戦いの中では目にしなかったセトの見慣れぬ表情に、サティスの心が動く。

「いいんですか？　私、アナタにひどいことといっぱい言ったり貶めたりしましたよ？」

「戦いだったんだ。お互い憎み合うしかなかった。仲良し同士で殺し合いなんてできない。それに、悪口を言って相手の心を揺さぶって、隙を作るのも立派な戦い方だと思うぞ？　……俺はあんまりできないけど」

「クス、本当に面白い子。わかりました……一緒に行きましょう。あ、そうだ。ボーヤ、名前は？」

「俺か？　……俺は、セト。皆からはそう言われてる」

「セト……『破壊と嵐』という意味ですね。あらためまして、私はサティスです。よろしくお願いしますね。〝セト〟」

こうしてふたりは、この森から旅立つためにサティスの案内のもと歩きだした。

（六）俺たちはこれからを生きる、そのためにはまずは風呂！　……らしい。

「アナタは、ショックじゃないんですか？　自分のすべてを否定されて……パーティーから追い出されたのは」

「ん〜、なんだ？」

「ねぇセト」


「ショックだよ。今でも泣きそうなんだ」

しかしその割にはキビキビ動いているセトに違和感を感じて、サティスは苦笑いを浮かべた。

森を歩いていくときは常に姿勢を低くするようにして、周りに細心の注意を払っている。

先ほどの戦闘ゆえか、彼はずっと落ち着きがない。

「そうは見えませんけどねぇ。あと、その体勢やめません？」

「まだ魔王領が近い、もしかしたら暗殺弓兵《スナイパー》がいる可能性がだな……ホラ、サティスも伏せるんだ」

「いませんよ、こんなところに。そもそも魔王軍にそんなのいませんから」

そうか、と言いつつもひとり先へ先へと進み、遂には匍匐前進を始めるセト。

元少年兵の性《さが》ゆえか、セトは用心深い。

「もう！　普通に歩いてください！」

「むぅ……まぁサティスが大丈夫だと言うのなら従うよ」

立ち上がり体についた泥を払い落す。

「ねぇ、もしもまた魔物が現れたら……」

「アンタは動けないんだろ？　俺がやる」

迷いなくそう答えた。

サティスは安心すれど、少し複雑な心境になる。

「ごめんなさい。すぐに戦えるようにしますから」

「戦いたくないのなら、戦わなくていい。そういうのは兵士がやればいいんだ」

「アナタはもう兵士じゃないでしょ？」

「……うん、そうだった」

セトは短く答える。

そして少し進んだ場所で休憩。森を抜けるまであと少しだ。

今朝とった果物をふたりで食べる。

「サティスって果物の皮剥くの上手いんだな」

セトからナイフを借りたサティスは果物の皮をシャリシャリと綺麗に剥いていた。

その光景をセトは目を輝かせながら見る。

「手先を使うのは得意なんですよ。……あとは綺麗に切り分けて。ホラできました」

小屋から拝借した皿の上に切った果物を乗せて手渡す。

セトは早速食らいついた。

「美味い」

「果物ひとつに大袈裟ですね。勇者のパーティーメンバーだったころはもっとおいしいの食べてたでしょうに」

「いや、あまり食ってない。……仲間外れだった」

「え……」

「戦うことしか能がない俺は、ほかの仕事はほとんどできなかった。不器用でな。それで段々皆に距離を置かれて、食べ物は節約だって言われて俺だけ少なかったよ。いつも暗いところで皆の視界に入らないように食べてた」

「そういえば、アナタ一度だけフラフラの状態で私と戦いましたよね？　もしかして空腹で、意識が朦朧《もうろう》としてる中で私と戦ったんですか？　いくらパーティーでの戦闘とはいえ無茶でしょう！」

「無茶だけどやるしかなかった。俺は贅沢できないから」

「でも私……あのときアナタのことすごくバカにして……」

「……慣れてる、気にするな」

そう言ってセトは切り分けられた果物をまたムシャムシャと食べ始める。

仲間からはないがしろにされ、敵にも侮辱されるという地獄に見舞われながらも、今度は敵だった彼女を助けた挙句、一緒に旅をしようと言い出した。

本来なら勇者パーティーへの復讐を考えたり、彼女を捕えて今までの恨みを晴らしたりするものだ。

それが通常の反応なのだろうが、彼はそういったことは一切考えず、悲しさに苛《さいな》まれながらも生き抜こうとしている。

サティスの胸の内になんともいえない痛みのようなものが湧き上がった。

果物を美味《おい》しそうに食べる彼の背中に、なぜか胸が締め付けられる思いがしたのだ。

サティスは彼の近くに、自分の分の果物を置いた。

「いらないのか？　もが……むぐ……」

「ええ、食欲がないんです。どうぞ食べてください」

「……いいんだな？　あとから返せと言われても無理だぞ？　もご……」

「まずはその口の中のを食べ終えてからにしてくださいね？　てか、食べながら話さないで」

口の中のモノを飲み込んだあと、セトは遠慮なくサティスの分の果物を取り、また勢いよく食べ始める。

その様子を黙って見守っていたサティスは、空間から水の入った水筒を取り出し、彼に手渡した。

「むぐ、ふが……悪い」

「もうちょっと味わって食べなさいな」

彼女は魔術によってある程度の大きさまでなら空間に物を収納し、好きなときに取り出せるのだ。

化粧品や衣服といった日用品とそのほか。

小屋付近で取った食料や水も彼女の魔術によって収納され、簡単に持ち運びができている。

セトが空間から魔剣を取り出すあの技の上位互換と言ってもいい。

「ふぅ、食った。……アンタのその術、便利だなぁ」

「セトだって似たようなモノ持ってるでしょ?」

「俺は魔剣しか無理だ。一回やったら誤作動を起こしてな。……滅茶苦茶怒られた」

「なぁにやってんですかアナタは。それよりも、森を抜けたらどうします?」

森を抜けたあとのことはセトにはよくわからない。

なにしろほとんどが初めての経験だ。

とりあえず今は進みたいという思いがセトの中で渦巻いていた。

「とりあえず森から離れたら……街に行きたいなぁ」

「街、ですか。だったらいい場所を知っています。魔王領からも離れていて魔物の危険性がなく、それでいてゆっくりできる場所」

「そんな街があるのか……」

行先は決まった。

お互い任務に追われた人生を歩んできた身。

今は安穏とした時間を過ごそうと、再び歩き出す。

心なしかサティスも少し楽しそうで、表情に活気が戻ってきていた。

「なぁ、街に行くのそんなに楽しみか?」

「そりゃあ勿論。あそこの街は前々から目をつけていましてね。あそこ、すごく有名な公衆浴場《テルマエ》があるんですよ」

「風呂、かぁ。いいな。そこは長く浸かれるのか? 時間制限は?」

「時間制限はないですけど、のぼせるので長くは浸からないほうがいいかと。あ、そうだ……。実はぁ混浴もあったりするんですよぉ？　男の子なら憧れたりするんじゃないですかぁ？　ま、年齢制限でアナタ入れませんけどねぇ～、クスクス」

「コンヨク？　なんだそりゃ？　俺の年齢だとまだそれができないのか？」

「……なぁんだ知らないんですか。つまんないの」

言葉に棘《とげ》はないがそれでも軽くからかってみたサティスの表情は、今までよりもずっと明るいように思えた。

良い兆候だと、セトは微笑み返し、ともに進んでいく。

「ところでセト、アナタお金持ってます？」

「え、金いるの？」

「ハァ～、だと思いましたよ。見るからにお金に縁がなさそうですもん」

「悪かったな」

「いいですよ、人間の通貨なら私いくらか持ってますので。……今日はお風呂に入って宿でパァーッとやりましょう！」

サティスの提案にセトは大いに賛成した。

身体を休めることなんて滅多にない。

そう思うとセトの心に、なにかの感情が沸き起こる。

「……〝楽しみ〟ですか、セト？」

「え、……あぁ、そうか。これが……楽しみって感覚か。日常生活で楽しみができるとは思わなかった」

「フフフ、さぁ行きましょう」

サティスが手を差し伸べてきたので、セトは彼女の手を取って繋ぐ。

少年兵の身分では味わえないだろう世界の中へ、サティスと一緒に今歩き出した。

(七) 俺たちは湯船の中で、それぞれの時間を過ごした。

クレイ・シャットの街。

ここの公衆浴場《テルマエ》は、諸外国からの人気も高く、噂を聞きつけた旅の商人や冒険者たちがよく来ては疲れを癒やしている。

ここで商売をする者も多く、繁忙期ともなれば、ほぼお祭り騒ぎになるほどに夜も賑わう。

セトとサティスがたどり着いたのは夕方だった。

早速宿を取って施設を利用することにする。

「じゃあ、ごゆっくり。あんまり浸かりすぎちゃダメですよ?」

「安心しろ、兵舎では少年兵は十秒で上がるよう指示されてた」

「うん。もっと浸かりなさい。あと身体は綺麗にね」

「わかった」

男湯、女湯と分かれて各自浴場で湯船に浸かり、これまでの疲れを癒していった。

「あ〜……生き返るぅ」

女湯でサティスはその裸身を湯船に浸からせ、じんわりと体の芯まで届く湯に羽を伸ばしていた。

これまでの緊張がほぐれて、表情には以前のような活気が完全に戻っている。

「彼と出会わなかったら……きっとお風呂に入れなかったんだろうなぁ」

人間以上の肌のきめとハリを持ち、そのプロポーションたるや、まさに女神的女体。魔王軍の紅一点というだけあって、美しさもまた人外級であった。

全身にお湯を撫でるようにまとわせ、指先までしっかりとほぐしていく。

(……不思議ですね。かつては魔王軍で活躍し、人間なんてと見下してた私が、こうして浴場でくつろいでるなんて)

本当ならサティスは、この街を攻め落としたあと、この浴場を独占するつもりだった。

だがもうそんな必要はない。

不思議と悲しくはない。あのときセトと出会ったからだ。

そうでなければ、きっと魔物に見つけられ、殺されていただろう。

「……あの子に感謝しなくちゃ」

浴場の天井付近にある窓から一番星を見つけて、ふいに優しく微笑む。

柔らかな気持ちがお湯の心地よい温度にのり、彼女をさらにリラックスさせていった。

(そういえば、彼はちゃんと浸かっているんでしょうかねぇ。……ぶっちゃけ、ここ広いから泳ぐの我慢してウズウズしていたりして。なぁ~んて……そこまで幼くはないか)

一方、男湯ではセトの苛烈な葛藤が続いていた。

(……泳ぎてぇ)

あまりに広い湯船。客は多いがそれでも余裕のある空間。

だがここは遊泳禁止。当然である。

(湯加減も完璧、時間制限はない、そして気分が高ぶってくる。……これほどの条件がそろっていながら、俺から泳ぎを奪おうと?)

あれだけの戦闘のあとの徒歩で移動。

それでも動き回りたいというこの体力は凄まじい。

「いや、我慢することはないな……俺は魚になるッ」

直後、隣の髭面《ひげづら》の男に止められた。

「ボウズ、ここは泳ぎは禁止、だぜ?」

「くッ……」

大人しく湯船に浸かることにしたセトに、男はまた声を掛ける。

「ここいらじゃ見かけねぇ面《つら》だな。……旅人か?」

「そんなところだ」

「腕っぷしもいい。そうだな?」

「……ケンカだけなら」

「クックック、謙遜《けんそん》しなさんな。……わかるよ、地獄を見てきた奴の目だ。元少年兵ってトコか？」

男は満足げに鼻で笑いながら、布で顔を拭う。

一目《ひとめ》見ただけで、少年兵だったと見抜いたこの男の慧眼《けいがん》に、セトは息を呑んだ。

「ここはいいねぇ。疲れが一気に吹っ飛ぶってもんだ。……長いこと戦いに興じてるとよぉ、真夏の暑さも戦場の熱も大して変わらなくなる。だが、風呂は別だ」

「アンタは傭兵か？　正規部隊の人間には見えないけど」

「そのとおり。まぁいつかは衛兵かなんかになって、落ち着いた生活でも欲しいところだがね」

男は皮肉っぽく笑った。

彼には夢がある、いつかは落ち着いた生活をと。

「俺も夢がある。いろんなところを旅して、いつか自分の家を持つ」

「いい夢だ。……あの綺麗でナイスバディな姉ちゃんと一緒にそうしたいか」

「――――ッ！」

「待て待て、別に取って食うつもりはねぇよ。これは傭兵の勘だがね。あぁいうのに変に首突っ込むとロクなことにならねぇって感じるのよ、俺は。だから深くは問わねぇ。それと、俺と敵対してぇってんなら戦場だけにしてくれ。プライベートでも敵作っちゃ、ゆっくりできねぇ」

この男は偶然セトたちのことを見かけただけらしい。

敵意や殺意は感じられず、そして嘘をついているような素振りもなかった。

なにより傭兵としての威厳が雄々しい肉体から溢れ出ている。

性格はともかく、わりと芯の通った人物だとセトは感じた。

「さて……俺はそろそろ上がるぜ、ボウズもどうだ？　長いこと浸かってたって、のぼせるだけだ」

「あぁ、そうさせてもらうよ」

「本当なら出会った縁《えにし》で酒の一杯でも酌《く》み交わしてぇが、まだガキだしな。それにこんなムサイおっさんよりもあの姉ちゃんと一緒のほうがいいだろ」

そう言って男は鼻歌交じりに湯船から上がっていく。

その背中を見てなにかを感じたセトは、ふと彼の名が気になった。

「なぁ、アンタ名前は？」

「あん？　俺かぁ？　そうだなぁ、〝ホームズ〟とでも呼んでくれ。……あ、ボウズの名前はいらねぇよ？　もう会うこともねぇかもしれないし」

「え……」

「もしも、次また別の場所で出会ったなら教えてくれや」

そう言って彼は立ち去っていった。セトはしばらくしてから、湯船から上がる。

脱衣所で服を着て外に出ると、湯上がりのサティスが手を振って彼を呼んだ。

「随分と長風呂でしたね。……うん、綺麗になった」

「サティス、元気出てきたな」

「お陰様でね。……さ、宿へ行きましょう？　そこのお料理、とても美味しいらしいですよ」

「ホントか⁉」

食事のことになると目を輝かせるセトに、サティスは満足げな笑みを浮かべる。

外はすっかり暗くなり、満天の星が心地よい風とともにふたりを迎えてくれた。

「ところで、お風呂で泳ごうとか考えませんでした？」

「ぬッ……⁉」

「あ、考えたんだ……」

彼女が可笑《おか》しそうに微笑んだ。

セトは少し恥ずかしそうに頬を染めた。

ふたりは並んで宿屋へと向かった。

(八) 私が見つけたアナタの真実。

サティスとセトが取った宿は、この街の宿泊施設でも比較的大きな建物だった。

二階建てで、食堂は一階にある。

「運良く最後の一部屋が取れたんですよ。そしてここが食堂です」

「すごい、大人たちが使ってた兵舎の食堂よりずっと綺麗だ……」

食堂にはすでに酔いつぶれた冒険者たちや、食事をしながら商談をする者などで席のほとんどがうまっていた。

そんな中、ちょうど端っこの目立たない場所を見つける。

椅子もテーブルも見たことのないデザインで造形されており、セトの心をたいそう震わせた。

これぞセトが旅をしてみたかった『まだ見ぬ世界の風景』だ。

「さぁ座りましょ。私もお腹へっちゃって」

「うん、どんなのが出るんだ？」

「それはきてのお楽しみ～」

運ばれてきた料理は、肉を多めに使った郷土料理だった。

清潔な木皿に盛られ、今にも溢れ出そうな肉汁と上質の薫りにセトは目を奪われる。

そのほか色とりどりの野菜に、温かいスープ。

兵舎やパーティー同行時のころではけしてありつけなかった御馳走の山だ。

「気に入っていただけました？」

「こ、これ……く、食え……食えるのか？」

「はい、いっぱい食べてくださいね。今日のお礼ですよ」

「お礼？」

「助けてくれたじゃないですか。アナタが助けてくれたから今の私がいるんです」

「そうか、よし！　じゃあ、いただく！」

そう言って彼はフォークを手に取り、ぎこちない動作で肉を突き刺し、頬張っていく。

口の中に広がる肉汁と風味に、セトは思わず脳がしびれるような感覚を覚えた。

かつての食事とは違い、噛めば噛むほどに味わいが出てきて、口の中で何度も転がしたくなる。

「サティスすごいぞ！　この肉、すごく柔らかい！　食ったことないぞこんなの‼」

「アハッ、ごはんのことになると本当に思ったとおりの反応しますね。慌てずゆっくり食べてください。料理は逃げたりしないんですから」

そう言って彼女もナイフとフォークを取り、上品な動作で肉を切り分けて口にする。

セトも真似しようとするが、そんなモノとまるで縁のなかった彼には高等技術並の難易度であった。

「……自分の食べやすいようにどうぞ？　私は好きでこうしてるんです。私に合わせる必要はありません」

「それって……テーブルマナーってヤツか？　偉い人がよくやる……」

「まぁそうですね。……へぇ～、そういうの知ってるんだ。ちょっと意外」

サティスはセトと敵対していたときもそうだが、こうして安寧の時間を過ごし始めてからも、彼にはずっと驚かされている。

戦闘能力もだが、それ以上に気になるのがセトの言葉や態度だ。

少年兵の実態はたいていが荒《すさ》んだもので、満たされない環境下の中で戦いを強要され、残虐で突発的で、教養のない即席の兵士というイメージがあった。

しかし彼は幼いころから戦場という極限の緊張状態に長くいたというのに、そのイメージとはあまりにかけ離れている。

戦場では鬼となって容赦なく敵を倒すが、普段は大人びた口調で話す。

言葉もハキハキと喋り、常に堂々とした態度だ。

今は、目の前で食事を無邪気に堪能している。

「アナタって変わってますね」

「ん？　なんか朝にも言われた気がするぞ」

「いや、なんていうかアナタってほかの少年兵と違うなって思いまして。大人っぽいかと思ったらこんな風に子供らしいし。とても少年兵っていう立場にいたとは思えなくてですね」

「あぁ、そういうことか」

ナプキンで口元を強く拭くセト。

ミートボールをフォークで突っつくように皿の上で転がしながら話し始めた。

「俺はほかの少年兵よりも大人と絡むことが多かった。特殊な作戦に同行させてもらったこともある。そういうときに大人の言葉や態度を真似しながら自分でアレンジしていったんだ」

「……なんのために？」

「なんだったかなぁ。……最初は、〝自分も大人になれば今の苦しみも少しは和《やわ》らぐんじゃないか〟って理由だったと思う。もう忘れた。真似していってる内に、こういう性格ができたってことかな？」

「真似しただけで精神まで大人に近づけるとは思えませんけど……、でもアナタを見てるとねぇ。これも魔剣適正がある影響でしょうかねぇ」

「さぁね。……俺たちは兵士であって奴隷じゃない。そりゃ生活はきつかったけどさ、戦果を上げれば地位が貰えることもあるし、教育だって受けられることもある。……でも、それを狙ってた奴はたいてい死んだ」

ミートボールにフォークを突き刺し、それを口の中へと入れる。

いくらか噛んだところで飲み込み、コップに注がれた水を飲み干した。

「アナタは地位を欲さなかったのですか？　アナタほどの兵士が評価されないなんて」

「……大人の都合は俺にはわからない。俺たち少年兵にとっては大人たちが世界の法そのものだった。大人が評価しないのであれば、それは評価されるに値しない。……俺は、ずっと疑問だったけどな。こんなに頑張ってるのにって。だけど、下手《へた》に逆らって怒られたくも死にたくもなかったし……」

戦場という閉じた世界で、大人たちを絶対としながら生きていく少年兵たちは、奴隷ほどの扱いではないにしろ、その有りようは虐げられる者たちそのものであり、子供ならなおさら精神に異常をきたすような環境だった。

その中でセトは生まれながらの感受性で、今の性格まで辿り着いたというのだろうか。

だとしたら、彼は生まれながらにデタラメだ。その独自の進化は、突然変異に近い印象を受ける。

特定の環境下で、ほかの者とは違う特性を身に着《つ》けるのだ。

摩耗した心を、大人のような言動や態度などをすることで埋めようとしていた。

こうして彼は年齢には似合わない精神や表現法を手に入れたのだ。

だが勇者一行に捨てられたのはさすがにショックだったらしい。

「でもさ、俺は皆が羨ましい」

「え？」

「俺は大人たちの真似をしていく内に、戦ったりしていく内に、どれが本当の自分かっていうのがわからなくなった。……だからこの街の人たちのように、サティスのように心の底から笑ったり、怒ったりできる奴が……すごく羨ましい」

セトは穏やかに答えた。微笑んでいた、それも年相応の明るさで。

これを見て、サティスにはひとつわかったことがある。

セトがサティスに旅の同行を勧めたときに見せたあの輝き、そして食事を目の前にしたときや、今彼女に向けているこの子供らしい表情。

これらは、彼の中に残された輝かしい感情、即ち『摩耗した心に残っていたセト自身のもの』であると。

それだけわかれば十分だ、セトの中には兵士の感情だけではない人間らしい素敵な一面もあるのだ。

ただ他人にはわかりにくかっただけのことだった。

「……アハハ、悪い。なんか暗い話しちゃったな」

「いいえ、いいんですよ。アナタのこと、少しわかった気がするから」

「そうか？　大して面白くなかったろ？」

「……アナタが素敵な男の子だってことくらい、かな？」

「……急に、そんなこと言わないでくれ」

顔を赤らめるセトをからかうように笑うサティス。

こうしてふたりは食事を終えて、部屋に戻ろうとしたが、ここでセトがサティスを止める。

「なぁ、少し歩かないか？」

「え、どうしたんです？　休まないんですか？」

「なんか、……アンタとゆっくり歩きたい」

「あら、それがレディをエスコートする殿方の口説き文句ですか？　そういうところは真似しなかったみたいですねぇ～」

「ぬッ!?　そ、そういうのは……知らないんだ、純粋に」

いちいちリアクションをとるセトをイタズラっぽく笑《え》みながら、サティスは彼の横に並び手を繋ぐ。

「……いいですよ。夜の街を歩くのも、悪くはなさそうです。アナタとならなおさら、ね？」

「あ、あぁ！」

セトは嬉しそうに返事をして手を握り返す。

宿を出て、彼らは夜の街をゆっくりと歩いた。

(なんだろうな……こんな気持ち初めてだ)

彼女と手を繋ぎ歩く道は、どんな道よりも心地良かった。

胸の内がドキドキする、だが不思議と悪くない。

セトが感じた初めての感覚だった。

（九）僕らは早速つまずいてしまった……。

セトとサティスが夜の街を歩き始めたころ、少年兵セトを追放した勇者一行は、魔物たちの襲撃を受けていた。

明日も早いと就寝しようとしていた直後にこんな事態となったため、勇者たちは大いにてこずっている。

「クソ！　数が多いぞ！」

「慌てるな、分担して敵を殲滅《せんめつ》するんだ！」

現在パーティーは四人。後方での支援と迎撃を担当する僧侶マクレーンに魔術師アンジェリカ。

彼らは実戦経験は浅いものの、それでも高い実力を持つ術師だ。

「く、術式が間に合わない！　誰か敵を引きつけて。このままじゃ魔術が使えないわ！」

「無理だアンジェリカ！　こっちは手一杯だ!!」

そう叫ぶのは前衛のひとりで、若くして大陸武術の達人であり、剣による高速連撃を得意とする女武闘家ヒュドラ。

剣撃の速さなら勇者にも並ぶが、威力では及ばない。

凄まじい連撃ではあるものの、魔物の耐久度にこの少女は苦戦していた。

勇者レイドもまた、魔物たちの物量作戦により、その力が存分に振るえない状態にある。

斬っても斬っても屍《しかばね》を越えて現れる敵の勢いに、一行は圧倒され始める。

「ひ、ひぃいい！　か、神よッ！」

マクレーンもまた魔物に追い回され、術式の展開もできない。

勇者パーティーは完全に劣勢に立たされていた。

「て、撤退だ！　撤退するんだ!!」

「え、でも!!」

「このままじゃ全滅する！　誰か足止めをして時間を稼いでくれ！」

「この数相手では無理だ!!」

言い争う内に魔物たちはどんどん迫ってくる。

今が好機と言わんばかりに勢いづいて、猛る闘志と殺気をパーティーに向けていた。

パーティーは荷物のほとんどをその場に残して、全速力で逃げ出した。

魔物たちの追撃をかわしながらも辿り着いた先は、月明かりが照らすも仄《ほの》暗い谷の奥。

周囲に緑はなく、見渡す限りの岩肌の世界。

動物の骨もところどころに見られ、遠くでは肉食獣らしき遠吠えが響いている。

暗闇と重苦しい雰囲気が四人を支配していた。

「はぁ……はぁ……、クソ、こんな場所に来るとは！」

勇者レイドが舌打ちした。

全員疲れ切って、その場にへたり込んでしまう。これまでの苦労が一気に水の泡となった。

荷物のほとんどはあの場所に放置してきたため、今ごろ魔物に荒らされているだろう。

彼らは今、最低限の装備しか持ち合わせていない。

疲労感と絶望感が、魔術師アンジェリカをパニックにさせた。

「もう……もうッ！　一体なんなのよ!!　せっかくここまで来たのにまたここからなの!?　もう嫌ぁッ!!」

「アンジェリカ、落ち着け！」

「おぉアンジェリカよ……そうですとも、冷静さを欠いてはなりません」

ヒュドラとマクレーンが宥めるが、彼女の罵声は響く。

「アナタたちがちゃんと敵を引きつけてくれていればこんなことにならなかった!!　そうよ、アナタたちのせいよ！　アナタたちがミスったから私は恥をかいただけでなく、大事な荷物も失ったッ！」

「アンジェリカ、ちょっと黙っててくれ……」

貴族の娘で人一倍プライドの高いアンジェリカは、一度怒り出すと治まるまで時間がかかる。

なにより今のタイミングでそれをされるのは非常にまずい。

パーティーメンバー全員の精神が揺らいでいた。

こんな状況で彼女の罵声が続いたら……。

「黙って、ですって⁉　レイドさん、これはアナタの責任よ。そうよ！　アナタの采配ミスだわ！」

「頼むよ落ち着いてくれ、今言い争っている場合じゃない！」

「これが落ち着いていられるの⁉」

「レイドを責めるのはやめろ！」

アンジェリカの罵声はとどまることを知らず、ヒュドラがそれを止めようとするが、彼女にまでその牙が向けられる。

「なによ、たかだか武術ができるだけの平民のくせに。アナタだって責任はあるのよ？　そんなへっぽこ武術でこの先どうやって旅をするというの？」

「……貴様。私を咎《とが》めるのはかまわない。だが、我が父が、人生を賭して築き上げた武の結晶を侮辱するのであるのなら、仲間と言えど容赦はしないッ‼」

ヒュドラが剣を引き抜こうとしたのを見てマクレーンが必死にふたりの仲裁に入った。

両方興奮状態で、このままいけば喧嘩どころか殺し合いに発展しかねない。

それほどまでにアンジェリカもヒュドラも追い詰められていた。

「御二方《おふたかた》おやめなされ！　……こうして生きているだけでも、我々は恵まれているのです。今はただ生き抜くことを考えましょう」

マクレーンの言葉にふたりは険悪になりながらも、殺気を解いた。

しかし、ここでアンジェリカがレイドにあることを問いかける。

「ねぇレイドさん、どうしてあのタイミングでセトとかいう少年兵を追放したのかしら？」

「せ、セト……？」

「そうよ、あの子を追い出したせいでパーティーの実力は激減した。さっきのあの戦いだって、あの少年兵がいれば状況はきっと違ったわ。突破はできなかったとしても、少なくともただの撤退で済んだはず。こんな疲れることもなかった！」

「アイツはダメだ。セトの力は人類を救うための力じゃない。ただ単に殺戮を振りまくだけの……」

「そんな甘っちょろいこと言ってる場合⁉　激戦になればああいう力が役に立つって考えなかったの⁉」

「うるさいな！　君だってアイツを追い出すのに賛同してたじゃないか！」

「こんな事態になるなら賛同なんてしなかった！」

今度は勇者レイドと魔術師アンジェリカの言い争いが過熱する。

「皆様、落ち着きなさい！　言い争っていてもなにも変わりません！　……まず谷を越えて集落を見つけましょう。そこで態勢を立て直すのです」

マクレーンの言葉にアンジェリカは黙るも、レイドを鋭く睨みつけながら不機嫌そうに背を向けた。

ヒュドラも参ったように項垂《うなだ》れる。

まずは休息だ。それから集落を探してみようと決めたとき、またしてもアンジェリカが口を開く。

「……休息をするとして、誰が見張りをするの？　誰かさんのせいであの賤民はいないのよ？」

「……ッ！　わかった、僕がやる。皆は休んでくれ」

極限の疲労状態にまで追い詰められているが、誰かが見張りをしなければ、また襲われる可能性もある。

この雰囲気だと、見張りの交代を申し出ても拒否されるに違いない。

レイドは寝ずの見張りをすることにした。本来こういうことはセトに任せていた。

二時間ほど見張りをすれば、あとはセトにやらせたり、寝ずの見張りをやらせたりした。

「……くそッ！　なんでこうなるんだ。なにも……悪いことはしてないのにッ！」

皆が眠る中、勇者は谷がまとう暗闇と不気味さの中で毒づきながらも、少しずつその精神を病《や》んでいった。

（十）俺にとって、それは夢のような夜の時間だった。

サティスとの散歩は、セトの人生における最高の瞬間の連続だった。

明るい街並みと穏やかに流れる時間の中を、彼女と一緒に歩んだ。

兵士や幹部という立場ではけして味わえない穏やかな至福の時。

サティスとセトはその目にしっかりと焼き付けていく。

今この瞬間にある争いのない空間に、心が穏やかになっていくのがわかる。

「綺麗ですね、こんな風に街を歩いたことなかった」

「あぁ、本当に……」

行き交う人々の中にはさまざまな表情がある。

仕事に疲れトボトボ帰る労働者や、酒に酔いながら次の店へ梯子《はしご》する景気のいい冒険者たちなど。

彼らの人生が街の光に溶け込んで、よりいっそう街の賑わいに深みを与えている。

時折漂う酒や料理の強烈な香り、人々が醸し出す熱気、ところどころで聴こえる独特の力強いリズムとスイングを持つ音楽。

それらすべてがひとつの世界を形成していた。

そんな中で、セトには隣を歩くサティスが輝いて見えた。

彼女の姿は歩くたびにより艶《なま》めかしくセトの目に映り、街の光で肌の輝きが優しく揺れる。

ただでさえ露出度の高い衣装であるため、よりいっそう濃厚な男女の時間に感じてしまう。

初めて感じる気分にセトは耐えながらも、彼女を周囲から守るように歩いた。

まるで御伽噺《おとぎばなし》のような時間だった。夢を見ているのではないかと、そう錯覚してしまうほどに。

(これが……普通の……人生、なのか?)

セトとサティスはしばらく歩くと、宿屋へと帰る。

名残惜しかったが一日が終わりを迎えていた。眠ってしまえば明日が来る。

この夜の雰囲気をもう少し味わいたくて、セトは少しもどかしい気持ちを覚えたが、疲れをとるために休息は必要だ。

きっとサティスも疲れている。

……さて、さぁ休もうかと部屋に入るが、ベッドがひとつしかない。

チェックインはサティスがやってくれたため、セトはどんな部屋なのかは聞いていなかった。

「ごめんなさい、この部屋しか空いてなくてですね」

薄汚れた白塗りの壁にかけてある、誰かが描いたであろう絵画。

床には簡素なカーペットとそのうえに置かれたテーブル。

豪華な部屋とまではいかないが、セトにとっては十分すぎる部屋だ。

「いや、いいよ。俺は床で寝るから、ベッドはアンタが使ってくれ」

ごく当たり前のようにセトが言ったが、サティスはそれを棄却する。

「ダメです、せっかく部屋を取れたのに床で寝るなんて許しません」

「……いや、どう考えてもここはアンタが使うべきじゃ？　アンタ床で寝たいのか？」

「そういう意味じゃありませんよ。……ふたりで使えばいいじゃないですか」

――――セト沈黙。

一瞬目の前のこの女性がなにを言ったのかわからなかった。

「え？　使う？　……ん？」

「いや、だからぁ。一緒にベッドに入って寝ましょって？」

「えぇッ!?」

「あれ？　もしかして、超照れてます？　アハハ、可愛いんだ！」

「いや……だって……、アンタはそれでいいのか!?」

「別にいいですよ？　アナタとなら、ね？」

からかうように笑うサティス。

これが『大人の余裕』というモノなのかと、セトは困惑と羞恥の表情を見せながら思った。

女性との関わりなどまったくと言っていいほどない彼が、なんとこんな美人から誘いを受けたのだ。

女性関係は勿論、対人関係もやや怪しい彼に対処法などわかるはずもない。

「あれれ～？　もしかして、イケないこと考えてますぅ？」

「え！　いや、違う、これは……」

「お触りは禁止、で・す・よ？」

そう言って彼女は空間魔術で入り口らしき穴を開き、その中へ入ろうとする。

寝る用の服に着替えるそうだ。

その間セトは装備品などを外して身軽になる。

そしてベッドの端に座り、頭を抱えながら混乱していた。

（こ、こんな状況は今までの経験にはなかったぞ⁉　大人だって教えてくれなかった！）

そうこうしている内に、サティスが欠伸《あくび》をしながら出てきた。

黒を主とした上下の衣装、だが相変わらず露出度が高い。

上はチューブトップで豊満な胸部を包み込み、下はゆったりとしたショートパンツ。

後ろで束ねていた髪はほどいており、眼鏡はかけていない。

今までに見たことのない姿のサティスの登場に、セトは思わず固まった。

(この状況で……この格好のサティスに耐えながら寝る？　――――いや無理だろ？)

セトの中に湧いた諦観《ていかん》の念が、今夜は不眠だなということを伝える。

サティスの格好があまりに刺激的過ぎたためか、セトはもう考えるのをやめた。

「あら。似合ってるーとか、そういう言葉はないんですか？」

「……――――こういうとき、大人ってどうするんだ？」

「ワタシニモ、ワッカリマセ～ン」

おどけたように言いながら、彼女はセトと背中合わせになるようにベッドに座る。

「……こっちを見てくれないんですね」

「か、からかわないでくれ……」

「触るのはダメって言いましたけど、見るのはダメって言ってませんよ？」

赤面しながら弱々しくなる少年の姿に、サティスはクスッと艶《つや》っぽく笑む。

セトは完全に手玉に取られていた。かつて敵対したこの女性の強《したた》かさを彼は再度認識した。

「さぁそろそろ寝ましょうか」

「いや、寝れそうにない」

「大丈夫、アナタは今夜ぐっすり寝れますよ」

信じがたい言葉だったが、とりあえずセトは横になることにした。

仰臥位のまま目をバッチリと開き天井を見つめる。

横にいるサティスを見れば、もう確実に寝れない。

これは持久戦だと、朝まで微動だにしないことをセトが覚悟した直後、ふんわりと良い香りがする。

花の匂いかなにかだとは思うが、それは緊迫していた彼の心を非常にリラックスさせた。

身体の緊張が抜けていき、ぼんやりと眠気がセトを覆い始める。

一体なにが起こっているのかわからなかった。

だが、深く考えることもできない。

すると、隣で寝転んでいたサティスの左手がセトの頬を撫でた。

そして彼女はセトに甘く優しい口調で囁《ささや》く。

「言ったでしょう？　ちゃんと眠れるって」

「……ぁ、こ、これ……は」

「ちょっとした魔術です。――――さぁ、そのまま楽にしてください。大丈夫、ここにはアナタを傷つけるモノはなにもない。だから休んでいいんですよ。……いい子だから」

「ぁ……ぅ……」

ずっと上を向いているせいで彼女の顔を見ることはできなかった。

見ようと思っても、もう身体が動かない。

彼女の温《ぬく》もりとこの香りに包まれながら、セトは安楽な睡眠の中へと墜ちていった。

薄暗い中、セトの寝息が静かに響く。

月明かりが窓とカーテンの隙間を縫って部屋へと注ぎ込まれる中、サティスは眠ったセトの頭を撫で続けた。

「……まったく、手間のかかる子なんだから」

慈愛にも似た微笑みを浮かべるサティス。

魔王軍にいた頃では絶対に見せることができなかったであろう彼女の新しい表情。

すさまじい暴力を受け、一度壊れたサティスの心。

セトと出会い、ここまできたことで新しい感情が芽生えたのだ。

人を愛することなどけしてなかったサティスが、唯一彼に向けることを許した思い。

その微笑みのまま、サティスも瞼を閉じ、眠りへと入る。

あれだけ賑わっていた街も今は静寂に包まれている。

月明かりと暗闇が彼らに等しく安息を与えていた。

次の日の朝が来るまで、その安息を……。

(十一)昨日の夜は、朧げな蝶の夢のように……。

セトは瞼越しに薄《う》っすらと明るくなっているのを感じた。

目を開けると、外から聞こえる人々の賑わいが耳を、陽の光が目を刺激した。

「もう、朝なのか……」

いつもはもっと早くに起きていた。

だが今日はずいぶん寝過ごしていたらしい。

そう、サティスとともにベッドで寝た前の夜……。

「げぇえッ⁉　嘘、これ……マジかッ⁉」

昨晩の出来事を思い出すや意識が一気に覚醒し、セトはベッドから飛び起きた。

大人の女の人に添い寝をしてもらうなど、今まで考えもしなかった初めての事態に激しく動揺したためか、彼はそのままベッドから転げ落ちる。

大きな音を立てて派手に床に頭をぶつけたセトは、羞恥のあまりその体勢のまま動けなかった。

否、動きたくなかった。動こうとすれば昨晩のことを思い出してしまうから。

思い出したくない恥ずかしい過去に対する忍耐など持ち合わせていない。

「……なぁにしてるんですか、アナタは」

サティスの声が聞こえた。

彼女はすでに着替えてセトが起きるのを待っていたらしい。

妙な体勢で床にへばりついているセトを見下ろしながら、サティスは彼を朝食へと誘う。

「……え、今はいいって？　ダメです！　朝はキッチリ摂《と》らないと」

「……じゃあ起こしてくれ。動けそうにない」

「自分で起きなさい」

サティスの朝からキツイ口調にセトはしぶしぶと身体を起こした。

顔を紅潮させ、視線は彼女から逸《そ》らしている。

口をずっと噤《つぐ》んだまま〝おはよう〟の声ひとつない彼にサティスは小首を傾《かし》げた。

「ん、具合でも悪いんですか？　熱はないみたいですけど……」

「わっ！　わっ！　だ、大丈夫！　大丈夫だからッ!!」

サティスに急に額を触られ、セトはドタバタと動き準備をする。

そのまま装備品などを取り付け始めるが、どうもいつものように素早くできない。

心臓が高鳴り、手も震えた。

(クソ……なんだってんだこの状況……こんなの今までなかったのにッ！)

セトはなんとか準備を終え、サティスのほうを振り向く。

扉近くの壁に寄り掛かっていた彼女は、優しく微笑みながら待っていてくれた。

その微笑みにセトの心は一気に安らいでいく。

なぜかわからないが、彼女の微笑みを見ると落ち着くのだ。

この心の急な変動にセトは困惑を隠しきれなかったが、とりあえずサティスとともに朝食へ向かう。

席は昨日の場所と同じ端っこ。

セトは不思議な落ち着きをこの場所に感じていた。

昔からサティスとここへ何度も訪れていたかのような錯覚を覚える。

この不思議な感覚に、妙な居心地の良さを感じる。

その思いを胸に、セトは彼女と席に着いた。

朝食はパンにあっさりとしたスープ。

それと、ケチャップをたっぷりとかけたホカホカのスクランブルエッグ。

朝の食事だけでここまでありつけるのは、セトにはまるで夢のようだった。

穏やかな時間。外では市場に人が集まり、街に活気を呼んでいる。

戦場から遥かに離れたこの空間で、セトはサティスとふたりだけの時間を楽しんだ。

(だが……やっぱりどうしても目がいく……ッ)

身長差ゆえか、セトと向かい合うように座っているサティスの胸に目がいってしまう。

露出度の高いその扇情的なコンバットスーツから主張するように形成される美しい谷間。

物を食べるたびに艶めかしく動く唇、落ち着いた時間の中で穏やかな輝きを持つ瞳。

敵対していたころには全然目がいかなかったであろう、女として魅力あるプロポーション。

昨晩のことがあってから、時折サティスのことをそういう風に見てしまう自分自身に、セトは一種の罪悪感を芽生えさせていた。

「……どうしたんです？　さっきからヒトのことジロジロ見て」

「そ、そうか？　俺は別に普通だぞ……」

「……ふぅ～ん」

若干ドギマギしながらも、食事だけに集中するようにセトは食べるペースを速めた。

すると、サティスがすっと手を伸ばし、セトの下唇あたりを指先で触れる。

それだけでもびっくりした。

なにごとかと思っていたら、どうやらケチャップが付いていたらしい。

それを彼女が指先で取ってくれたようだが……。

「ん……」

サティスはそれを当たり前の如き動作と態度で平然と舐めとった。

セトと視線を離さずに、じっと見つめながら。

「な……な……ッ!?」

「女性の胸をジロジロ見る悪～い子には、これくらいがちょうどいいですね」

そう言って彼女は妖しく微笑み、コーヒーを静かにすすった。

セトも水を飲もうと口へ運ぶが、手が震えていくらか零れていく。

（ダメだ。こんなに優しくされたことない……）

今にも悶え死にそうなのを必死に我慢しつつ、セトは考える。

このままいけば本当に死にかねない。彼女にはそれだけの色気と妖艶さがある。

（考えろ……冷静になるんだ。俺は兵士だ俺は兵士だ俺は兵士だ俺は兵士だ俺は兵士だ
……ッ！　……よし）

考えがまとまり、今日の予定を提案した。

「なぁサティス。今日は、別行動をしないか？」

「え？」

「俺、この街をいろいろ見て回りたいんだよ！　な、いいだろ？」

「私とじゃダメなんですか？　……夜とは違う綺麗なこの街の景観。ふたりっきりで見たいとは思わないんですか？」

早速言葉に詰まった。

サティスの提案は今の自分にとってあまりにも魅力的過ぎる。

彼女と同じ時間を過ごす。そう考えるだけでも胸が高鳴った。

サティスはどうやら完全にこちらの魂胆を見抜いたようで、わざとらしく胸を強調するように頬杖をついて艶美に見つめてくる。

（あ、これ無理だ。勝てない）

本能的にセトが悟ったその直後、サティスはクスクスと笑みをこぼす。

「フフフ、意地悪が過ぎましたね。……わかりました、じゃあ今日はアナタの提案通りにいきましょう」

「え、いいのか？」

「ただし、荒事には首を突っ込まないこと。荒事に巻き込まれても魔剣の使用は控えてください」

「それは……なぜ？」

「魔剣は通常の兵器よりもずっと威力の高い武具です。そんなものを子供が振り回しているところをほかの人に見られてご覧なさい？」

「……あらゆる面で危険がともなうって言いたいわけか」

「まぁ大雑把に言えばそうですね。魔剣が使える子供なんて、平和に生きる人から見れば……」

「化け物、か」

「それに、また戦場でその力が利用される可能性も出てきます。せっかく平穏を手に入れたのに戦場に逆戻りなんて嫌でしょう？」

「……そうだな。よしわかった。約束は守る」

こうしてセトとサティスは今日は別々に行動することとした。

サティスは近隣諸国や魔物の動きなどの情報を集めたいとのことで、街のいろいろなところを回るらしい。

正直サティスだけに仕事のようなものをさせるのはセトには気が引けたのだが、彼女は優しくこう告げる。

「アナタは子供らしく遊んでらっしゃい。お手伝いして欲しいときはキチンと言いますので」

その言葉に甘え、セトはひとり街を歩く。こんな風に街を歩くなんて始めてだ。

溢れるような人混みが、セトには新鮮に映る。

別になにをするでもなく歩いていると、曲がり角で誰かとぶつかった。

「あ、すまない。大丈夫か？」

そう声を掛けると……。

「いってぇな、気をつけやが……って、なんだボウズじゃねぇか。もう会うことはねぇと思ってたのに、ハハハ、奇妙な縁もあったもんだ」

「アンタは……ホームズか？」

それは風呂場で出会ったあの髭面の男だった。

（十二）この街にアレが運ばれると聞き、俺は嫌な予感がした。

「こんなところでボウズと出会うとはな。あーあ、風呂場でカッコつけたのが恥ずかしいったらねぇや」

「アンタ、この街を出たんじゃなかったのか？」

「俺はこの街でお仕事。お前さん、今日はあの美人と一緒じゃねぇのか？」

「……いや、その」

「あぁ～、なるほど」

セトを見て、察したようににやけるホームズ。

「な、なんだよ……なにもないぞ！」

「まぁまぁそう怒鳴るなよ。仕事まで時間がある。ちょいと歩こうぜ？　ボウズ飯は？」

「飯は食った。仕事って……一体なにをやるんだ？」

風呂場で偶然出会ったこの髭面の男、ホームズとともに街中を歩きながらセトは話を聞く。

その際に、この街の住民だけでなく、遠くから来た商人らしき人々や、これからダンジョンへと向かおうとする冒険者たちが凛々《りり》しい表情で歩いていく姿も見られた。

酒に酔った浮浪者は路地裏の陰で、壁にもたれるようにして座っている。

夜のときと同様、日中の街の姿もまたさまざまな色彩があった。

「……んで、この街に討伐した魔物を国の兵士たちが運んできて、南の区域にある広場まで行く。そこで職人たちが死体から素材になりうる部分を切り取るんだ」

「へぇ～、そういう職人がいるっていうのは聞いていたが……」

「切り取った部分は魔術によって保存され、別の街に運ばれてアイテムに加工されるんだ。俺たち傭兵はその次の街までの護衛だよ」

魔物の身体の一部から武器や防具などのアイテムを作ることは広く知られている。

だが、この街でそういった作業の一端が行われているとは思わなかった。

「よかったら見てけよ。見るだけならタダだ。……あの美人の姉ちゃんとのデートスポットにどうだ？」

「え、いや、違うッ！　そういうんじゃ！」

「わかってるよ。昔からよくしてくれた近所の姉ちゃんを、ある日突然異性として見ちまってドギマギしちまってるって感じだろ？」

「ぐぬ……」

「ハハハ、ボウズ、恥ずかしがるこたぁない。あれだけ美人だったら心がコロッといっちまうのは当然さ。男ってのはそういう風にできちまってんだ」

昨日出会ったばかりの男に慰められる。

セトはこの男に手玉に取られているようで、少しばかり居心地が悪かった。

「さて、もうすぐ連中が来るはずだ。俺はそろそろ行くぜ。……帰り道わかるか？」

「あぁ、大丈夫だ。……そういえば、俺の名前を言ってなかったな。俺は……」

「あーいいいい、いいい。俺はお前さんを『ボウズ』って呼ぶから。名前覚えんのやっぱめんどくせぇや」

そう言って歩き去っていく姿を見送りながら、セトもまた歩きだす。

街の大通りは人で混みあっていた。

魔物が運ばれてくるということで大人も子供もワクワクしながら待っている。

興味が湧いたセトもそのまま待ってみると、間もなくして捕らえられた魔物が巨大な車に乗せられ運ばれてきた。

それはまるで岩のような図体だった。

ずんぐりとした四足歩行型の竜種で、戦闘で負った傷から血が流れ出ている。

大勢の兵士に囲まれながら南の区域までガタゴトと移動していった。

それを追っかけるように子供たちがはしゃいでいる。

ざわめきの中、運ばれる魔物を見ながらセトは静かにサティスのことを思い出していた。

彼女はまだ魔物に対してトラウマを抱えている。

あのときよりずっと表情は豊かになり、セトをからかえる程度には復活したが、まだまだ心の傷は深いはずだ。

（サティスはあの魔物がこの街に来たことを知っているんだろうか？　……まぁ、恐らく死体だろうし問題はないとは思うが……）

サティスは情報収集を行《おこな》っている。

たとえ知らなくても、きっとこのことはすぐに耳に入ることになるだろう。

「……行って、みるか」

セトは南の区域へと向かった。

心なしか駆け足になり、すでに運ばれていった魔物と兵団のあとを追う。

（このタイミングで魔物だなんて……、なんだか嫌な予感がする）

——予感は的中した。

仕留めたはずの魔物が突如覚醒し、暴れ始めたのだ。

南の区域にある広場は絶叫に包まれて大混乱していた。

兵士たちが対応しようとするが、怒りにかられた魔物の力になす術《すべ》なく吹っ飛ばされていく。

セトは魔剣を取り出そうとしたが、サティスとの約束が脳裏をよぎった。

（く……だが、今ここで戦えるのは……）

周りを見る限り、逃げ惑う人々が大多数で、戦えそうな者も魔物の勢いに二の足を踏んでいた。

今行けば被害は最小で済むのだが……。

「ようボウズ！　ここで会うとはな。お前さんもさっさと逃げろ。ありゃ太刀打《たちう》ちできねぇ」

「だが……ッ！　このままじゃ被害が。……あ、あれはッ!!」

セトがある方向に目を向ける。

広場からは少し離れているが、広場へと続く道の噴水近くだ。

大勢の人に紛れてサティスが立ち尽くしていた。

彼女はあのときのように怯え震えている。

恐らく近くを通りかかっただけだろうが、運悪く魔物の暴走に遭遇してしまったようだ。

その怒号と勢いに、トラウマがぶり返し動けなくなったのだろう。

遠目でもわかるほどに怯えているサティスを見つめながら、セトは思考を巡らした。

魔剣があれば助けられる。

だがそれは大勢の目の前で自分の力を示すことだ。

それはサティスとの約束を破ることになる。

彼女との約束を破りたくないが、このままだと被害が甚大なものになるのは明白だ。

（クソ……このままじゃ！　だが……約束が、いや……そんなことより命だ！）

その間にも魔物は動き出し、あろうことかサティスのいるほうに身体を向け始めた。

「おいボウズ！　早く逃げろってんだ‼」

「いや、俺は逃げない」

「な、なにぃ……」

（……やっぱりダメだ。サティスとの約束は破りたくない、だがサティスを失うのは嫌だッ‼）

決意のもと、セトは一目散に駆けていく。

パニックにより崩れた露店からさまざまなものが転がっている。

その中で、あるものを見つけ、使わせてもらおうと拾った。

（魔剣を使わず、かつ俺が目立たないように……。サティス、俺はアンタを助ける）

セトの表情はまさしく戦いの意志を持つ兵士の顔。

任務を遂行するために心を鋼《はがね》にした者の面構えであった。

（十三）この事件に対して、俺は猿のお面を被ることにした。

サティスはセトと分かれたあと、情報を集めるために街の人間の話を聞きつつ、今の情勢を確かめていた。

その間何度かナンパにあったが、慣れたようにあしらい続け、安息が得られるような場所を探す。

そして、そのときに今日街に魔物が運ばれてくることを知った。

「……今日？　確かにそういったことがあるとは以前から聞いていましたが」

「あぁ、どうやら珍しい魔物……レアモンスターっていうの？　それを討伐隊の兵士さんたちが上手いこと倒せたらしくてね」

「そう、ですか」

魔物の各部位が斬り裂かれる。今の彼女には想像するだけで、怖気《おぞけ》が走るような光景だ。

まるで我がことのように感じたため、広場に行くのは避けようと思った。

しかし、人混みの中を移動していたとき、魔物の暴走に遭遇したのだ。

「お、おい！　魔物がこっちに来るぞ！」

倒したはずの魔物が急に目を覚まし、金属が軋《きし》むかのような咆哮《ほうこう》を上げて暴れ始めた。

こちらに向かってくる魔物の勢いに大勢が逃げようとする中、サティスはまた動けなくなってしまう。

呼吸が乱れ、凍えるように震えた。

正直に言えば、サティスがその気になればあの程度の魔物であれば一撃で倒せる。

魔力を練って攻撃すればそれだけで沈められるだろうが、またもやトラウマがぶり返し、身体が動かないのだ。

（また……私、動けない。……せっかくここまで来たのに。生きることができたのに……。やっぱり私は、死ぬ運命なの？）

セトの姿とあの初々《ういうい》しい表情の多くが脳裏をよぎる。

それは彼女にとって大切な思い出のひとつとなっていた。

人間たちが逃げる以上の速度で迫る魔物を見て、サティスは覚悟を決めた。

静かに瞳を閉じて、セトへ感謝と謝罪を捧げる。

人々の絶叫と魔物の足音が大きくなり、地響きが直前まで迫ったそのとき、突如としてそれが止まった。

大きな唸り声を上げ、魔物が苦しんでいる。サティスは目を開け、状況を確認する。

周りにいた逃げ遅れた人々は、その光景に度肝を抜かれていた。

鋭い斬撃を浴びて怯む魔物の真ん前に、少年らしい姿がひとり。

服の上から全身を黒い布で巻き付けたような奇抜な衣装の後ろ姿。

収まらない恐怖の中、誰もが怪訝《けげん》な表情をしているがサティスだけがその正体に気付いた。

「……セ、ト？」

「誰だソレは？　そんな奴は知らん。俺は……」

とぼけるようにして彼《セト》が振り向く。

黒い布を頭部全体に巻きつけ、その上からあるお面をつけていた。

「────通りすがりの、猿《SARU》だッ！」

間抜けな表情をした猿のお面をつけた彼はそう叫ぶと、死んだ兵士から取ったであろう二本の剣を構える。

魔物が体勢を立て直し、頭を軽く振るや、彼のほうを睨みつけた。

突如現れた猿を名乗る少年剣士に、街の人々は一瞬恐怖を忘れる。

だが、その戦い方は彼らの想像を絶するモノだった。

魔物の巨体を活《い》かした猛攻を軽業《かるわざ》のように躱《かわ》し、魔物の身体の構造上柔らかい部分を見つけてはそこに斬撃を浴びせる。

潜り込み、飛び乗り、よじ登り、剣で突き刺し、鋭く斬り裂いた。

戦法は剣士というよりも、暗殺者《アサシン》に近いものを感じる。

その一方で、魔物は体力と憤怒のピークを超えたのか、徐々に攻撃のペースを落としていく。

最早一方的とも言える鋭い連撃の中で、彼の動きはさらに精度を増していった。

だが、どれもが決定打にはならない。しだいに剣が欠け始めた。

そんなことは露《つゆ》知らず、圧倒している彼に周りの人々から歓声が上がる。

「いいぞー！　猿ぅー!!」

「やれやれー!!」

彼らが応援している存在は、実はすべてに見捨てられた少年兵。

それが今英雄的な活躍をしている。

だが、元少年兵はその正体を知らせることはない。

誰もが感謝し褒め称《たた》えるであろう絶好の機会を、彼は……セトは、サティスとの約束を守るために使った。

いつもの姿のまま戦ったら、変に目立つことになる。

ましてや魔剣を使えばその特異性から噂が広まり、さらなる戦火に巻き込まれる可能性が高い。

そうなればセトはまた戦場へと立ち、サティスもまた激動の時代の流れでもがき苦しむこととなるだろう。

(私と、私との約束を守るために……身体中に布を巻きつけて、そんなお面を付けて……誰にもわからないようにして)

朝食時に交わした約束を、絶対の命令ではないにもかかわらず、セトは忠実に守ろうとしていた。

それでも守っては貰いたかったが、こんな緊急時でもまるで任務のように重く受け止め戦いに望むセトの姿に、心動かされるものがあった。

セトは命懸けで戦ってくれているのに自分は守られたままでいいのか、と。

そんな思いがサティスの中に火のような意志を宿し、眼光を鋭くさせた。

「お猿さん、援護しますね！」

サティスは魔力を溜める。

魔人特有の膨大な力を使ったものではなく、あくまで人間の出力で彼を援護するのだ。彼が今そうしている要領で。

「喰らいなさい‼」

魔力で編み込まれた炎の弾丸が、魔物の顔面に高速で当たる。

爆発により現れる多量の煙、その中でセトはお面越しに彼女と目が合った。

——魔剣を使いなさい‼

視界が防がれた今なら、会心の一撃を与えられる。

そのチャンスを、サティスはトラウマを乗り越えて作り上げた。

無論、これをふいにするなどとんでもないとセトはお面の中で笑った。

最早切れ味を失くした二本の剣を捨てるや、極東の島国に伝わる剣技『抜刀術《ばっとうじゅつ》』のような構えをとる。

魔物は怯みながらも、薄らと目を開けた。

そこにはあの忌々《いまいま》しい猿剣士がいる。

包み込まれる煙の中、噛み付こうと襲い掛かった直後に、魔剣による一閃《いっせん》が魔物の首を刈り取った。

それは先日戦ったイノシシのような魔物を倒す際に披露した、空間からの魔剣召喚。

その応用技だ。

彼の構える腰元から、超高速で飛び出す魔剣。

それをタイミングよく掴み、弧を描くように振り抜く。

――居合斬りだ。

超高速を保ったまま最高の威力を持つ魔剣の切っ先が、魔物に致命傷を与えた。

天頂高くまで振り抜いた魔剣を一瞬にして空間へと戻す。

傍から見れば、まさに刹那《せつな》の斬撃。

完全に虚を突かれた魔物は金瘡《きんそう》からおびただしい血液を噴射しながら、断末魔を上げることもなく死んだ。

煙が剣風によって払われたころにはすべてが終わっていた。

それを見た街の人々は大歓声を上げて、彼らの勇気ある行動を褒め称える。

サティスの咄嗟《とっさ》の援護攻撃にもまた賛美を送り、猿の面をかぶって正体を隠したセトにも感謝の言葉が降り注ぐ。

だが、セトはそんな雰囲気を物ともせず、颯爽《さっそう》と走り去っていった。

サティスもまた魔術で転移を使い、人気のない場所へといったん移る。

その場所から歩いてサティスが宿の部屋へ戻ると、平然としたセトが鼻歌交じりに出迎えてくれた。

そして、とぼけたようにセトが口を開く。

「よう、遅かったな。南の区域の広場はたいへんだったらしいな。大丈夫だったか?」

「ええ、アナタが助けてくれたから」

「なんの話だ? 俺は早めにこの部屋へ戻って来たんだ。……どこかの猿と間違えているんじゃないのか?」

「フフフ、そうかもですね。そのおかげで私は一歩前に進めたんですから」

「……そうか」

セトは窓まで歩き、そこから街の風景を眺める。

興奮冷めやらぬ中、人々は魔物退治を祝して大騒ぎを始めていた。

「セト、そろそろこの街から出ようと思うんですが……どうです?」

「そうだな。それがいい」

ふたりの落ち着いた声が木造の部屋に響く。少し休んでから、ひっそりと旅立つことに決めた。

次の行く先はすでに決まっている。ここからさらに北の方にある村だ。

それまではふたりだけの時間を部屋の中で楽しんだ。

ベッドに座り、互いに身を寄せ合い、手を握った。

今の彼らにはそれだけで十分だった。

第二章

（一）魔王軍には暗雲が、勇者一行には凶刃が。

魔物の勇者一行襲撃から数日が経ったある日、魔王軍は人間たちの抵抗に対して苦戦を強《し》いられていた。

攻め込む国々の兵力と策謀に圧倒させられ、魔物たちは戦場で統率を失い、次から次へと葬り去られていく。

かつて広大だった魔王領も、人間たちによって徐々に占領され、人間たちにとって住みよい場所へと清められていった。

「えぇい！　圧されておるではないか‼　……貴様ら、サティスに次ぐ知恵者というからアイツ以上の待遇をしてやったというのに……一体なんだこのザマは⁉」

魔王城の王の間に魔王の怒号と杯を床に投げつける音が響く。

玉座の前にて魔物たちはビクビクと震えながらも、魔王に頭を垂れ平伏していた。

「申し訳ございませぬ魔王様。出しうる限りの策を練ってはいるのですが……」

「人間どもの力は侮れませぬ。……正直申し上げますと、サティスが人間たちの軍に対して策謀を練っていたころより、ずっと勢いが……」

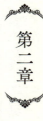

「たわけッ‼　……じゃあなにか？　あの役立たずがいたころよりも、我らの力が弱体化したと言いたいわけか⁉」

「いえ！　そのようなことはございませんッ！　……ただ、人間たちの中にも機知に富んだ者が多々いるようで、彼奴《きやつ》らは常に我々の裏をかきます。力で圧倒することに長《た》けた魔物にとってはきわめて不利な状況に立たされております」

「……サティスの策謀のお陰で、今まで我らの常勝が成っていたと。そう言いたいのか？　アイツを幹部から外し、屈辱と恐怖にまみれさせ、処刑しようとした我の采配ミスであったとッ⁉　あの者は自ら勇者たちに挑み、何度も失態を繰り返した！　そんな奴を、処分するべきではなかったと言いたいのかッ⁉」

魔王が怒りを露わにし、勢いよく玉座から立ち上がると、魔物たちを睨みつける。

しかし事実、サティスは人間たちの軍勢相手によくやっていた。

本来なら勇者一行はほかの幹部に担当させるべきだった。

だが、彼女は武功を上げることを望んだ。

もしもあのときサティスを説得し、そのまま国との戦いを指揮させ、ほかの幹部に勇者一行を任せていれば結果は違ったかもしれない。

彼女は戦争と戦闘を両立させて、少しでも魔王に尽くそうと必死だった。

今から冷静に思い返せば、幹部職の剥奪およびリンチに処刑というのはあまりにも早まったかもしれない。

戦争においても勇者一行においても、なかなか望み通りの結果が出ない日々が続く中、魔王もあのときはかなり焦燥していた。

その結果、サティスを痛めつけた挙句、処刑当日に逃げられたのだ。

彼女の代わりはいるだろうと高を括っていたが、結果は芳《かんば》しくない。

現にこうしてサティスの抜けた穴が埋められないのだ。

このままでは人間たちの侵攻を許してしまう。

「……捜せ。急ぎサティスを捜すのだ!! 彼奴はまだどこかに潜み、生き抜いているはず。ここへ連れてこいッ！」

「しかし魔王様。近隣の森や領土はすでに探索済みです。これ以上踏み込めば人間たちのさらなる攻撃を許してしまう可能性が……」

腹心の魔物の一匹が進言する。魔王は歯軋りをしながら黙りこくってしまった。

その邪悪な表情には、明らかに憤怒が現れている。

「……負けるか。我々魔物はこの世でもっとも優れた存在。我々魔物が負けるはずはないのだッ!!」

魔王としてのプライドが、彼の心に火をつける。

魔物こそ至高、魔物こそが上位に君臨する生命体なのだと。

「……フン、まぁいい。サティスなんぞの小賢《こざか》しい策を使わずとも、魔物の象徴たる圧倒的な力でねじ伏せればよいだけだ。……このまま各国の軍勢に攻撃せよ！ 奴らの機知とやらも我らの圧倒的な力で破壊するのだッ‼」

必要以上のプライドはとことんまで判断を鈍らせる。

魔王の言葉に、王の間に集結していた魔物たちは雄叫《おたけ》びを上げ、魔王に勝利を誓う。

たとえ泥沼の戦争になろうとも、彼らは戦う気でいた。そして魔王はある決断をする。

「我が僕《しもべ》たちよ。我はある決断をする。純血の魔物諸君にとってはきわめて不快なことであろうが……」

「ま、まさか……奴を……。あの〝元人間〟を導入するおつもりか⁉」

「そうだ。後天性の魔人……半人半魔となったあの男。魔物としてもハンパ者の力を使うのはいささか不愉快ではあるがな……」

魔王城の魔物たちの中には何百年と生きる者もおり、魔王もその一角を成す。

その中の大半は懐古主義者であり、伝統や血統を重んじる者が多い。

そのため、元人間で後天的に魔物となった存在は下に見ることが常であった。

どれだけ実力があっても純粋なる魔物ではないため、雑兵をやらされることが多いのだ。

——だが、規格外の存在もいる。

その〝男〟は今、ゴブリン部隊とともに行動し、谷を越えた場所にいる勇者一行を追い詰めようとしている。

「かつてその男は、ある王国の少年兵であると同時に、優秀な魔剣使いであった。奴の力……今のこの状況で下っ端仕事をさせておくのは惜しい。……奴の力は戦場でこそ真の効果を発揮する」

「ですが……奴は元人間の出来損ないです。我ら高等なる存在である生物が……あのような者に」

「フン、かまわぬ。ああいう戦闘狂はとことんまで利用するに限る」

こうして、ゴブリン部隊への伝令が急ぎ送られる。

空を飛ぶタイプの魔物はゴブリン部隊の行く先へと飛翔した。

時代は大きく動こうとしていた。

（二）魔王軍最強の魔剣兵士、現る。

魔王が伝令を飛ばしてから数時間後のこと。

谷を越えた深い森の中で、勇者一行とゴブリン部隊が交戦していた。

勇者たちは森を抜けた場所にある街まで行こうとしたが、ゴブリン部隊が迫ってきたことにより急遽応戦することになったのだ。

「数は減っている。このまま一気に押し返すんだ！」

勇者レイドの指揮のもと、下卑《げび》た笑みを浮かべるゴブリンたちの大半が、断末魔とともに倒れていった。

疲弊はしているものの、勇者一行の戦いぶりはまだ衰えていない。

そんなときだった。

「……やるじゃない」

ゴブリン部隊の中から、その場に似合わない人物が現れる。

二十代から三十代くらいの人間にも見えるダウナー系の男が、部隊の後ろからノソノソと歩いてきた。

鍛え抜かれた肌を全面に晒した上半身は、いくつもの色で描かれたラインで彩られており、肌に残る無数の刀傷は歴戦の猛者《もさ》であるということを証明していた。

頭髪は綺麗になく、見開いた目は焦点が合っていない。

それどころか先ほどから、一切瞬《まばた》きをしていないのだ。

ゾンビのようにフラフラ歩き、ギョロリとした目と感情のこもらない表情で勇者一行を見る。

だがそんな彼の遅い登場に、怒り狂ったゴブリンの一匹が彼を怒鳴った。

「テメェなにやってんだ新人《ルーキー》‼　俺たちが戦ってるときにテメェは高みの見物か⁉」

「うるせぇな……アンタらくらいならこれくらい余裕かなと思ったんだよ。こんな暇な仕事」

「なんだと……？　元人間のくせに、半分魔人の成り損ないのくせに生意気抜かしやがるか⁉　おい、〝ゴブロク〟！　テメェどういう指導してんだッ⁉　テメェに新人の面倒見ろって言ったはずだよなぁ⁉」

静かに反論する男に対しゴブリンは烈火のごとく怒った。

そんな中、ゴブロクと呼ばれた一体のゴブリンがさらに遅れてやってきて、彼らに謝罪する。

「す、すまない。……どう言おうとマイペースを崩さん御仁《ごじん》でな。それに、もう大丈夫だ！　この御仁が来たからには彼奴らも……」

ゴブロクと言われるこのゴブリンはほかのゴブリンとは雰囲気が違っていた。

なぜ彼もまた冷遇されているのかは不明だが、それでも実力者であることは勇者レイドも一目で理解する。

だが新人と呼ばれた男はさらに規格外の存在だ。

人間と魔人、半人半魔の存在。

どういう経緯《いきさつ》でそうなったかは不明だが、男から漏れる殺気の渦は尋常じゃない。

あの魔王軍幹部のサティスよりも恐ろしい存在かもと、パーティーメンバー全員が感じ取った。

「ケッ、まぁいい。……おう、新人。勇者御一行様にテメェの力を見せてやれ。……『怒り狂う鰐《セベク》』の記号《なまえ》を持つ魔剣兵士よッ!!」

ゴブリン部隊のリーダー格の一匹がこう叫ぶと、セベクと呼ばれた男は空間から一振りの魔剣を取り出す。

湾曲した刀身が蒼白のオーラに包まれ異質な輝きを見せていた。

「な、なにぃ……!?　魔剣使い、だと？」

女武闘家ヒュドラが思わず息をのむ。

かつてパーティーから追い出したセトと同じ力を、この男は持っていた。

「嘘でしょ？　魔王軍に魔剣の使い手なんていなかったはずよ!?」

「……新人、と言われていたあたり、魔王軍に加わったのは最近のことでしょうな、しかし、なんと破廉恥なッ!　人間でありながら、魔剣の使い手という選ばれた存在でありながら、神と国の意志に逆らい魔人と成り果てるとは!!」

女魔術師アンジェリカはセベクの存在に驚愕し、僧侶マクレーンは彼の罪と行動に怒り、咎めた。

だがセベクは相変わらずなにを考えているかわからないような表情で、勇者一行を見据えながら彼らに歩み寄っていく。

「戦いに魔物も人間も関係ない。俺は滅茶苦茶に斬りたいだけだ。……だが、人間のままじゃちょいと不自由でね。魔物になれば長い間若い姿でいられる。つまりそれだけの期間、殺戮《さつりく》を愉《たの》しめる。……なにかいけない？」

「ただ斬りたいだけ……殺戮を愉しみたいだと⁉　魔剣使いにはロクな奴がいないな。そんなことが許されるはずがないだろうッ!!」

「……バカだねぇ。この世から戦争を失くすなんてとんでもないよ。戦争は素晴らしい。戦争こそ、後世に残すべき唯一無二のものじゃないかな？　ん？」

勇者レイドの激昂に対しても軽く受け流すどころか、逆に挑発する。

セベクの真っ黒な瞳は、不気味なほどにくっきりと自分を憎悪するレイドを映していた。

「き、貴様ぁ……ッ!!」

「正義のためにはまず人を、世界の不条理を憎まなきゃいけない。ゆえにお前の正義には憎しみしかない。……いいよ。この世に戦争を残すにはお前みたいな奴が必要なんだ」

「なんだとぉ⁉」

「だけど、こっちもそろそろ仕事しないとだ。……『蛇の毒《アポピス》』の名を冠する俺の魔剣、見事凌《しの》げるか？」

冷たく言い放つセベクの様子が突如一変。

身体の動きにメリハリが生まれ、重厚な闘気を放ちながらどっしりとした正眼《せいがん》の構えで彼らを迎える。

(な……なんだ、コイツの気配が一気に。……まるでさっきとは別人だ)

四人もまた一斉に構える。

だが、戦いの火蓋が切られようとした直後に横槍を入れられた。魔王からの伝令が到着したのだ。

鳥のような姿をした魔物がセベクの肩に止まって言伝《ことづて》る。

『ゴブリン部隊の所属を取り消す。すぐさま西の戦場、そして東の戦場へと足を運び戦列に参陣せよ』

これを聞いてセベクは口元を不気味に緩ませた。

「……面白そうじゃん。やっとオレの使い道わかってきたね、魔王さんは。……悪いけど部隊抜けるわ。めんご」

「ハァッ⁉　テメェ俺たちの部隊を抜けるだとぉ⁉　……せめて仕事終わらせていけ！」

「アンタらでやってよ。……正直、こんな雑魚を相手するよりずっと面白そうなんだよ」

気怠《けだる》そうな表情でそう言うと、セベクは、雑魚と言われてワナワナと震えながら静かに怒る四人を見据えた。

セベクは魔剣を空間に納め、踵《きびす》を返すと鼻歌交じりに去っていこうとする。

「楽しくなってきたよぉ。……あ、でも案内とかは欲しいなぁ。なぁゴブロク、アンタ案内役やってくれよ。オレの指導係なんだろ？」

「え、あ、あぁ……」

そう言ってふたりは森が醸し出す闇の中へと消えていった。その間に、勇者一行とゴブリン部隊との戦いが再開される。

勇者一行は侮辱された怒りをゴブリンたちにぶつけ、ゴブリンたちは状況への苛立ちを戦意に変えて襲い掛かった。

湧き起こる憤怒の情を、殺意に変えたゴブリンたちの攻撃はすさまじく、棍棒や槍、剣などの威力は先ほどとは段違いになっていた。

「ぐがっ⁉」

レイドやヒュドラは顔や脇腹に棍棒の一撃を受ける。

後衛を任されるアンジェリカとマクレーンにもまた、投げ槍や石の投擲《とうてき》が降り注ぎ、詠唱の邪魔をされながらも凶刃が命を刈り取らんと伸びてきた。

絶対絶命になろうとも、ヒュドラによる体術と高速剣技、そしてレイドの魔力と切れ味のいい名剣による全体攻撃も取り入れた攻めで勇者たちは劣勢を押し返す。

「このまま一気にカタをつけるッ‼」

「我が武……思い知れッ！」

「炎の魔術を使うわ。フォローお願い！」

「周りに引火せぬよう、私が術を施します」

ゴブリンたちは勇者一行の猛攻により、一気に窮地に陥り、瞬《また》く間に全滅した。

ようやく戦いを終えた勇者たちは、傷付いた身体に鞭を打ちながらも、街に向けて進んでいく。

しかし、激しい攻防で体力を消費し、次の戦闘が発生すれば確実に死んでしまうだろうという危ない事態になっていた。

魔力も尽きかけ回復魔術による回復も難しい、だがここで休むのは危険だ。

街までまだまだ掛かる。それまで補給は一切ない。地獄のようなこの状況に一行の精神が蝕《むしば》まれていく。

戦いに勝ったにもかかわらず、その場の空気は重鈍な暗さを孕んでいた。

——この世の不条理への憎しみだ。

度重なる苦難と災難により、憎しみの炎は勢いを増し、仲間の絆《きずな》を容赦なく焼いていった。

この戦闘がきっかけで、パーティーはのちに崩壊する。

すでにその兆候は出ていた……。

(三) 俺たちが道を歩いていたら、なんか人が倒れていた。

魔王軍、人間たちの各国軍、そして勇者一行。

いくつもの勢力が鎬《しのぎ》を削り合い、世界を激動の時代へと導いていく。

そんな中、街道を並んで歩くセトとサティス。

クレイ・シャットの街を出て数日が経っていた。

「こんなにも長閑《のどか》な街道を歩くのは久しぶりだ」

「最近は魔王様……いえ、魔王の勢力は徐々に削がれていっていますからね。人類側にもある程度の平穏がもたらされてきました。この街道もかなり人が通れるようになったようです」

「……ってことは、魔王軍との戦いはもうすぐ終わるのか？」

「恐らくは」

こうした会話をしながら、彼らは陽光と微風を感じつつ心地いい街道を進む。

時刻は昼を少し過ぎたころ。どこまでも広がる青空の向こう側には、雄々しくそびえる山脈が雲から顔を出していた。

鳶《とんび》が鳴きながら宙を舞い、街道から見える草原には、この世の地獄を感じさせない確かな安らぎがあった。

「……人間はこういうところにピクニックへ来てゆったりとした時間を楽しむらしいですよ？」

「ピクニック？」

「ん〜、遊山《ゆさん》と申しますか遠足と申しますか……まぁ、皆で遠出をして楽しむってことです」

「そういうのもあるのかぁ。だったら、早く世界が平和になるといいな」

セトは柔らかい表情で、見渡す限りの世界に思いを寄せた。

彼は森の中でサティスと出会ってから平穏というモノを知る。

それは彼女も同じ。あれだけ貶め合った関係がこうして繋がり合い、心に安寧を与えていく。

血生臭い戦場で生きてきた修羅ふたりが、こうして仲良く歩くなど一体誰が予想できようか。

「もうすぐベンジャミン村に着きますね。……〝変わり者の村〟とも言われているらしいですが、まぁ問題はないでしょう」

「変わり者か。俺たちも人のこと言えない気がするけどな。ハハハ。……ん、なんか落ちてるぞ？」

たわいない会話が続く中、セトが前方を指差す。道の真ん中で大きな布切れが丸まっていた。

「……んん～、あれってもしかして、ヒト？」

サティスが怪訝な顔を浮かべ、眼鏡を何度か動かしながら注視する。

確かに人のような輪郭があり、若干モゾモゾと動いていた。

「……敵か？」

「いやまさか。あんなところに伏せて待ってる敵とかふざけすぎですよ。むしろ魔物の中にそんなのいたら、絶対部下に持ちたくないですわ」

ふたりは慎重に布のほうへと近づく。どうやらそれはローブのようで、中には人間がいた。

鎧をまとった女性だ。

赤い髪が特徴の歳若い女性が、ボロボロの状態で倒れていた。

「……まだ生きてる。サティス、水を」

そう言いかけた直後、女性の手が瞬時にセトの足を掴む。

顔を上げながらおぞましい形相で、セトを見上げ彼女は口を開いた。

「水と……飯だ。水と飯くれ……三日くらいなにも食ってないんだ。頼むよ～……」

「え、いや、アンタ大丈夫か……？」

「大丈夫じゃないから、飯と水くれって言ってんだよぉおおお!!」

「うぉおッ⁉」

そう言ってゾンビのように勢いよく襲い掛かってきた。

力なく倒れていたのが嘘のように、洗練された動きを見せる。訓練された兵士の動きだ。

半ば発狂してるようにも見えるが、素早い動作でセトの腕を取ろうとしてくる。

だが、万全の状態のセト相手には分が悪すぎたようで、逆に組み伏せられてしまった。

「うぐぅ……お腹……すいたぁ……」

「アンタ、兵士だな。……サティス、パンと水をこの人に分けてくれないか？」

「あー、ビックリした。……まぁセトがそう言うのなら」

いったんここで休息を取ることとした。

女性はガツガツとパンを平らげ、水を一気飲みする。

「あーあーそんなにがっついちゃって。胃がおかしくなりますよ？」

あまりの勢いに苦笑いを浮かべるサティス。

それと同時に疑問に思う。彼女の鎧は今いるこの国の兵士のものだ。

しかしこの女性は部隊から離れ、独りでここにいた。

部隊とはぐれてしまったのか、それとも戦場から逃げてきたのか。

「いやぁ～助かった。あぁ腹のことは気にするな。生まれつき丈夫だ」

すっかりと生気を取り戻した女性は、一息ついたあと、ふたりに礼をした。

「少年、先ほどはすまなかったな。腹を空かせてつい取り乱してしまったぞ」

「いや、いいんだ。……アンタ兵士だよな。ここでなにしてたんだ？」

「言っただろう。道に迷ってしまったんだ」

曰《いわ》く、彼女はある出来事がきっかけで、左遷となったらしい。

元々は部隊を率いる隊長だったのだが降格され、ある村へと行くところだったようだ。

「まぁいろいろあるんだ、大人には」

「そういうものか。……あ、自己紹介がまだだったな。俺はセトっていうんだ」

「私はサティスと申します。今はこうしてふたりで旅をしてるんです」

ふたりが自己紹介をすると、女性は怪訝な顔をする。

「セト……サティス……はて、どこかで……。うぅん、思い出せん。まぁいい。……私の名はキリムだ。このたび、ベンジャミン村に配属となったこの国の兵士だ」

頭を掻きながら考え込むが、記憶が曖昧《あいまい》なのかあっさりと諦めた。

このキリムという女兵士はどうやらセトたちと同じ場所へと行くらしい。

「道に迷ったと言ってたな。俺たちと一緒に来ないか？　サティスがベンジャミン村までの道を知ってる」

「本当か⁉　いやぁ旅は道連れ世は情けとはまさにこのことだ‼　うん！　よろしく頼むぞ⁉」

「え、ええ、こちらこそよろしくお願いします」

セトとは反対にサティスは乗り気ではない。

それもそのはずだ。

キリムは曖昧でこそあれ、自分たちのことを知っているような節がある。

もしものことを考えると不安になるのだ。

「大丈夫だサティス。なにかあっても俺がなんとかするから……」

「でも……」

「それに、この人からは嫌な気配は感じない。あの傭兵《ホームズ》のようにね」

「傭兵……？　まぁ、わかりました。でも無理はなさらないように」

セトの言葉に、なんとかサティスは自分を納得させた。

そう言えば、ホームズのことをサティスに話していなかったのをセトは思い出す。

クレイ・シャットの街で出会った髭面の男。

セトはキリムになぜか彼と似たような雰囲気を感じたのだ。

性格は違えど、通じるものがあるような……。

女兵士キリムを交え、サティスの案内の元再び歩き出す一行。

因《ちな》みに、キリムとホームズは実は元恋人同士であったとセトたちが知ったのはもう少ししてからだった。

そして恋人同士であったことは、彼女の左遷と関わりあるものだった。

（四）俺たちはベンジャミン村に辿り着き、村長と出会う。

——ベンジャミン村。

大空と広大な山脈を背後に佇む村。

木造の古い家が立ち並ぶが、どれもが芸術的な造りだった。

屋敷というほどの規模ではないが、それでも丈夫そうな家々。

畑には野菜が実り農具が置かれている。そして農夫もいた。

果樹園では幾人もの女性が、木々の手入れをしていた。

「うん、着いたな。まずは村長に挨拶だ。君たちもどうだ？　この村に用があるんだったら、まずは村長に挨拶したほうがいいぞ？」

「そうなのか？　……わかった、一緒に行こう」

「えぇ、この道をまっすぐ行けば確か比較的大きな家があるので、そこへ行けばよいかと」

こうして三人は村長の家へ行く。

変わり者の村と人々から噂される辺境の村。

一見なんの変哲もない村に思えるが、一体どんな秘密があるのだろうかと、セトとサティスは密やかに考えを巡らせながらも村長へ会いに行った。

すぐに面会がかない、三人は村長の執務室へと入る。

部屋の奥には執務机、そして周りには本棚、テーブルと古ぼけたソファーが部屋の中央に置かれていた。

執務机で仕事をしていた村長が椅子から腰を上げた。

年老いた女性だったが、佇まいから感じる気品が年齢よりも遥かに若く見せる。

「ようこそおいでくださいましたね、キリムさん。……と、お連れの方かしら」

「あぁ、彼らは恩人です。彼らもまたこの村に用があるということで一緒に……」

「そうでしたか。どうぞおかけになって。お茶を用意させます」

そう言って村長は使用人に無言の指示を出して、上座へと座る。

向かいに座る三人をにこやかに見ながら、彼女は歓迎の言葉を述べた。

「ようこそベンジャミン村へ。私はここの村長のスカーレットと申します。アナタは今日からこの村の衛兵として働かれるキリムさん。……さて、そちらの素敵な御二方は」

サティスとセトに穏やかな視線を向ける。

「俺はセトだ」

「サティスです。この子の身内のようなものです」

スラッと答えるサティスに一瞬視線を向けるセト。

(身内ってなんだよ)

(こういったほうが先方も安心するでしょう?)

ひそひそと話すふたりを見ながら、運ばれてきた紅茶をすするスカーレット。

「フフフ、随分と仲がよろしいのね。私も昔を思い出すわ」

そうして微笑んだあと、雑談も交えつつキリムに仕事の話をした。

キリムは早速使用人のひとりに連れられて、住み込む家となり仕事場となる建物へと向かった。

スカーレットは彼女を見送ったあと、ソファーに座って仲良く紅茶をすすっていたふたりに話しかける。

「さて、紅茶を堪能していただいているところ悪いのですが……おふたりがこの村に来た目的は？　この村に住みたいとか？」

「あぁ、いえ。私たちは旅をしているんです。これから長旅になると思いますので、できれば幾日か滞在をと……。勿論そこまで長居する気はありませんので、どうかご許可をいただけないかと」

「あぁ、そんなこと」

スカーレットが笑った。そして使用人に資料を持ってきてもらうと、少しの間目を通す。

「この村に宿があるのか？」

「違うわセト君。家の持ち主が亡くなったことで、空き家が少し増えててね。いくつか取り壊しちゃったけど、余ってる空き家のどこかなら貸せそうなのよ。……この家なんてどうかしら？　ふたりだけでしばらく過ごすならここがいいんじゃない？」

「斡旋《あっせん》までしていただいて、ありがとうございます」

「いいのよ。女子供だけじゃ旅もキツいだろうし。……いっそのこと、ここに住む？」

「え？　でも俺たちは余所者《よそもの》だ。いきなり来て勝手に居座るなんて、ほかの村人が許さないんじゃないのか？」

セトの驚いた表情に、スカーレットはまたも穏やかに笑う。

「ここの噂は知っているでしょう？　ここは変わり者の村。……この村にいるのは、ほとんどが余所から来た人たちなのよ。……かつて伝説の英雄とまで言われた人もいれば、商売で一財産を築き上げたけどいろいろあって無一文になってしまった男だっている。いろいろな過去を背負った人たちがここへ辿り着き住み始めるの。……まるで御伽噺の魔法のようにこの村に惹きつけられてね」

不思議な縁と数奇な運命が、人をここへ引き寄せる。

では自分たちもその縁によってここへ来たのだろうかと、セトとサティスはふと考えた。

サティスが行こうと言いだしたこの村。これもまた運命というものなのか。

「……きっとあのキリムさんも、いろいろと不憫《ふびん》な目に遭いながらここへ流れ着いたのね。そういう人たちばっかり来るのよねぇ、この村。ホント不思議なんだから」

「争いとかは大丈夫なんですか？　そこまで、こう……個性的だと喧嘩とか絶えないんじゃ？」

「フフフ、この村ができたころはそりゃもう毎日のように乱闘騒ぎだったわ。人生に疲れた男どもが互いに怒鳴り合って、どこか哀しい瞳をした女たちがそれを見て面白可笑しく囃《はや》し立てるの。今ではいい思い出だわ」

懐かしむ村長の顔には、年齢を感じさせない美しさと懐古の念があった。

激動の時代を今なお生き続けるこの村の中で、きっとスカーレットは多くの人々を見てきたのだろう。

そして、多くの人々の最期を見送ってきたのだろう。

「さて、空き家への案内だけど。生憎《あいにく》私は忙しくてね。……ウチの使用人に案内させるわ」

「はい、ありがとうございます」

「助かる……いや、助かりました」

「フフフ、ゆっくりしていってね。私もあとでお伺いするわ。久々のお客様だから、村の案内とか張り切っちゃうわね」

そうして、セトとサティスは使用人に空き家へと案内される。

そこはほかと比べると比較的小さな家だったが二階建てで、個人の部屋はふたつ。リビングには生活用品がそのまま置いてあった。

村長が来るまで、セトとサティスは家の中でゆっくりと過ごすことにした。

(五) ベンジャミン村で、俺たちは新しい一歩を……。

セトたちの家はこの村のやや高い場所にある。

二階のバルコニーからは村を一望でき、セトはサティスとともにそれを眺めていた。

「山脈の上にはずっと雪が積もってるんだな」

「上空の気温は地上より遥かに低いですからね。飛べる魔物たちの中には寒さに慣れていないものもいます。ですのでそういうときは魔術で加護を付与したりするんです。まぁ今となってはどうでもいい話ですけど」

そういったたわいのない話をしていると、スカーレット村長がこの家までやってくるのが見えた。

バルコニーにいるふたりを見て、手を振りながら微笑みかけてくる。

セトとサティスはすぐさま下に降りて、彼女を出迎えることにした。

「ふぅ、歳を取るとこんな小さな坂道もきつくなるわ。……で、どうかしらこの家は」

「すごく気に入った。なにより景色が綺麗だ」

「こんな豪勢な空き家まで貸していただいて、村長自ら出向いてくださるなんて……恐縮です」

「いいのよ。久々のお客様だもの。さぁ、村の中を案内しますわ。ついてきてください」

こうしてスカーレットはセトとサティスを後ろに従え、村の中を案内し始めた。

「畑仕事はもちろん、村の外れにある森へ狩りに出かける人もいるわ。中には魔術の研究にずっと打ち込んでる魔術師だっている。鍛冶職人もいて主に村の外からの依頼を受けたりね。後はキリムさんみたいに衛兵で働く人くらいかしらねぇ」

「もっと過激なことばかりやってるかと思った」

「フフフ、変わり者の村ってことを考えればね。でも、やってることは皆普通よ。性格に少し難があったりするからたいへんだろうけど」

そう言いながら、スカーレットはある人物の家まで案内してくれた。

そこには茶色い髪と髭を生やした筋肉質な体躯の男がいる。

斧で薪《まき》を割っている最中で、汗水を流しながら仏頂面《ぶっちょうづら》で黙々と作業を行っている。

「彼はリョドー・アナコンデル。古くからの付き合いでね。私の相談役でもあるの」

「リョドー……まさかッ！」

彼の名前を聞き、セトが大きな反応を見せる。

セトはリョドーとは面識はないものの、その名を知っていた。

「伝説の暗殺弓兵《スナイパー》じゃないかッ！　なんでここに……」

そう言いかけたとき、リョドーは作業をやめて、セトの言葉を制止した。

表情は曇っていて、げんなりしている雰囲気を漂わせている。

彼は英雄と言っても過言ではない存在。少年兵だったセトにとっては、一種の憧れでもあったのだ。

だが、彼は静かにセトに語る。

「俺はそんなにいいもんじゃない。陰にコソコソ隠れながら他者の命を奪ってきた殺戮者だ」

「え……、でも……」

「小僧、この村では他人の過去を勝手に詮索《せんさく》しないというのが暗黙のルールだ。これ以上の詮索はやめろ。わかったな？」

そう言ってリョドーはその場に腰掛けるや、水筒の水を飲む。

大粒の汗に光が反射して見えた。

「……で、村長。このふたりは新規入居者か？」

「短期間だけ空き家を貸すことにしたのです。なんでもふたりで旅をしてらっしゃるんですって」

「ほ～ん。若いのによくやるな」

そう言って、セトとサティスを一瞥《いちべつ》する。

歴戦の戦士から村人へと変わってもその眼光はまるで衰えていない。

セトは英雄との遭遇で緊張を露わにしていた。

そんな彼をリョドーは新兵を見る上官の目で観察しているようにも見える。

「こんな風に無愛想な人だけど、根はいい人だからね」

「村長、余計なことは言わんでくれ」

「あら、本当のことでしょう？　村の人たちを家族《ファミリー》のように見てくれるアナタがいて、私すっごく助かってるのよ」

「……フンッ」

そっぽを向いたリョドーは立ち上がり、割った薪をまとめて家の裏へ運んでいった。

「……ごめんなさいね。ちょっとシャイなの、あの人」

「いや、いい。俺はあの人に出会えただけで満足だ」

「でも、随分と疲れた顔をしてらっしゃいますね。彼も戦場が疲れたっていうクチでしょうか」

「まぁそうね。いろいろあるのよ。……さて、案内はここまでね。後は自由にしていただいて……あら？」

スカーレットがふと空を見上げる。一匹の鷹がこちらに飛んできて、ゆっくりと舞い降りてきた。

足には書状を入れる小さな筒が付けられている。

「速達かしらねぇ。こんな時期に珍しい。……まぁ、なんてこと」

スカーレットが筒から書状を取り出し、書かれている内容に静かに驚く。

「……お二方、少しの間の滞在を予定してたんだろうけど、しばらくはこの村にいたほうがよさそうよ」

「え、それはどうしてです？　なにか問題でも？」

サティスの表情が曇り、焦りが見える。嫌な予感がしてならなかった。

だが、そんなサティスを諭すようにスカーレットは優しく答えた。

「心配しないで、遠い場所のことよ。……魔王軍が勢いを少しずつ盛り返してきてるみたい。周辺諸国も緊張が高まって、国境や関所を閉じてるらしいわ。どれぐらい掛かるかわからないけど、事態が落ち着くまで滞在なさい」

「いいのか？　俺たちは今日来たばかりなのに……」

「それでしたら、せめてなにか村のお手伝いでも……」

「フフフ、無理なさらなくてもいいのに。でも、自分からなにかをしたいっていうその気持ちは素晴らしいことね。……その辺も少し考えておきます。それまでどうぞごゆっくり」

そう言ってひとまずは解散。

スカーレットは「なにかわからないことがあればいつでも聞きに来て」と言い残し、そのまま自宅へと戻っていった。

セトとサティスも家まで戻ることにした。

「しかし、このタイミングで魔王軍が勢いを盛り返すなんて……なにかあるのか？」

「ほかの幹部連中で、あの情勢から一気に盛り返すのは難しいかと。……ただ、ひとりを除いてね」

「ん？　誰か強い奴がいるのか？」

「いますね。恐らく魔王軍最強の……。ふぅ、やっぱりやめましょう。こんな長閑な村にまで来て戦争の話は」

「……そうだな。俺も村の生活ってのを味わってみたい。サティスと一緒に……」

「私もです。セト」

道中、ふたりは手を繋ぎ家まで歩く。

戦争中とは思えないほどに緩やかな風と陽光がふたりを包んだ。

ここでは穏やかな時間と感情が、ふたりを安寧に誘う。

もしかしたら、ここは自分たちの新天地になるかもしれないとセトは思いを巡らせた。

ここで一緒にサティスと暮らし、ゆくゆくはまた旅へと出てまだ見ぬ世界を彼女とともに見る。

そんな未来を思い描くと、心になにか温かいモノを感じた。

これまでに何度も感じた彼女への未知なる感情。

これが、〝愛《いと》おしい〟という感情なのだろうかと、セトは慣れない心に戸惑う。

（六）魔王軍の揺らぎ、崩れゆく戦線。

「えぇい！　まだ人間どもを押し返せんか！」

「はッ！　彼奴らの士気はこれまで以上に上がってきており、このまま突貫を続ければ……」

「我ら天下の魔王軍が人間の軍勢ごときに負けると？　ありえぬ！　我ら魔王軍が……このワシが負けるなどありえんのだッ!!」

とある戦場にて軍を指揮する幹部のオークキングが、陣地内で怒号を散らす。

集団による魔物の力は凄まじいものだが、人間たちはそれを逆手に取り、魔物の数を一気に減らしていった。

オークキング直轄部隊であるオークたちは、ほぼ壊滅状態。

あとは魔王より預かった魔物勢となるのだが、その数も最早半分以下。

完全に劣勢に立たされており、これ以上の戦いは多勢に無勢、危険極まりない。

「進めッ！　突貫あるのみ！　気合で押し返すのだ！」

オークキングは怒りに任せ、指揮をとり、いたずらに魔物たちの命を戦火にて溶かしていく。

人間たちの巧みな戦術が魔王軍を追い詰めていき、この戦場の勝敗はもはや決まったも同然。

——だが、そこにイレギュラーが現れる。

半人半魔の存在にして、魔王軍最強の魔剣兵士は、ゴブリンのゴブロクを引き連れ、ギョロついた目で戦場を見渡しながら魔王軍の陣地に来た。

「お、お前は……」

魔物の一匹が息をのむ。ゴブリン部隊にいた男がなにゆえこの場にいるのか、ゴブロクが前に出て説明する。

「……魔王様より言伝があった。これよりこの魔剣兵士セベクが加勢する」

「な、なにぃ？　どういうことだ」

「各戦場で我ら魔王軍が劣勢に立たされている。戦況を立て直すために派遣された」

セベクはこの話に興味なさそうに欠伸をし、勢いづく人間の軍勢にゆっくり目をやる。

主力となっている兵団はどこか、ならどこから斬りこめばよいか、それをずっと考えていた。

「魔王様からの言伝ぇ？　その半端者が加勢だとぉ!?」

オークキングが巨体を揺らしながらズカズカと歩み寄ってくる。

指揮官である彼に見向きもしない不気味なこの元人間を睨みつけながら、またしても怒号を上げた。

「いらぬッ!!　こんな魔物でも人間でもない下っ端の加勢などッ！　すぐにでも盛り返してやるわぁ!!」

「……その下っ端をコキ使わなきゃ、現場のひとつもロクに回せないド無能はどこのどいつだよ」

戦場を眺めながらオークキングに即答で侮蔑《ぶべつ》の言葉を吐くセベクに、周りが一気に凍り付いた。

オークキングはあまりの言葉に口をパクつかせ、ワナワナとその身を震わせている。

「別にいいよ、ほかにも戦場はいっぱいあるし。……だがもしここで俺を使えば一気に逆転できる。アンタの勝利、アンタは魔王に褒められる。……だがここで俺を追い出せば、人間たちに負けてアンタは死ぬ。ゲームセット」

オークキングは顔を真っ赤にして鼻息を荒くしていた。

上級魔物としてのプライドと幹部として確実な勝利をもたらさなければならないという責任で、板挟みになっている。

しばらくセベクを睨みつけながら黙っていると、セベクがいきなり大声を上げた。

「じっかん切れぇぇぇぇぇぇッ！！！」

目を見開いたまま満面の笑みを浮かべたセベクは、その表情を保ったまま戦場を指差す。

オークキングは我に返りその方向を見てみる。もうすぐそこまで人間たちの軍勢が迫ってきていた。

前戦で戦っていた魔物たちが全滅したのだ。オークキングの顔から血の気が引く。

感情に囚《とら》われ、完全に戦況から目を逸らしていた。

喝采《かっさい》にも似た勝利の雄叫びを上げながら、オークキングの陣まで迫ってくる人間たち。

(し、しまったぁッ！　ワシとしたことが……とんだ失態だ)

オークキングは自慢の武器である巨大な斧を見る。

圧倒的な破壊力を持つ彼ならば、この状況を切り抜けられるかもしれない。

だが、人間たちの勢いはすさまじく、思わずたじろいてしまう。

上級魔物にして幹部であるオークキングは、戦意を削がれてしまっていた。

人間とはいえど、雑魚ではない。

魔物たちを討伐するためのあらゆる叡智と装備を彼らは持っている。

斧を振り回し突撃しても、これだけの数を相手には無理だ。

このままいけば一気に蹂躙《じゅうりん》される。

「わ、ワシを守れっ！　貴様など！　ワシのために死ねぇ‼」

「お、オークキング様ッ⁉」

「殿じゃ！　貴様らに殿の任を申し渡すッ！　さらばだぁ‼」

オークキングは陣地にいる魔物たちを残し、足早に逃げ去っていった。

幹部の現場からの逃走に、当然魔物たちは混乱し、一気に統率力を失う。

「いいねぇ、楽しくなってきたよ～。なぁゴブロク」

「そう思うのはお前だけだッ！　……来るぞぉ」

このふたりを除いて魔物たちがてんやわんやになる中、人間たちは魔王軍の陣地に躍り出た。

槍を向け、剣を振り、そして魔術で焼き尽くす。

魔物たちが蜘蛛《くも》の子を散らすように逃げ惑い、その猛威に踏み潰される中、セベクは魔剣を振るい、人間たちを圧倒していた。

「そんなんじゃ俺を満足させられないよぉ」

槍で突いてきた兵士の足元に滑り込むようにして潜り込むや、勢いのまま魔剣アポピスで胴部を一閃。

次にやって来た兵士の顔を、カポエラのように蹴り上げ、宙に浮いた兵士を唐竹割。

真っ二つに割り、血と臓物を大地にぶちまける中、セベクは一気に前へ。

左右にいる兵士を左薙《な》ぎ、右切上と刀身を操り、武器や鎧ごと命を刈り取っていく。

重心を低く保ったままの斬撃は凄まじく、見事な剣捌《さば》きだ。

「なんだこの魔剣使い……化け物かッ⁉」

「囲めッ！　一気に槍で突き殺すんだッ！」

槍兵《そうへい》たちが穂先を向けながらセベクを囲む。

通常、剣の間合いは槍の間合いよりも短い。

間合いにおいては槍のほうが剣より圧倒的に有利。

そんな状況の中、セベクは笑う。

「甘いねぇ」

突如、セベクの魔剣の刀身が蒼白く染まり、それに呼応するかのごとく、セベクの瞳もまた青白く光った。

次の瞬間、魔剣アポピスの力が発動する。セベクはそのとき、そこに佇んだままだった。

微動だにせず、剣を振ろうとする素振りすらない。

にもかかわらず、周りにいた槍兵たちは、まるで見えない刃に斬り裂かれたかのようにその場でバラバラになる。

噴き出す血に囲まれながらセベクは薄ら笑いを浮かべた。

それを見た人間たちはたちまち動けなくなり、一歩また一歩と退いていく。

「く、退《ひ》けぇ！　退けぇぇッ‼」

人間たちが退いていく。

たったひとりの半人半魔に恐れを抱いた。

だが、勝利ではない。

オークキングは尻尾を巻いて逃げ去ってしまった。

「……オークキング殿は御無事だろうか？」

ゴブロクが剣を納めながらセベクに歩み寄る。

こちらは息せき切っているのに対し、セベクは呼吸ひとつ乱していない。

「ほっとけあんなクズ。どーせ魔王城に帰ったところで、魔王にぶっ殺されるだけだ。……ともあれ殿は成功。俺たちは別の戦場へ行こう」

「……戦うことばかりだな、お前は」

「俺はね……最高の相手と戦いたい。死ぬか生きるか……そいつとその感覚を分かち合いたい。絶対この世のどこかにいると思うんだけどねぇ〜。……勇者一行は雑魚だったけど」

「変わった奴だな」

「……アンタもな」

ボロボロになった自陣にはふたりしか残っていなかった。

戦場の風が虚しく吹きすさぶ中、次の戦場へと渡っていく。

（七）仲間が死んで、もうロクなことがない……誰のせいかわかってる？

ゴブリン部隊を撃破し、延々と続く道を進む勇者一行。

その道中で悲劇が起こる。僧侶マクレーンが死んだ。

過酷な状況で精神的にも追い詰められ、やつれていった彼は、ついに力尽きて倒れてしまった。

回復役としての柱だった彼が死んだことで、パーティーの力と士気はさらに激減する。

「……どうするのよ？　私の回復魔術じゃ力不足よ。なにより攻撃と回復を両立してやれなんて難しすぎてできないわ」

「開口一番それかい？　マクレーンが死んだ。仲間の死を悼《いた》まないのか？」

「ねぇレイドさん。こっちは水も食料もなしでもう何日も歩いてる。街や村は周辺には見えない。……これじゃあ魔王の城に辿り着く前に皆死ぬわ！　また襲撃があったらどうするつもりなの!?」

「わかってるよ。今考えているんだッ！」

「だったら早く考えてよ！　勇者でしょ!?」

取り乱す魔術師アンジェリカと勇者レイドが苛立ちを隠せずに言い争いをする。

本来これらを諫《いさ》める役目の僧侶マクレーンがいないため、言い争いはさらに悪化していった。

「待てお前たち！　冷静になるんだ！　この状況の中狂いそうになるのはわかるが、もっと冷静にだな……」

「なにが冷静よ！　だったらアンタがなんとかしなさいよ！　どうやってこの状況を切り抜けろっ

てのよ……もうッ！」

気性の荒いアンジェリカはもう誰も信じられない精神状態にあり、誰の意見も聞く気がなかった。

そんなアンジェリカに、苛立ちと殺意を胸中に巡らせながらも、それを必死で抑える女武闘家ヒュドラ。

そしてヒュドラはふと口に出した。

「もしも……もしも、あの少年兵のセトがいたなら。こういうとき、どう考えるんだろう。彼はずっと戦場で戦ってきたんだろうし、こういうときの行動を知っているのでは……」

だが、その言葉がレイドの癇《かん》に障《さわ》ったのか、彼に掴みかかられる。

「君まで僕の判断を今になって否定するのか？　……君もセトには侮蔑の目を向けていたのにッ！」

「ま、待て。私はただ……」

「そういうことだろ？　見損なったよヒュドラ。君は常に〝仁義〟という言葉を口にし、人道を説いてたね？　今の君は仁義に反しているんじゃないか？」

「な、なにを言っているッ!!　私はただこの状況をどうにかしたいと思って……それでふとセトのことを思い出しただけだ。彼は残忍とはいえ、過酷な環境下で生き延びていた戦士だ。なにか知恵を持っているかもと思って……それで……」

「それで？　……なんだよ？　セトのことを考えたらなにか思いつくのか？　勇者である僕をそっちのけで！」

レイドの目は血走り、旅立つ前とは最早別人のように、やつれて鬼気迫る表情をしていた。

彼もまた冷静ではない。魔王討伐の旅は過酷な現実にぶつかっていた。

勇者一行の旅は、もっと華《はな》やかで未知なる冒険に対する高揚感に満ち溢れたもの、仲間とともに苦難を乗り越え、強敵を倒していく。そういった語り継がれる伝説級の物語だと思っていた。

だが、現実は伝説とは違う。

レイドたちの欠点はあまりに夢や伝説を信じすぎてしまっていたこと。

それが反動として、大きく伸《の》し掛かっている。

「レイド……頼む、落ち着いてくれ……」

「僕は十分落ち着いてる!!」

普段上げないような怒鳴り声でヒュドラを威嚇《いかく》する。

その勢いにヒュドラは怯んだ。身体が震え、涙が浮かぶ。

そんなとき、アンジェリカがほくそ笑みながらヒュドラに冷たく言い放つ。

「ねぇヒュドラ。そんなに言うのなら、アナタ……セトを捜しに行けば？」

「な、なんだって……？」

「アナタの武術は大したものよ。でもね、魔物相手には威力が不足してるの。わかる？　今のアナタ……はっきり言ってお荷物よ？」

衝撃の発言にヒュドラは固まる。

これまでずっとこのパーティーのため、世界のために身に付けた武芸を披露してきた。

幼いころより培《つちか》ってきた鍛錬の成果。

だが、今この状況下においてヒュドラはセトと似たような境遇に立たされる。

そして、アンジェリカの発言にレイドまでもが賛同した。

「……そうだね。君は志《こころざし》は立派だけど、肝心の力がない」

「おい、待て。待ってくれ。私はこれまでずっとッ！」

「魔力の素養もないのに、これからどうやって戦うんだ？　魔王の幹部クラスはもっと強いぞ？……君はただ普通の人より強いだけだ。魔物相手になれば……」

「待てってば！」

ヒュドラはこの状況に焦りを感じた。

田舎《いなか》に残した父は、これまで教えてきた武術が世界平和のために役立ってくれるよう祈りながら、彼女の帰りを待っている。

そんな中、もしこんなところで追放なんてされたらと思うと気が気でない。

すべては無駄になってしまう。

国の期待を、そして父の期待を裏切ってしまうのは、まさしく仁義に反する行いだから。

「頼む、お願いだ……追い出すなんてことはしないでくれ。なんでもする、どんな命令も聞く。だから……見捨てないで……」

弱気な姿勢を見せるヒュドラ。

この際もう自身のプライドなど、どうだっていい。

魔王を倒すまでの間、自分はどんな存在にもなる。

そう決めた直後だった。

ニタリと不気味な笑みを浮かべたアンジェリカは、項垂れるヒュドラに歩み寄り、足を踏んずけながら言い放つ。

「あらそう、じゃあ命令してあげるわ。……セトを捜して連れてきなさい」

「え、でも……追放してから何日も経つ。セトだって動き回ってるだろうから今どこに……」

「口答えしないで!!　どんな命令でも聞くって言ったわよね？　だったら、あの戦闘狂を今すぐ捜しなさいッ!!　あのガキがいれば、どんな魔物がいても怖くないわ。これまで以上に戦闘も楽になる」

「わ、わかった……捜せば、いいんだな」

「そうよ、捜しなさい。そのあとはたっぷりとアナタをコキ使ってやるわ。アーッハッハッハッハッ！」

こうしてヒュドラは別行動を取りセトを捜すことに。だが、これは事実上、疑似的な追放処分だ。

ふたりと別れ、これまで来た道を戻っていくヒュドラ。

水も食料もない状態で、いつ死んでもおかしくない。死の恐怖に耐えながらも神経をすり減らしていくヒュドラの心は、徐々に黒く冷たい悲しみに満ち満ちていった。

「ん〜、ふたりだけになっちゃったけど、案外大勢いるより楽かもね」

「そうだねアンジェリカ。……ふぅー、少し冷静になってきたよ。少し休憩してからまた進もう。

戦いになったときの連携も考えなきゃね」

「そうね。もしかしたら、私たちこれでベストなパーティーなのかもしれないわ。まぁ、マクレーンには生きててほしかったけど」

「仕方ないよ。彼も結構貧弱だったからね」

ふたりの会話には狂気が垣間見え始めていた。

冷静、とレイドは言ったが、最早その目は焦点があっておらず、アンジェリカもずっと歪んだ笑みを見せていた。

最早勇者一行としての面影はないに等しかった。

そして、ヒュドラを別行動にさせたことで、最悪の事件が起こることに……。

(八) この村での生活に少し慣れてきた (セト編)。

村へ来てから五日が経った。

その間にセトとサティスは自分にできることを考え、それぞれ村の手伝いなどをして、お金や食料などを調達していた。

セトはリョドー・アナコンデルに同行して狩猟などを教えてもらった。

淡々と教えるリョドーに対し、黙々と確実に仕事を覚えていくセト。

セトの姿勢に感心したリョドーは、自宅で昼食を振る舞ってくれた。

森で狩った鹿の肉を中心に、村で取れた野菜や果物をふんだんに使った料理の数々。

席に着いたセトは目を輝かせる。

「こ、こんなにいいのか？」

「あぁ食え。ガキの内はたくさん食っておくもんだ」

男だけの食事が始まる。

リョドーはパイプをよく燻《くゆ》らせるのか、それらしい臭いがリビングに充満していた。

薄暗い部屋に差し込む日光と、無骨な内装の室内での食事は、セトに少しだけ大人になった気分を味わわせる。

セトのこの高揚感を確かなモノへと変えるのが、今、目の前にいる英雄的人物だ。

本人はそう言われるのを嫌っているが、子供ながらに憧憬の感情が止まらない。

「物覚えがいいな小僧。おかげで教えるのが楽だったぞ」

「そうか……？　アンタの教え方がよかったのさ」

「だが、物品を運ぶとき何度も転ぶ癖は直せ。そして何度も物品を落とすな。……ったく、弓矢の手入れやトラップの仕掛けは十分にこなせるのに、なんだって雑用はピンポイントでこなせないんだ？」

「俺の不器用さを甘く見るな。その気になれば、木の皿と言えど次々と陶器のように割ってしまうことも可能だ」

「どういうセンスしてんだお前。カッコつけて言うことじゃないぞ？」

「うぐ、申し訳ない」

セトは野菜と肉を煮込んで作ったスープをすする。

野菜はほどよく柔らかく、甘みが増しており通常のサラダよりも食べやすかった。

鹿の肉はとろけるような舌ざわりで、噛むたびに肉汁が口の奥まで広がっていく。

がっつくように食べるセトを見て、軽い笑みを浮かべるリョドー。

「王都へ行けばもっと美味いのが食えるんだが……いかんせん値段が高い」

「そんなに美味いのか？　……食べに行きたいなぁ」

「おう、いつかお前の連れと一緒に食いに行け。ビーフシチューって料理があってだな。あれがめちゃくちゃ美味い」

「ビーフシチュー……名前からして美味そうだ」

セトはクレイ・シャットの街で食べたあの豪勢な料理の数々をふと思い出す。

ここ最近になってからは食べるものすべてが腹だけでなく、心までもを満たすようになった。

食べ物のお陰でこれまで以上に動けるようになったセトは、動きにもさらにメリハリがついてくる。

兵士という生き物から、〝人〟という生き物に近づいていく感覚が全身の細胞に染み渡っていくのがわかった。

「さて、今日は朝早くからご苦労だったな。午後からは俺は少し別の場所へ行かにゃならん。かなり早いが今日はもうあがれ」

「あ、いいのか？　じゃあそうさせてもらうよ。ありがとう」

ふたりとも食事を終え、セトが席を立ったときにある物が目に映った。

壁に掛けてある肖像画に、女性と女の子の姿が描かれている。

「……気になるか？」

「あ、いや、すまない。詮索するつもりは……」

「フフフ、そんな硬くなるな。別にいいよ。……まぁ話したところで理解するには小僧にはまだ早い。大人の事情とだけ言っておく」

「奥さん、なのか？　女の子はアンタの子供で……」

「だったら良かったな。……いや、そうでもないかもしれない。複雑なのさ」

そう言ってリョドーは初めて出会ったときと比べて遥かに柔らかな笑みをセトに返し、ソファーに座るとパイプに火を点《とも》し、紫煙を燻らせ始める。

セトは礼をして、彼の家から出た。

昼ということで、村の様子は休憩ムードへと変わっていた。

畑仕事や果樹園の手入れをしていた者たちは、それぞれのグループで集まり談笑しながら昼食を摂っている。

牛飼いや羊飼いもいったん作業をやめ、鍛冶屋からはあの鉄を叩く音が聞こえない。

静かで安らぎある時間が風とともに流れてゆく。

村の後方に見える遥かなる山脈は、青々とした空を穿《うが》つようにそびえ立ちながらも、村を見守っているかのようだった。

（こんな場所が、世界にはあとどれくらいあるんだろう？　……見てみたいな）

物思いにふけりながら帰路についていると、村の見回り勤務をしていたキリムと出会う。

辺境の村という辺鄙《へんぴ》な職場だが、兵士らしく律儀《りちぎ》にこなしているようだ。

「おぉ、セト。なんだ、もう仕事は終わりか？」

「あぁ、午後からリョドーは用事があるみたいでさ。今日は昼食もご馳走になったよ」

「なんだ、もう仲良くなったのか？　私なんて話しかけても素っ気ない挨拶ばかりだぞ」

「英雄ってあんなものじゃないのか？　俺はあの人の大人っぽさは好きだけど」

肩を竦めながら笑うセト。

キリムはどうも納得がいかないのか、ふくれっ面をしてみせる。

「……せっかく英雄と出会えたんだから、私だって仲良くしたいのに。鼻っからあいう態度だぞ、あの人！」

「リョドーとなにか話そうとしたのか？」

「酒を一緒に飲まないかって」

「……面倒くさいと思われたんじゃないか？」

どうやらそのあとも彼女は豪快に何度も誘ったらしい。だがことごとく断られたそうだ。

「静かな雰囲気が好きそうな人だからなぁ。アンタとは相性が悪いかもだ」

「む、そうか。……それであの人も私の目の前から消えたのかな」

キリムは軽く落ち込む。その呟きを聞いたセトは、少し気になって聞いてみることにする。

「あの人って……誰か大事な人が？」

「あぁ、好きになった男がいてな。だが、逃げられた……あんなにも尽くしたのにだ、チクショウ」

「たいへんだったんだな」

「そうだとも。彼の飯代、酒代、賭博代、そのほか諸々。私は一生懸命働いて工面したっていうのにだ！」

「……ん？」

「でも、ホラ……傭兵っていう不安定な仕事をしている中で不安も多いだろうし、あんまりガンガン言っちゃいけないかなって思って……。それに、あの人は基本私がいないとダメなんだ。仕事は真面目にこなすけどそれ以外はてんでダメだし。ガサツで変なところでズボラで。でも……その気になった彼は、当時兵隊長を務めていた私でさえも惚れこむようなカッコ良さをだな。うへへ……」

過去を思い出しながらうっとりとした笑みを浮かべるキリムに、セトは苦笑いを浮かべた。

「それで自分の給与だけでなく、別の金にも手を出したのか？」

「お？　わかるか？　それがバレて大目玉。……そのあと、彼とは音信不通になってしまった。今じゃどこにいるのかさえもわからない。……きっと私がいなくて今ごろ困ってると思うんだが」

「あまり世間を知らない俺でさえも最悪と思える男だな、ソイツ」

セトがそう呟いた瞬間、キリムが顔を真っ赤にして怒鳴る。

「おい！　私の運命の人を悪く言うな‼　あぁ見えてもホームズはなぁ‼」

「ほ、ホームズ⁉」

「なんだ、知っているのか⁉」

「……あ、いや、ごめん！　知らないッ！」

セトは一目散《いちもくさん》に駆けていく。

後ろでキリムが両手を振り上げながらなにかを叫んでいたが、今は撤退するのが良策だ。

「……あのおっさん。一体なにやってんだ……」

そう呟きながらも、彼はまだサティスの帰っていない家へと辿り着く。

（九）この村での生活に少し慣れてきた（サティス編）。

今日のサティスは、村長の家で仕事をする。

執務室でスカーレットは手紙や昔の書状・資料などの整理や処理を行っている。

サティスは執務室のすぐ隣にある書庫より指定の書物を持ってきて、必要であれば同じように処理を行っていた。

書状などの量は多く、かさばるとかなり重いこともあり、使用人だけでは人手が足りなかったところだ。

「助かるわサティスさん。ここの村の人たちの識字率は高いほうだけど、こういう仕事となると皆嫌な顔するの。リョドーさんなんて昔はこういう仕事やったことあるみたいだけど……『もう机仕事はごめんだ』なんて言って全然手伝ってくれないし」

「フフフ、まぁあまり好まれる仕事ではないかもしれませんね。……でも、いいんですか？　余所から来た私にこのような仕事を……」

「いいのよ。ちょうど人手が欲しかったところだし。それに見られて困るモノはないわ。こんな辺《へん》鄙《ぴ》な村ですもの。傍《はた》から見れば、一日中文字を見てるだけのつまらない仕事よ」

そう言って笑いながら届いた手紙の束に目を通していく。

確かに老体の身で無数の紙とにらめっこするのは大変だ。

ずっと座っていると身体も強張《こわば》ってくる。とてもじゃないが、健康的とは言えない。

「村長という立場も大変ですね。……はい、こちら仕分けしておいた手紙と書状です。そしてこれがご指定の場所にあった資料です」

「ありがとう。……あぁ助かるわ。アナタ随分と慣れてるのね」

「え？　あぁ、まぁ。こういう仕事をやっていましたので」

幹部時代の下積みが役に立った。

こういった書類関係もたいていサティスが処理しており、魔王軍の魔物たちが十全に力を出せるよう常に精力的に仕事に当たっていたのを思い出す。

まさかこの村でその経験が活《い》かせるとは思わなかったが、これはこれでいい給金が貰えそうだ。

一通り仕事を終えると、すでに昼前だったので、スカーレットは彼女を昼食に招待した。

あっさりとしたスープに、村で採《と》れた果物を使ったパイとおいしい紅茶まで用意してくれた。

食卓で向かい合うように座ったサティスとスカーレットは、その味を堪能する。

「おいしそうですね。いただきます。　……んッ！　すごく甘くて、おいしい」

パイをかじれば、ザクリと裂ける生地の音と共に広がる果物の甘酸っぱさ。

噛めば噛むほどに味わいが深くなっていき、今にもとろけそうな気分になる。

「フフフ、美味しいでしょう？　この村の名産品のひとつよ」

「はい、とても美味しいです。……あの、卑しいようなのですが、持ち帰り用にいくつか分けてはいただけませんか？」

「ん？　……あぁ、あの子にもあげるのね。いいわよ。仕事終わりに渡すよう使用人に言っておきます。……それにしても、アナタたちは本当に仲がいいのね。まるで恋人同士みたい」

「こ、恋……ッ!?」

「あら、図星？　歳を取るとどうもこういうことには鋭くなっちゃうから、フフフ」

にこやかに紅茶をすするスカーレットを前に、顔を赤らめながらもパイを舐《ねぶ》るように食べていくサティス。

確かに彼に気があることは認めるが、第三者からずばり言われると、どうも気恥ずかしいものがある。

「……世の中にはいろいろな形の恋愛があるけれど、アナタたちは幸せそうでいいわね。見ていて微笑ましいわ」

「いや……そんな……」

「照れなくてもいいわ。私だって若いころには経験したんだから。傍から見れば奇妙な恋だろうけどね」

「スカーレットさんも、その……誰かを好きになって、心がキュッとなったりしたことが？」

「ええ、何度もあるわ」

ティーカップを受け皿に置いて、揺れる紅茶の表面を眺めながら懐かしむ。

「その人が無茶をしそうになったりすると胸が苦しくなったり、朗《ほが》らかな笑顔を見せてくれると心がポカポカしたり……。苦労は多かったけどそれでも大好きだったわ。あの人が亡くなって数年は経つけれど、それでも私の現在《いま》は愛で輝いてる。そんな気がするの」

切なくもロマンチックな話だ。

サティスはセトを思い浮かべながら、温かい気持ちになった。

セトと紡《つむ》いでいくこれからの人生。彼は一体この先どんな道を歩むのだろうかと思いを巡らせる。

そこでどんな表情をするのか、傍らでずっと見守っていたい、と。

紅茶を飲みながらサティスも、紅茶の湯気を見つめた。

今の自分の心を映し出しているように、どこか温かに見える。

優し気な表情をするサティスを見て、スカーレットはサティスのセトへの思いを汲み取ったかのように提案する。

「そうだわサティスさん。明日はおふたりとも仕事はお休みしてピクニックへ行かれたら？　村外れの丘から見る風景はとっても素敵よ？　勿論、パイも用意して上げるわ」

「え、いいんですか⁉」

「いいですとも。リョドーさんにも伝えておくわ。きっと彼ならわかってくれる。最近の彼、セト君のことばかり話してるのよ？　〝小僧は～、小僧は～〟って。あんな生き生きした表情を見るのは久しぶりよ」

「なにからなにまで……ありがとうございます。あのもしよろしければ、料理のレシピなど教えてはいただけないでしょうか？　さすがに貰ってばかりでは……」

「あらそう？　フフフ、いいわ。じゃあ仕事をさっさと終わらせないとね」

そう言って立ち上がると、スカーレットは執務室へと向かう。

サティスも彼女のあとを追い、また仕事へと取りかかった。

午後からの仕事はいつになく捗《はかど》った。

セトとピクニックへ行けるという高揚感でサティスの胸は一杯だ。

（セト……やっぱりお肉を使った料理とかが好きかな？　ほかにはどんなものが食べたいんでしょうねぇ）

そんなことを考えながらも、精力的に仕事をこなしていく。

時間はあっという間に過ぎ、今日中に片付ける量は済んだ。

「さぁ、じゃあ教えてあげるわ。キッチンまで来てね」

「はい、よろしくお願いします！」

ふたりはにこやかに厨房へと向かい、スカーレットは使用人とともにサティスにさまざまな料理を教えていった。

(十) 仕事終わりの家でのゆっくりした時間、だったんだが……。

その日の夕方、サティスは教えてもらったレシピと貰った果物のパイを持って帰宅した。

すでにセトは帰っていて、扉を開けてサティスを出迎える。

同時に果物のパイの臭いを嗅ぎつけ、目を輝かせた。セトにとってはパイという食べ物は未知なるものだ。

そんなセトにサティスは夕飯のときにパイを出すことを約束し、早速食事の準備に取り掛かる。

サティスはセトに部屋で待っているように言ったが、セトは食卓の椅子に座ってじっと待っていた。

「……さぁできましたよ。食べましょうか」

「いただきます！」

以前セトが畑での仕事で報酬として手に入れた豆と鳥の肉をたっぷりと使ったスープ。

そして貰った果物のパイ。

質素ながらもおいしい食事に舌鼓《したつづみ》を打つ。

なんでもおいしく食べるセトの姿を見ながら、サティスは微笑んだ。

蝋燭の火に照らされるふたりの姿と料理。すでに暗くなった空には綺麗な星が見えていた。

――明日も晴れそうだ。

そう思いながら、セトは貰った果物のパイにかじりついていく。

「これ……美味いな」

「でしょう？　料理店のパイよりもおいしいんじゃないかって思うほどに」

「あぁ、もっと食べたくなるな」

「フフフ、残りは明日に取っておきましょう。明日はですね、ふたりでピクニックへ行こうと思うんです」

「え、ピクニック？　この村に来るときに言ってたあれか？」

「えぇ、村外れの丘へ行きましょう。スカーレットさんからのご提案です。リョドーさんにも話はもういってるかと思います。どうですか？」

サティスの誘い、というよりも、村長であるスカーレットが気を利かしてくれた提案。

当然セトには断る理由もない。

むしろここへ来てから働きづめで、余暇を楽しむことができなかった。

否、サティスに対して暇を作ろうという配慮ができなかったことを悔やむ。

「わかった。行こう」

「フフフ、よかった。丘まではそれほど時間はかからないそうなので、多少お寝坊してもいいですよ。……というよりも、アナタはいつも早起きしすぎです」

「う～ん、リョドーの仕事に同行してる分、時間にも気を配らなきゃいけないからなぁ。……わかった、じゃあ少しだけ遅く起きるよ」

「よろしい。……さて、私は食器を洗いますので、アナタは紅茶を淹《い》れてくれますか？　……カップを落としたり紅茶を零したりしないように」

「任せろ。初日のころの俺と思うな。サティスとリョドーに鍛えられたからな」

「……なんだろう、すこぶる心配」

こうして家事を一通り終えたサティスは、セトと共にソファーに座って紅茶を嗜《たしな》む。

サティスが空間魔術でしまっておいたティーセットを使用している。

セトもこれを気に入ってくれたため、ふたりでこうして使っているのだ。

「ふぅ。おいしい」

「あぁ、水ばっかり飲んでたころと比べるとかなりの贅沢だ」

「いいじゃないですか贅沢くらい。明日はもっと贅沢ですよ」

「そうだな。すっごく楽しみだ」

ふたりで身を寄せ合うように座って紅茶を飲むひとときは、かけがえのない時間だ。

これが村で暮らすという感覚であり、平和な時間というのだろう。

血に塗《まみ》れた戦いの日々ではなく、人と自然との営みの日々。

生きることの過酷さではなく、生きることの尊さを、セトはその身に感じた。

紅茶と互いの温もりを感じながら、今日の出来事や仕事のことなどを話したりする。

話していく内に時間は過ぎ、ふたりにとっての一日の締め括りとなる時間となった。

そう、入浴の時間だ。

こんな小さな家に風呂があるのはかなり珍しい。

というのも、ここへ来て二日経ったとき、サティスはどうもクレイ・シャットの街の公衆浴場《テルマエ》の気持ち良さが忘れられず、思い切って浴室を作りたいとスカーレットに話してみたところ、反対されるかと思いきや、むしろスカーレットは「面白そうね」の一言でそれを簡単に承諾してくれた。

こういった家の改造は村ができたころから珍しくないのだという。

誰も住まなくなって取り壊した家に、地下へ通ずる部屋がいくつも作られていたと、後になってからわかることもあった。

だから、事前申告でどんなものを作るか、そして自分で責任を持ってキチンと管理できるなら、よほどのモノでない限りスカーレットは特に反対はしないらしい。

さすがは変わり者の村の長《おさ》をやっている女性だ。

このベンジャミン村には、ほかの村では頭を抱えるような変わり者をたくさん抱えているだけでなく、しかも彼女はそのすべてを村人としてキチンと統率している。

頭が下がる思いだ。

「さぁ、そろそろお風呂が沸く頃合いですね。セト、入ってください」

「わかった。疲れを癒やしてくるよ」

そう言って改装した奥の部屋へと入っていく。

「……さて、烏《からす》の行水の悪い子セトちゃんをしっかり洗うためには」

サティスもまた動き出す。

セトは風呂の習慣が身についていないため、身体を隅々まで洗うことなく、湯に浸かる時間もテルマエのときと比べると短い。

これは徹底指導をしなければならないということで、サティスはついに服を脱いで浴室へ入っていくセトのあとをコッソリ追った。

サティスが脱衣所に入ったときには、セトはすでに身体を軽く洗い流しているところだった。

「ふぅ〜、気持ちがいい。気持ちがいいけど……やっぱりすごいな、ここ」

セトは湯を身体にかけながら浴室を見渡す。

水・火・土そのほか諸々の属性を宿した魔術を行使し、サティスが作り上げた完璧な風呂場、とのことだ。

外が冬だろうが夏だろうが保温対策は万全で、身体の疲れが癒やせるような湯の効能も数多《あまた》。

テルマエでもここまでのものは作れないだろうと、サティスが自慢していたのを思い出す。

そしてセトが風呂に入っている間、セトの一張羅《いっちょうら》はサティスの魔術発明によって、丁寧に洗われ乾燥されて綺麗になるのだ。

「サティスレベルになると、ここまですごいのか……。まぁ魔術師っていろいろ〝ヒトクジョウホウ〟っていう隠しごとが多いらしいしな。まぁ便利なことこのうえないからいっか。じゃあ風呂に……」

セトが入ろうとした次の瞬間、後ろの扉が開いた。

セトは思わず目を見開き、身体を硬直させる。

今までゆったりしていた気分が、戦闘時のような激しい緊張へと急変した。

「あぁ～、やっぱりお風呂はいいですねぇ」

「ちょ……はぁッ⁉　さ、サティス……な、な、な、なんでッ⁉」

一糸まとわぬサティスがタオルで身を隠すようにして、当然のように入って来た。

これにはセトも冷静さを失い、顔を赤らめながら混乱する。

「なんでって……決まってるじゃないですか。アナタ、身体をちゃんと綺麗に洗わないでしょう？　ホラ、座ってください。キッチリ洗い方、覚えてもらいますからね」

巻いているタオルから時折見えるサティスの脚や腰のライン。

艶やかな肌が蒸気による雫《しずく》がついて、よりいっそう映える。

なによりあの細身にして豊満かつ艶美な胸は、タオルで隠してあろうとも自らの存在をセトに主張しているようだった。

風呂場という密室状態での状況に、これ以上ない身の震えと緊張を覚えたセトは、言われるがままにもう一度座る。

実質初めての混浴であるが、セトの心臓は今にも弾け飛び、そのまま星になってしまいそうだった。

「さ、まず背中から洗いますからね」

そういうサティスも、ほんのわずかながらではあるが、恥ずかしそうに顔を赤らめている。

風呂場の暑さというのもあるだろうが、やはり意中の相手にこういうことをするのは彼女でも緊張はするらしい。

(俺……もしかして今日死ぬんじゃないか?)

あまりの状況に思わず死を感じ取ったセトであった。

(十一) 俺の耐性はあまりに低いが、それでも嬉しいものでもある。

セトは今、両膝立ちのサティスに髪を洗ってもらっている。

こんなもの普通に湯で流せば汚れなど落ちるだろうと思うのに、サティスは手を使って頭皮まで綺麗にしてくれた。

「あ、ちょっと動かないでください。上手く洗えないです」

「いや、その……」

実際洗ってもらって気持ちいいのだが、それ以上のものもセトは感じていた。

時折ではあるが、動作のたびに背中に当たるのだ。

なにかとは敢えて言うまい。

セト自身意識してしまえば完全に理性は崩壊する。

柔らかくそして温かい。

弾力あるその感覚はセトの背中より伝わり、前を向いていてソレが見えない彼にも容易に想像できた。

「な、なぁ、もういいんじゃないか⁉」

「よくありません！　まだ身体を洗っていないでしょう？」

「うぐぐ……」

入浴とはくつろぎと至福の時間。それが一気に緊張と理性との戦いとなった。

だがサティスの善意を無下《むげ》にすることは断じてできない。

こんな状況だからこそセトは無心になることに集中しようとする。

「背中は洗いますので、前は自分で洗ってくださいね」

「よしなに」

「どこで覚えたんですか、そんな言葉……」

「シキフイクー、クーフイシキ……シキソクゼクー、クーソクゼシキ……」

「怖いんでやめてください」

ブツブツと妙な呪文らしき言葉を吐くセト。その間に背中を隅々まで洗うサティス。

セトの背中にはさまざまな傷跡があり、刀傷は勿論、拷問で受けたであろう痕も。

痛々しい背中を見ながらサティスは丁寧に洗っていく。

小さな背中に負うには、セトの過去はあまりに残酷なものだ。

「……さ、前のほうはどうぞご自分で」

「う、うん」

「さて、私も身体を洗いますか」

そう言ってセトの隣に座り、湯を自らに掛け始める。

セトは瞑想するかのように目を薄く開き、狭《せば》めた視界の中で身体の前部を丁寧に洗っていった。

しっかり洗ったあとは、サティスに背中を向けるように湯に浸かる。

そうしないとサティスの裸が見えてしまうので、セトにとってはベストな選択だ。

「ふぅ～気持ちいい。……セト、お湯加減はどうですか？」

「うん、いいよ。テルマエの湯に使ってるみたいら」

「呂律《ろれつ》回ってないですよ。じゃあ、私も入りますね」

「えッ⁉」

嬉しい反面、危機感を覚えるセト。

サティスの体ははっきり言えば、女性に慣れていない彼にはレベルが高すぎる。

普段のサティスの姿でも扇情的であるにもかかわらず、この場に至ってはさらにそれが際立つ。

誰もが羨《うらや》むであろうこの展開すら、セトにとっては乗り越えなければならない試練も同然であった。

「ふぅ～……やっぱりお風呂はいいですねぇ。命の洗濯って言われるくらいですからもう毎日でも入りたいです」

「そうだな。……できればゆっくりと浸かりたいもんだ」

「もう浸かってるじゃないですか」

「イヤ、ウン……ソウダナ」

嫌でも視線がサティスのほうにいってしまう己《おのれ》の未熟さとサティスへの罪悪感で、セトの頭はどうにかなりそうだった。

そんな中でもサティスは変に気取らず大人の対応をしていた。

恥ずかしさと緊張感を覚えながらも、それを態度に出さず落ち着いたように入浴を楽しんでいた。

頬は赤く染まっているが、それは風呂ということでなんとでも言い訳はできる。

(視線をよく感じますけど……ちょっと攻めすぎたかな)

(ヤバい……落ち着け。あれ、落ち着くってどうやるんだっけ？)

お互い会話はなく、沈黙が時間を支配していた。

このまま浸かり続ければ、冷静さを欠いているセトが先にのぼせてしまい、明日に影響しかねない。

さすがにそれは回避せねばならない。サティスは諭すように彼に声を掛けた。

「セト」

「はひぃ！」

「なんですかその声は。……そろそろ上がられたほうが」

「お、おぉ。そうだな！　上がるよ。いい湯だった！」

「あ、ちゃんと身体を拭きなさいね」

「わかってるよ」

大慌てで風呂場から出て、言われた通り身体を拭いたセトは、サティスが綺麗にしてくれた服を着る。

サティスも今専用魔術であのコンバットスーツを綺麗にしているらしく、風呂上がりに着るであろう衣類が置いてあった。

クレイ・シャットの街の宿で見たあのチューブトップである。

それを見た瞬間、セトの脳内がスパークしたように真っ白になった。

「オラァッ‼」

サティスの服に思わず手を伸ばしそうになったセトは、その手で握り拳を作り、自らの顔面を殴打する。

痛みと刺激で理性が戻ってくるのを感じた。

「ふぅ……ふぅ……ッ！　アブねぇ」

「せ、セト！　今のはなんです⁉」

浴室の中からサティスの心配そうな声がした。

「……大丈夫だ。安心しろ。……アンタは守られた」

「え？　守られ……なんです？」

「知らなくていい。……惨劇が起こる前に食い止められた。大丈夫だ。安心していい」

「そ、そうですか」

セトはフラフラとした足取りでリビングまで歩き、ソファーに座る。

ほどよい脱力でソファーの柔らかさにセトの身が沈んでいった。

風呂上がり特有の涼しさを感じながら、ソファーにもたれかかり、天井を見上げる。

一仕事終えたかのような疲労感が徐々に抜けていき、安心感が眠気を誘った。

「……今日はもう、寝るか」

そうして立ち上がった直後、サティスがチューブトップ姿でリビングに入って来た。

最高ではあるが最悪のタイミングだ。

火照《ほて》った身体にあの衣装。これから寝ようというのに、その姿が脳裏に嫌でも焼き付いて眠れなくなるだろう。

「あら、もうお休み？」

「あぁ、寝るよ。明日は万全の状態でピクニックへ行きたいから」

「ふぅん。……また一緒に寝ます？」

「ぅッ!? ……お、お、お休みッ！」

一気に体温が上がるのを感じながら、セトは一目散に自室のある二階へと向かった。

「あらあら……刺激が強すぎましたかぁ。……ちょっとは慣れてくれてもいいのに。まぁ、子供にそれを求めるのは酷ですよね」

そう呟きながらサティスも二階へと向かい、自室へと入ろうとすると、ふと視線を感じた。

セトが自室の中から少しだけ顔を出し、彼女を見ていた。

普段の彼らしくなく、モジモジとしながら言葉をかけてくる。

「その……ありがとう」

「え？」

「いや……一緒に、お風呂、入って……綺麗に洗ってくれて、さ」

そう呟きながらセトはゆっくりと扉を閉める。

彼なりに絞り出した感謝の言葉。サティスにとってはそれで十分だった。

セトの言葉を聞いてサティスの表情はほころぶ。

「……フフフ、変なお礼ね」

明日に備えて、サティスも部屋へ入り、ベッドで休むことにする。

セトは遅く起きてもいいが、サティスはそうはいかない。弁当やそのほかの準備で忙しい。

腕によりをかけた料理を作り、ふたりにとって忘れられない思い出にしたいから。

「お休みなさいセト。……いい夢を」

「……お休みサティス。いい夢を」

分かたれた部屋の中でふたりは互いを思いながら眠りについた。

明日は晴れ晴れとした気持ちで、景色も美しく見ることができそうだ。

思い出に残る楽しいピクニックになるはずであったが、彼らは不可思議な物を見つけることになる。

そう、不可思議な物を。

(十二) ピクニックへ行ったら、俺が穴に落ちた……。

次の日の朝。

ふたりはスカーレットやそのほか村人たちに挨拶を済ませて、村外れの丘まで歩く。

天気は晴れ。

緩やかに吹く風が、ふたりの髪や頬を撫でながら、草木を揺らしていく。

「改めて見ると……すごい景色だな」

「ここからでも景色が一望できます。まさに大自然が作り出した奇跡でしょうね」

高くそびえ立つ山脈に油然《ゆうぜん》と湧く雲は、頂上付近を覆い包むように広がり、自然の雄大さをより際立たせる。

いつもと変わらぬ青い空と広大な草原には、大地の呼吸たる風が吹きすさんでいた。

コンドルらしき鳥は遥か上空を飛び、草食動物の小さな群れが遠くに見える。

見える景色すべてに生命の息吹《いぶき》が存在していた。

大自然の中の命にセトは心を動かされる。

この雄大な光景において、己自身がいかに矮小《わいしょう》であるかを彼は実感した。

思わず足を止めてその景観に酔いしれていたとき、サティスが隣でそっと手を握ってくれた。

「……さぁ、もうすぐ丘につきます。そこで一休みしましょう」

「あぁ、そうだな」

手を繋いだまま、ふたりは目的の場所まで歩く。

丘まで歩いていくと、先ほどとはまるで違った景色が見られた。

少し目線が高くなったことで、遠くの山脈やその向こう側も薄っすらと目に入る。

自然の景色に目を輝かせるセトを優しく見守りながら、サティスはシートを広げ始める。

村外れの丘、まさにピクニックの場所としては最適である。

ふたりはシートの上に座り、紅茶を一杯。

優しく包み込む陽光と風、そして草木の薫り。

物静かで壮大なこの場所は、セトがリョドーとともに入る森の中では到底味わえない気分だった。

「自然とリラックスできるなこの場所は。……それに、なんか懐かしい感じがする」

「え？　もしかしてセト……ここの生まれ？」

「いや、違う。上手く言葉にできないんだ。なんて言うか……う〜ん」

「もしかしたら、アナタの祖先たる存在はここへ来たことがあるのかもしれませんね」

「ここへ？」

「そう。遥か昔に刻まれた生き物の記憶《ゲノム》。その中にこういった大自然の光景が記録されているのかも」

「難しい話だな……」

「フフフ、そうですね。やっぱり私にもわかりません。……来たこともない場所、見たこともない場所でなぜ懐かしさや既視感を感じることがあるのか。生き物の神秘とも言えるでしょう」

お互いに身を寄せ合い、無限に広がる景観を眺めながら紅茶を愉しむ。

日常生活ではなかなか味わえないこの感動を噛み締めながら、セトは大きく息を吸って空と大地と一体になるのを感じた。

「ここまで広くて綺麗だと……ハハハ、なんだか自分がちっぽけに見えてくる」

「そうですねぇ。本当に……綺麗。かつての仕事柄、さまざまな金銀財宝を目にしてきましたけど、なんだかそれすらもちっぽけに感じます……」

「俺は……景色を楽しむ余裕すらなかったな。……こうして見れてよかったよ。勿論、サティスと一緒に見れて、さ」

セトがサティスに微笑みかける。少し頬を紅潮させながらサティスも微笑み返した。

こういった大自然は、傷付いた心を洗い流してくれる。

戦いに疲れた者や生きることに絶望した者に、自らの雄大さをもって語るのだ。

何千年と変わらぬその姿で、生命とはなにかを。

「……んっ」

「あら、眠そうですね。昨晩は眠れなかったのですか？」

「いや、なんか安心して……」

「ふふふ、じゃあちょっとお休みします？　お昼になったら私が起こしますので」

「すまない」

セトはサティスに膝枕をしてもらった。

涼やかな景色の中で、彼女の体温が頭部に伝わる。

髪を撫でてくれるサティスの手は優しく、すぐに寝付くことができた。

ただ眠るというだけなのに、これ以上ない至福の時間だ。

これが自分の求めていた幸せなのかもしれない、とセトは薄れゆく意識の中で喜びを得た気がした。

そして時間は過ぎ、昼前になるとサティスがセトを起こした。

セトが目を擦りながら上体を起こすと、サティスは籠から食べ物を出し始める。

「おぉ！　これが今日の昼飯か⁉」

「はい、鳥の肉に鹿の肉、あとは野ウサギの肉ですかね。食べやすいように骨付きと、サンドウィッチにして持ってきました」

「肉、肉、肉……最高だなこれは。じゃあ、いただきます」

こうしてふたりは一緒に昼を堪能する。

セトは大好物の肉を頬張り、サティスは彼の口の周りについた食べかすやソースをナプキンで拭き取った。

こうも美味しそうに食べてもらえると、早く起きて作った甲斐があったと、サティスは表情をほころばせる。

本当は肉についてはここまで準備はできなかったのだが、朝一にリョドーが肉を分けにきてくれたのだ。

――小僧には言うなよ。

そう言い残してリョドーは足早に去っていった。

この村に来て、セトは随分可愛がられているらしいと、サティスは内心喜んだものだ。

ガツガツと勢いよく食べながら紅茶を飲むセトはこれまで以上に生き生きとしていた。

もっとも、食べているときのセトは、戦っているとき以上に元気そうだ。

「もう、落ち着いて食べてくださいな。食べ物は逃げませんよ」

「ん、でも……もご、美味いから……ふが」

「だから食べながら喋らない。……ホラ、口の周りがまたベトベト」

「じ、自分でできるよ」

こんなやりとりをしながら、ふたりは景色を見ての食事を愉しんだ。

穏やかに時間が過ぎていく中、セトは食事を終えると立ち上がり、前へ進む。

「セト……？」

「ちょっと周りを歩くだけだよ」

「それでしたら私も行きます。ちょっと待っていてください」

「ん？　そうか。だったら待って……――へぶぅ!?」

「へぶぅ？　なんですかその声は……って、セト？」

変な叫び声を上げたセトのほうを見ると、彼の姿が消えていた。

隠れるにしてもここ一帯にそんな場所などない。

周りを見渡してみるがセトの姿は見えない。代わりに声が聞こえた。

「お〜い、ここだぁ！」

「セト！　どこにいるんです！」

「俺が立っていた場所だ。そこに大きな穴が開いて落ちたんだ」

言われた通りの場所にはぽっかりと穴が広がり、その下の薄暗闇の中でセトがサティスに手を振っていた。

「怪我は⁉」

「安心しろ。大丈夫だ。それよりもすごいぞここ！　サティスも早く入ってこいよ！」

穴の中でセトはなにかを見つけたらしい。

そこは、このあたりのことには随分詳しくなったサティスですらも知らなかった未知なる空間であった。

(十三) 洞穴に潜むトーテムたちを越えて。

穴の底に舞い降りたサティスも、中の様子を見てみる。

穴から差し込む光で内部の様子はわかる。

埃っぽい空気の中に薄っすらと浮かぶ壁画。

そして埃と蜘蛛の巣に塗《まみ》れた〝トーテムポール〟が奥の壁に沿って並べられている。

「丘の内部にこんな空間があったなんて……すごいよなサティス」

「え、ええ、そうですね」

この仄暗い空間にサティスは、少しばかり曇った表情を見せる。

かつて受けた拷問やリンチの記憶を思い出してしまったのだ。

「……大丈夫か？」

「ええ。心配しないで。……ところで、ここは一体？」

セトに心配をかけぬよう振る舞いつつも、この空間の異質さに目を向ける。

サティスは村長の家で、この土地にいる先住民たちの話を聞いたことがあった。

村からずっと離れた場所にいるとされる、自然と共に生きる人間たちで、トーテムポールを作ったことでも有名だそうだ。

だが、こんな場所にこんな遺跡めいたものがあるというのは聞かなかった。

「奥まで続いているようですね」

「埃や蜘蛛の巣の具合から見て……長いこと放置されてたみたいだな」

セトの好奇心に応え、ピクニックから探検へ変更する。

サティスは光の魔術で松明《たいまつ》程度の明かりを灯す。

奥へ進むたびに空気は冷たく埃っぽくなっていく。

そしてなにより、光に照らされる無数のトーテムポールが仄暗さの中で不気味さを演出していた。

このトーテムポールには大鷲やカワウソ、熊やコヨーテなどの動物が見受けられるが、そのほとんど・に・顔・が・な・い・。

もしくは、珍妙な顔をしている。

「変なのがずっと立ってるな」

「トーテムポールですね。だけど……これはかなり古いものです。今のトーテムポールの原形とも言える代物《しろもの》でしょう。本来はこんな場所に立てるものではないのですが」

「トーテムポール。聞いたことがある。確か……ある土地の先住民たちが先祖や精霊を祀《まつ》るために作る像だったか？　……だけど、これは」

「ええ、少なくとも我々の知っている時代のものとは違います。……トーテムの元々の意味は『次元と因果』だそうです。もしもそれに関わる像であるとするのなら、この彫刻された奇妙な動物たちはなんなのでしょう？　……使われている木も、植物というよりも鉱物のような」

謎が深まる中、奥へ進む。

セトたちは無数に立ち並ぶ無貌なるトーテムにじっと見られているような錯覚に陥っていく。

生き物の気配のない死の世界。思わずそう感じてしまうほどに静かで暗くて寒い。

「ん？　奥になにか見えますね」

「あれは、祭壇か？」

ここまで一本道ではあったが、ようやくゴールと思《おぼ》しきだだっ広い空間に辿り着く。

木や動物、そして民族衣装の人間が描かれた壁画。

無貌なるトーテムたち、そしてなにかを祀るための場が奥にある。

「なるほど……もしかしたら……」

「知ってるのかサティス」

「えぇ。これは魔物の話になるのですが。……魔物にはいくつもの派閥があります、いえ、ありました。数百年前に多くの派閥が魔王のものと合併し魔王軍となったのです。ですが……ひとつだけ魔王に属さない一派がありました」

「魔王軍に属さない魔物？　それが、先住民族たちの信仰と関わりがあるのか？」

「えぇ。魔物……と言っていいのかはわかりませんが、少なくとも人間たちにとっては魔物も同然でしょう。……その存在の名は『ウェンディゴ』、自然の意思にして精霊の一種であるとされています」

「ウェンディゴ……。その存在を祀るための空間だっていうのか？」

「恐らくは。彼らはこの世界が始まったと同時に存在したとされています。……そうかぁ、ここだったんだ。ウェンディゴたちがいる土地は」

歴史の一端を目《ま》の当たりにしたサティスの目は輝いていた。セトと同様未知なる光景に関心を抱いている。

「ここはその跡地、かぁ。もしかしたら……ウェンディゴや先住民族たちとこの先出会う可能性もあるかもしれないな」

「彼らに、ですか……？」

「次元《トーテム》と因果がもしも俺たちを招き寄せたのなら……そういう未来も招き寄せるかも知れない」

「……話だけ聞くとロマンチックですけど、荒事も招き寄せそうで怖いです」

「そのときは俺がなんとかする！」

自信満々に答えるセトに、思わず吹き出すサティス。

可笑しかったというよりも安心した意味合いで、笑みが零れてしまった。

「なぁに言ってるんですか。私だって本気出したら強いんですからね！　……私をもっと頼ってください。もう森の中で出会ったころの私じゃないんですから！」

「そうだな。わかった。これからもよろしく頼む」

仄暗い空間にふたりの喜びが満ちる。

セトはそろそろ帰ろうかと思ったが、サティスの好奇心にさらに火がついて、そうもいかなくなった。

「なぁ～おい、そろそろ戻らないか？」

「ダメですッ！　こんな素晴らしい歴史の遺産を調べもせずに放っておくなんて、やっぱり私にはできませんッ！」

「いや、別に今日じゃなくてもいいだろ……」

「待っててください、あとちょっと……」

目を輝かせながら壁画や祭壇、はてはあんなに気味悪がってたトーテムポールすらも調べ始める。

なにかに熱中しているサティスの姿は初めてかもしれないと、セトは新鮮な感覚を抱きつつ彼女を見守ることとした。

（サティスが自分のためにあそこまで生き生きするなんてな。たいていは俺のためにいろいろしてくれているときに……）

セトは思い出すのをやめた。

サティスの今までの蠱惑《こわく》的な仕草が脳裏に浮かぶのを押しとどめる。

（しかし、あんなに夢中になってるのはすごいな。サティスはこういうのが好きなのか。俺の好きなものってなんだろう……。飯を食う以外の好きなもの。そういえばこんなことは考えたことがなかったな）

思い耽っていると、セトの視界にあるものが映る。

それは祭壇のほう。祭壇の奥の壁に巨大ななにかが描かれている。

黄色いローブをまとい、顔が黒く塗りつぶされた男……のように見える触手の塊めいたもの。

よく見れば見るほどセトはその絵に引き込まれていく。

まるでその男から呼びかけられているかのようだった。

「セト？　……――セト！」

「おぉ!?　なんだ？　なに？」

「さっきから呼んでるのに全然反応がないから……」

「え、あぁごめん。あれを見てたんだ」

サティスは彼の指差す方向を見る。だが、怪訝《けげん》な表情を崩さぬまま目を細めるばかり。

「なにも、ありませんよ？」

「……え？」

その方向を改めて見てみるが、サティスの言う通り。

――セトが見たあの壁画は影も形もなかった。

「……ごめん、気のせいだったかも」

「ん～、まぁ暗いですからね。暗いと目の錯覚を起こしやすいでしょうし。さぁ戻りましょう。お日様の下でもう一度ゆっくりして、ね？」

「そうだな。うん、それがいい。もう一回膝枕してほしいな、なぁんて……」

「フフフ、いいですよ」

そう言ってふたりは地上へと戻っていく。

そして、この発見は村に戻ってすぐに村長に伝えられた。

（十四）不穏な噂と、村の祈祷師。

ピクニックの次の日、村外れの森。

そこでセトはリョドーに昨日のことを話す。

「あぁ、村長から聞いてるよ。恐らくそこはウェンディゴを祀る場所だったところだ」

「そうなのか？」

昼近くになり、仕留めた獲物を担ぎながら村へと戻る道の途中で、セトはリョドーから仔細《しさい》を聞き出す。

かつてこの地で生活していたイェーラー族と言われる先住民族が、この地にいくつも儀式の場を設けていたのだとか。多くは長い歴史の中で風化してしまったが、あの場所にあるものはほぼ完全な形を留めている。

イェーラー族にとっても、特に重んじられる場所であるのは想像に容易《たやす》い。

「彼らは死を恐れない。そも、命そのものは借り物だという考え方を持っている」

「借り物？　誰から？」

「それこそ彼らが信じる絶対的な存在。――――……死のウェンディゴ、〝アハス・パテル〟だ」

「アハス・パテル……。信じるべき絶対的な存在が死そのものなのか」

「そう、彼らはこの世のあらゆる命は死のウェンディゴから一時的に借り受けたモノで、いずれは返さなければならないものだと説いている。……そこらへんの詳しいことは村にいるゲンダーという男を訪ねるといい。村の西側にいる変わった奴でな。……確かイェーラー族の血を引く祈祷師だ。なにか知っているかもしれない」

「わかった。夕方にでも行ってみるよ」

「俺以上に偏屈な野郎だ。気をつけろ？」

「ハハハ、そりゃたいへんだ」

セトとリョドーが喋りながら進む道に、木漏れ日を伴って優しい風が舞った。

空と木々の間から、小鳥たちのさえずりと小動物が動き回る微かな音がする。

生きるためには生き物を喰らわねばならない。森が作った独自の食物連鎖の中に、人間が食い込んだ。

かつてのイェーラー族はその連鎖に敬意を払い、その証《あかし》をトーテムポールに刻んだという。

人間もまたそういった自然とともに生きる存在であると。

折々の伝説や神話的要素を取り入れて、より自然的・象徴的に過去と未来とを結びつけた事物にしたらしい。

（だが、サティスはあそこにあったトーテムポールはまた違うものだと言っていた。……顔のないトーテムポール、これについても聞いてみたいな）

森を抜け、村までもうすぐのところで、リョドーがあることを切り出した。

「そういや知ってるか、セト」

「え？　なにを？」

「昨日知らせが届いたことなんだが。……――魔王を倒すために派遣された勇者一行が、行方不明になったらしい」

「……え」

かつて彼らと関わりがあった者として、その情報には思わず息をのんだ。

あれだけ魔王討伐への情熱が滾《たぎ》っていた彼らが行方不明になるなどとは、夢にも思わなかった。

「彼らが最後に目撃された場所は!?」

「湖の近くにある街だな。そこで連絡が途絶えたらしい。どうしてそこまで気になる？」

「いや……別に」

その街を越えた先にある湖の畔で、セトは追放を言い渡された。

その先で彼らの足取りが消えたとなれば、魔物に襲われた可能性が高い。

「魔物にやられた……そう考えるのが普通だが。実はもうひとつ妙な話も流れてる」

「妙な話？」

「重なる魔王軍との戦争で、国境が封鎖されて、国を渡り歩く行商人が近場の街に戻ることになった。そんな中でだ。行商人やキャラバンが襲われているケースも増えてるんだ」

「……まさか、行方不明になった勇者一行がやったとでも？　盗賊の類《たぐい》じゃないのか？」

「かもしれない。勇者一行が盗賊まがいのことをするなんざ国辱にもほどがある」

リョドーは軽く笑ったが、セトは複雑な気持ちでこの話を噛み締めていた。

だが、パーティーメンバーではない今ではどうしようもない。

もう国の行く末など憂いたところでセトにはなにもできない。

彼は今ある幸せこそを守るべきだとすでに心に刻んでいた。

「よし、飯を食ったらもう一度森へ行くぞ」

「あぁ、俺、イノシシを獲ってみたいな」

「イノシシなぁ。じゃあ罠にかけるのがいいな」

村へ戻り昼食を済ませたセトとリョドーはまた森へ向かい、一通りの作業を終えた。

その頃には茜《あかね》色の光が村に降り注ぎ、背後の山脈もまた茜色に染まっていた。

あの森にも夕暮の流れが来て、動物たちも夜に備えているだろう。

「さて、今日はここまでだ。ゲンダーの家は村の西側だ。飾りがあったり、彫像が立ってたりと特徴アリアリの家だし、すぐにわかるだろ」

「あぁ、ありがとう。行ってくるよ」

家で夕飯を作り始めているだろうサティスに心配を掛けてはならない。

だが、やはりどうしても知りたい。

セトはすぐさまゲンダーという祈祷師のいる家へと赴いた。

「あの～」

ノックを一回した次の瞬間、ドアが勢いよく開いた。

中から全身を羽や動物の骨などで飾り立てた老人が出てくる。

彼がゲンダーだろう。

あまりの勢いに飛び退《の》いてしまったセトと、ゲンダーとの間に沈黙が流れる。

彼はじっとセトを見つめていたが、まっすぐに閉じた口をようやく開いた。

「……来ると思っていた。破壊と嵐の少年よ」

「え？　なぜ俺の名前を……」

「中に入るといい。紅茶《チャイ》を出してやろう」

のそのそとした足取りで奥へと進んでいくゲンダー。

「……この人が、ゲンダー」

セトはその老人のあとを追った。

（十五）死のウェンディゴ『アハス・パテル』。

ゲンダーの家に入り、導かれるまま椅子に座るセト。

動物の骨を用いた呪術の道具らしきものや、伝統工芸品のように美しいものなど、イェーラー族の象徴であろう道具の数々が、家具のように並べられていた。

それらをずっと見ていると、キッチンからゲンダーが紅茶を運んできた。

「さぁ飲むがいい。私の祖父のレシピでな、飲めばたちまち魂の凝《こ》りもほぐせるという最高の一品だ」

「ありがとう。……あの、俺が来ると思ってたっていうのは？」

「ん？　あぁそうだな。すべては偉大なる次元《トーテム》と因果の導きだ。私は君とあの女性が来ることを予期していた」

「占い、か？」

「フフフ、まぁそう捉えてもらっても構わない。ほかの者からみれば胡散《うさん》臭いことこのうえないだろうからな」

老いた祈祷師は皺《しわ》を笑みでさらに歪《ゆが》めながら紅茶をすする。

「……なぁ、俺のこともわかったりするのか？」

「すべてではない。だが、君からは血と鉄に汚れた過去が見える。あの女性もだ。……あぁ安心してくれ。別にどうこうするつもりはない。そういう連中もこの村には多い」

ゲンダーの朗《ほが》らかな笑みを見ながらセトは紅茶を一口。

口の中で広がる風味が一気に心の奥底まで染み渡った感じがした。

さらにそれを飲み込めば、身体の芯から温まり、穏やかな気持ちになっていく。

心なしか心臓が落ち着いて鼓動を刻んでいるような気がした。

「……さて、紅茶も堪能してもらったところでだ。君は私になにか聞きたいことがあって訪れたのではないのかね？」

「そ、そうだった。実は——……」

セトは昨日の洞穴のこと、そして今日リョドーから聞いたことを話す。

無貌のトーテムポール、死のウェンディゴ『アハス・パテル』、そしてイェーラー族のこと。

ゲンダーは頷きながら耳を傾けてくれた。

「なるほどな。そこはアハス・パテルを祀る、かつての儀式の場であったのだ。本来トーテムポールは木でできており、雨風によって腐食していく。自然に朽ちていき、土へ還る——。イェーラー族ではこの在り方こそが是とされ、保存や修復などはよほどのことがない限りされない。だが、アハス・パテルを祀る場に建てるときは違う」

「サティスは鉱物のようだとも言っていたけど……」

「いかにも。……とはいえ、あのトーテムポールの作り方を知る者は限られておってな。その者の子、またその子供へと引き継がれていくものなのだが……残念ながら私の家系ではない。よって製造法はわからない。だが、あのトーテムポールの意味が『不変』であることだけはわかる。一切の変化なき状態……それは『死』を意味する。ゆえに、死のウェンディゴを祀る場にはああいったトーテムポールを建てるのだ」

「ほかにもあるってことか……」

「恐らくな。……アハス・パテルの話をすると、彼の伝説の序章は、世界がまだ暗黒と焦熱の時代であったときとされている。彼はそのときから存在し、自らの身体を用いてあらゆる命を作った。……空、大地、海、山、川、魚、鳥、そして人間。この世界を形成するすべての命を彼は何万年、もしくはそれ以上の年月をかけて作り上げたのだ。とはいっても一から十までというのではなく、命の繁殖力を利用し、さらに長い時間をかけ大地に根付かせた」

本当に神話のような話だ。

もっとも、全知全能の光り輝く神ではなく、死そのものと言っていい存在から命が生まれるとは、さすがのセトも、イェーラー族の伝承には驚きを隠せない。

「すべての命は死から借り受けたモノ。即ち、いずれはアハス・パテルに返さなければならないものだ。その期間こそが寿命というもの」

「……怖くないのか？　自分の命なのに、借り物だなんて」

「死とは残酷なもの。赤子であれ女子供であれ、死ねばその命は容赦《ようしゃ》なく彼に返還される。……だが、我々イェーラー族は死を恐れない。たとえ死しても肉体は土へと還り、また新たな命を育《はぐく》む糧《かて》となる。アハス・パテルに返還された命は、また別の命へと変わることだろう」

ゲンダーの目は朗らかで若者のように輝いていた。

死を喪失の恐怖として見るのではなく、あくまで命の一環であるという考えに、セトは思わず息を飲んだ。

「先ほども言ったように命は死からの借り物だ。だが、むやみやたらと命を刈り取り、命を軽んじる者には怒りを示す。逆もまた然《しか》りだ。死を受け入れることを過剰に恐れ、無意味に生き長らえさせようとする者もアハス・パテルの怒りを喰らうだろう」

それは生と死の調和、といった考え方に通じるものがあるのではないかとセトは感じた。

「死の……怒り？」

「とはいっても彼は直接手を下して命を刈り取るようなことはせぬ。伝承によればな、前者にはその者がもっとも恐れてやまない末路を辿るように歩ませ、後者にはその命を中心に周りの命たちを不幸にしていき、その者の命が尽き果ててなお残る傷跡を残したうえで、命を受け取るのだ」

死とはまさに善悪の彼岸を越えた価値観、聞けば聞くほどおぞましい話だ。

セトとサティスは恐らく前者に相当する。

セトが額から嫌な汗を流しているのを見て、ゲンダーは大きく笑った。

「ハハハ！　怖がらせすぎたかな？　要は命に対する戒めのようなものだ。戒めのためにアハス・パテルの名を使っているだけにすぎん話だよ。そんなに重く受け止める必要はない」

「そ、そうか……こういう話はやっぱり少し苦手だな」

「フフフ、今どき珍しい。王都の子供たちに話したときは欠伸をしていたか大笑いしたかのどちらかだった」

再び紅茶をすするゲンダー。そんな中、セトはあることを切り出す。

あの洞穴の祭壇でみた黄色いローブのような触手の塊の壁画。

自分には見えたがサティスには見えなかった。

それを伝えた途端、ゲンダーの表情が一瞬にして真剣なものになる。

「……君は、見たというのか？」

「あ、あぁ。サティスには見えなかった……っていうか、そのときには消えてたみたいだったけど。まぁ見間違いかなって」

「見間違いなどではない」

ゲンダーがティーカップを受け皿に置き、姿勢よく座り直す。

「アハス・パテルの姿絵は随分前に消失している。だが、私は幼き頃その姿絵を見たことがある。今でも忘れられん。あのおぞましくもどこか虚無的な美しさを孕んだ姿形。フードに隠れた顔部分から膨大なエネルギーの渦を感じたような錯覚を何度も覚え、しばらくそれが夢にまで出てきたほどだ。……君の言った壁画と私の記憶は合致する」

「じ、じゃあ、アハス・パテルが……俺を狙っているのか!?」

セトが思わず立ち上がる。

そんな彼をゲンダーが手で制させた。

「落ち着くのだ。もしかしたら……君を試しているのかもしれん」

「試す？　俺を……？」

「アハス・パテルの伝承において、彼が自ら先んじて命を刈り取ることはない。もしこれが嘘なら、君はすでにアハス・パテルにその命を取られていることだろう。……驚いた。イェーラー族以外でアハス・パテルを認識できる者がいたとは。……君は余程特別視されているらしいな」

　死《アハス・パテル》がセトを試している。

　常に死と隣り合わせの戦場で生きてきたセトにとっては、奇妙な体験だった。

　彼は一体セトになにを望んでいるというのだろうか。

『破壊と嵐《セト》』、ある種の調和においては必要であっても、行き過ぎた破壊は敵でしかない。

　セトは慌て怯えるどころかきわめて冷静に考えこんでいた。

「ほう……冷静に現実を見据える目だ。よほどの修羅場をくぐってきたらしいな」

「まぁ、よくよく考えれば俺は死の隣で飯を食ってきた人間だからな。死に試されている、と言われても今さらな感じはする」

「そうか。強いのだな。だがまぁ、もしかしたらアハス・パテルは君に死の警告を促しているだけなのかもしれん。十分に気をつけよ、と」

「気をつけろ、か。……そういうことだったら喜んで聞くさ」

　ふと窓の外を見ると、薄暗くなり始めている。

　これ以上の長居はサティスを心配させてしまうだろう。

「ふむ、では最後に君にもうふたつだけ。魔王軍の侵攻が弱まっている。明日にでも国境は開くであろう。もし旅を続けるのならチャンスだ。そして、もうひとつ」

「なんだ？」

「……かなり近い内に君たちに客が来るかもしれん。もっとも招かれざる客ではあろうが」

「それは誰だ？」

「すべては見えなかった。ただ……酷く弱り切っていて、それでいて狂気に満ちた目をした女だ。ひとり大地を幽鬼のように彷徨っている」

「わかった。気をつけるよ」

そう言ってセトは礼をしてから家を出る。

駆け足で家へ戻るセトを見守りながら、ゲンダーは祈りをひとつ捧げる。

「その方らに偉大なるトーテムの加護があらんことを……」


アハス・パテルに魅入られているであろう彼の背中を見るが、ゲンダーは不意に微笑んだ。

セトという少年は、ほかの少年と比べればまるでオーラが違う。

その背中には死の気配はしなかった。彼の心には今、光り輝くなにかがある。

それを感じ取ったゲンダーは、セトの未来を祝福した。

「あれが破壊と嵐《セト》か。兵士ではなく、剣士の目をし始めている。彼ならどんな困難さえも乗り切れる、未知なる可能性を秘めておるやもしれん。アハス・パテルよ……アナタは彼になにを見出すのか」

　そうしてゲンダーは家の中へ戻っていく。

　久々にいいものを見たかのように、彼の顔はいつになく朗らかだった。


　一方、ベンジャミン村のすぐ近く。

　すっかり暗くなった空に浮かぶ月に照らされながらある人物が歩いていた。

「フフフ、セト、セト、セ～トォ……セェエエエトォォォオオオッ！」

　それはセトのかつてのパーティーメンバー、女武闘家ヒュドラだった。

（十六）変わり果てたヒュドラは俺を連れ戻しに来た。

　深夜を回った村とその周りは不気味なほどに静かだ。

　誰もが眠りにつく月明かりの下、夜行性の動物が密やかにそれぞれの縄張りで蠢《うごめ》く。

　そんな中、セトは眠れない時間を過ごしていた。

　ベッドへと潜るも、ゲンダーの話が気になって仕方がない。

　死のウェンディゴのこともそうだが、一番に気になるのが近い内に訪れるという彷徨う女。

　招かれざる客と言っていたが、女性でそんな知り合いはいない。

　精々勇者一行のメンバーくらいなものだが、追い出した自分に会いに来る暇などないはずだ。

彼らは今、世界のために戦っている。

自分という小事のために、世界を救うという大事を放り投げるわけがない。

それもたったひとりで……。

(酷く弱ってて……狂気に満ちた目をした女？　……ダメだ、さっぱりわからない)

モヤモヤとした気持ちを晴らすため、セトは外の空気を吸うことにした。

隣の部屋ではサティスが寝ているため、物音を立てないように外へ出る。

そういった動きは得意だ。

「ふぅ、いつ見てもすごいな……。この村で見る星空は」

吸い込む空気はどこか涼やかで、肺の奥までよく染み渡る。

目に見える星々の輝きの鮮明さは、この土地の自然がどれほどに清らかで澄み渡っているかを如実に物語っていた。

その中でも〝十日余りの月〟は美しい光を地平線の遥か先まで降り注がせ、夜の安寧にて眠る人々を、空から優しく包み込んでいた。

月の満ち欠けにはあまり詳しくないセトでも、この夜の光景に感動する。

「自然って……すごいんだな。俺たちはその中で生きてる」

先ほどまでの悩みが嘘のように心が落ち着いたセトは、今度こそ眠れそうだと踵を返して部屋に戻ろうとした。

だが、その直後に何者かの気配を感じる。明らかな敵意の念、背後からそれを感じたセトの反応は早い。

振り向くと同時にナイフを引き抜き構える。

そこには思いがけない人物が、月光をその身に浴びながら佇んでいた。

「ひ、ヒヒヒ。……久しぶりじゃないか。セト」

「アンタは……ヒュドラ?」

かつての仲間が下卑た笑みを浮かべ、狂気と怒りを含んだ目をぎょろつかせながらセトを見ていた。

拳法着は所々破れ、身体には無数の傷跡。セトの知る、自信と誇りに満ちた表情は見る影もない。

彼女の武器である剣は抜き身の状態で腰に縛ってあり、鞘は消失していた。

家宝のはずの剣は手入れすらされず、刀身も刃毀《はこぼ》れやひび割れなどの損傷が多い。

月下に佇む女武闘家。言葉だけなら絵にもなろうが、今の彼女は化け物の様相に近い。

セトは戦闘態勢を解き、ナイフを納める。だが、油断はしない。

彼女の挙動すべてを監視するような目で見据える。

「まったくなんてことだ。フヒッ。私たちが……イヒヒッ、懸命に世界のために働いて、ウヒッ!働いているというに……こ、こ、こ……こんな村で……お前はのんびり気楽に暮らしていたとは……」

「どうしてここが、わかった?」

「なぁに。簡単な、ことさ……。情報収集だよ。お前と……美女がこの村に向かって歩いているのを……聞いたものでな。イヒッヒッヒヒッ！　女まで侍《はべ》らせているのかぁ⁉　少年兵という野蛮な身分のくせにぃッ！」

奇怪な笑い声を上げながらヨタヨタと近づいてくる。

その動きはさながら亡者のようで、さすがのセトも思わず寒気を感じた。

「ここまで来るのは長かったぞぉ？　魔物に出くわすわ山賊にも出くわすわで……たいへんだった。さぁ、行こう。今お前の力が必要と、ウヒヒッ、されて、ヒヒ……いるんだ。ん？　殺すの好きだろ？　殺戮大好きの魔剣使いだろう？　よかったなぁ。いっぱい殺せるぞぉ？」

ヒュドラが手を差し伸べる。

腕にもまた刀傷や獣に噛まれた痕などが見受けられた。

だがそれ以上に驚いたのが、手首にいくつもの切り傷があることだ。

これは自分でつけた傷だと、セトは直感でヒュドラの今の精神状態を悟る。

今の彼女はなにをしでかすかわからない。だがそれでも言わなければならない。

「……悪いがヒュドラ。俺はもう兵士じゃない。勇者一行に戻る気はもうないよ」

「……――は？」

「アンタはきっとレイドたちに頼まれて必死に俺を捜したんだろうけど……。俺はもうアンタたちと一緒に行くつもりはない。俺は、俺の人生を歩みたいんだ」

そう言った直後、ヒュドラの拳がセトに炸裂する。

後ろへ転がるもセトは上手く受け身を取り、すぐに立ち上がった。

わざと受けたのだ。

「気は済んだか？」

「……テメェ、なにふざけたこと言ってんだ？　私がここまで来るのにどれだけ苦労したか、わかってんのかぁ!?」

「だから、ごめん、ごめんって……」

「ごめんですむかッ!!　私はお前を連れ戻すために、アイツらに奴隷のような約束までさせられてここまで来たんだぞ!?　……来い、今すぐ私と来い。お前は兵士だ。お前なんかに拒否権なんかない。言うことを聞け」

「……嫌だ」

「嫌じゃない」

「嫌だ」

「嫌じゃないって言ってるだろぉおお!!　ガキなら年上の言うことを聞けぇええッ!!」

彼に近づき何度も頬を殴打をする。

必死な表情のヒュドラとは違い、セトは歯を食いしばって表情を変えず、断固として意見を変えなかった。

少年兵時代で大人に何度もぶたれるのは慣れている。

この程度の痛みなら我慢しつつ直立し続けることなど造作もない。

そして、今のヒュドラにはそこまでの戦闘能力がないと察知する。

これなら魔剣を使うまでもない、と。

「私についてこないというのなら……殺すぞッ！」

「今のアンタじゃ俺を殺せない」

「な、な、な……なめるなぁあああ!!」

ヒュドラが剣を引き抜き振り上げる。

とうの昔に正気を失った彼女を無力化させるのは実に容易い。

――だが、再びナイフを引き抜こうとした直後に思わぬ展開となってしまった。

ヒュドラの動きが止まる。

彼女の後ろに誰かが立っており、片手で強く彼女の刀身を握りしめて止めていた。

それは眠っていたはずのサティスだった。

いつものコンバットスーツをまとい、月光で眼鏡のレンズを輝かせていた。

そのレンズの奥の瞳にセトは思わず息を飲んだ。

猛禽が如き殺気を孕んだ眼光。

獰猛《どうもう》な動物のように収縮した瞳孔をした目で、ヒュドラを睨みつけていた。

「な、き、貴様、は……ッ!?」

ヒュドラも思わず言葉の中に恐怖を滲ませる。

「――……なにをしているんですか、アナタは？」

「魔王軍幹部、サティス！　貴様がなぜここにッ！」

「質問に答えなさい。……アナタは、この子に、なにをしていたの？」

サティスの中にある魔人の本性。

セトもこれまでの安らかな生活でほぼ忘れかけていた。

人間の女と魔人の女は見た目に差異はなかろうとも、身体能力や潜在的な力は桁違いだ。

今のサティスは、以前セトたちと戦ったときと同等か、もしくはそれ以上の敵意とオーラを見せている。

その根源はセトだ。

大事な人が夜中に既知の人物から暴行を受けて、黙って見ているなど今のサティスにはできない。

「ま……まさか、コイツと一緒に歩いていた美女というのは……ッ」

「ガキは年上の言うことを聞くものなんでしょ？　だったら言うことを聞きなさい。――この子になにをしていたの？　……ねぇッ⁉」

サティスの目が見開くと同時に、ヒュドラの剣の刀身がサティスの握力で弾け飛ぶ。

サティスの表情は完全に怒りに満ち満ちており、今にもそれが爆発しそうだった。

（十七）夜中に繰り広げられる女の戦い。――チェストッ‼

剣を砕かれたヒュドラは残った柄《え》を投げ捨て、身軽な跳躍をもって間合いをとる。

心身ともに疲弊している割にはまだ動けるようだ。

「そうか……お前が、お前がセトを誑《たぶら》かしたんだなッ⁉」

「セト、離れていてください。こういうイカれた女を殴るのは女の仕事です」

そう言ってサティスは眼鏡を外し、数歩進んで彼女と相対する。

「私はイカれてなどいないッ‼　色香でセトを惑わして、我々を攻撃するつもりだったんだな⁉

そうだろう！　お前は策士だからそういうことだってなんだってするだろうしな！」

「朽木《きゅうぼく》は雕《え》るべからず。アナタのような思考停止した人になにを言い聞かせたところで無駄です」

「うるさい！　フヒヒヒ、よい物を見せてやる。これはな？　私に襲い掛かってきた山賊の長が持っていたモノだ。見た目はただの丸薬。だがひとたび飲み込めば……」

赤い丸薬を取り出し、ヒュドラはそれを口の中で噛み砕く。

すると一気に顔色が良くなると同時に、血管のようなものが浮き出てきた。

細っていた身体に潤いや力がみなぎり、目付きも魔物のように鋭くなる。

「一時的に自らの力を高める魔導薬ですね。そんなもので勝てると？」

「ヒヒヒ、少なくとも前よりは戦えるさ」

猫足立ちでやや重心を低くした構え。

掌は虎、或いは龍が鋭い爪を立てるように開き、天地に構える。

ヒュドラの構えを見て、サティスも拳を前にして構えた。

互いに殴り合う気だろうが、セトはサティスのことが心配でならない。

魔人とは言えど、彼女はどちらかと言えば魔術師タイプ。

近接戦闘においては、あまり心得がないはずだ。

身体能力などが人間より優れているとはいえ、ヒュドラの体術にどこまで対応しきれるか。

凄まじい強化を施している今のヒュドラの猛攻にどこまで彼女がついていけるのか、セトは気になった。

「サティス、格闘はできるのか？」

「あんまり得意ではないですね。だけど、この女は一発殴らないと気が済まないです。大丈夫、すぐに終わらせます」

こうして月下にてふたりの女の殴り合いが決行される。

ヒュドラは怪鳥の如き叫び声とともに跳躍し、空中からサティスの頭部、胴部を狙った連続蹴りを繰り出した。強化しているだけあってさすがに鋭い。

最初の一撃を半身で躱し、二撃目を掌でいなすが、その威力は魔人の手ですら痺れたほどだ。

「まだまだぁ‼」

着地したヒュドラは一気に体勢を戻し、掌底、肘、裏拳、指先、足底、足刀、膝——、身体のありとあらゆる部分を使っての技巧による体術をサティスに繰り出していく。

ヒュドラの武術は、揺れる船の上や山岳地帯のような、足場がとにかく不安定な場所を想定した戦い方だ。

その強靭《きょうじん》な足腰の強さと技のキレは、丸薬によってさらに強化されている。

正直に言えば、近接戦闘に不慣れなサティスからすれば不利な状況だ。

だが、サティスも負けてはいない。

「――ふん！」

「ぐはッ！」

強烈なボディブローがヒュドラの腹にめり込む。

相手が怯んだその一瞬の隙に、天頂《てんちょう》に上げた右足からの踵《かかと》落とし。

モロに頭に当たったヒュドラの表情が激痛と驚愕に歪む。

後ろへ数歩ふらつき、頭を振って意識を保とうとするも、ふらつきが抑えられない。

「あ～ら。たったの二撃で沈んでもらっちゃ困りますわ」

「うるさい‼」

今度はお互いの回し蹴りが轟音を上げ交差する。

弾かれた勢いを利用し、まるで魅惑的なダンサーのような動きで地面スレスレまで重心を落としたサティスの足払いがヒュドラの足を捉えた。

ヒュドラはサティスに完全にペースを掴まれ、なす術なく地面にその身を激突させた。

だが彼女も素人《しろうと》ではない。

倒れてもなお受け身を取って、その反動をバネに跳ね飛ぶように立ち上がる。

しつこい奴だとサティスは再度彼女に殴りにかかった。

「把《ハ》ッ！」

ヒュドラの一歩にして強烈な震脚。

相手の懐に潜り込むや、自らの体重と丹田《たんでん》で練り上げた気を右肘に込めた『頂肘』をサティスの開けた胸元に叩きこむ。

至近距離から大砲を撃ち込まれたような衝撃に、サティスは目を見開き一気に吹っ飛ばされた。

「サティスッ!!」

セトが思わず声を上げる。だが、サティスはそのまま転げることなく、地面を踏み込んで持ちこたえた。

そしてケロッとした表情で答える。

「さすがに今のはビックリしました。そういうの初めから出してくださいな」

「あ、あの一撃でも倒れないのかッ!? ……さすがは魔王幹部。壊し甲斐《がい》がある」

「これでも魔人ですからね。……あと、私はもう魔王軍ではありません。セトと同じです」

「……なに？」

「まぁ今のアナタに言ってもわからないでしょうし……ここで眠っていただきます」

「なめるなぁぁぁあああ!!」

ふたりの女傑が再び拳を交えんと間合いを近づける。

月下にて繰り広げられる魔人と狂人の武闘。

セトはこの勝負を見守ることしかできなかった。

(サティス……ッ！)

決めの一撃として、サティスが回し蹴りを、ヒュドラが拳を出そうと燃え上がる闘志がこの地にて揺らめいていた。

「――チェストごぉぉぉおおおいッ!!」

突如響く大声。

それと同時にヒュドラは背後から凄まじい衝撃を受けた。衛兵のキリムがセトやサティスにも気づかせないほどの速度で一気に近づいただけでなく、その勢いのままヒュドラの背後からタックルを仕掛けたのだ。

「ぐぇえあああぁッ!?」

あまりの衝撃にバランスを崩したヒュドラが、サティスのほうへ仰《の》け反《ぞ》るように飛び出る。

「あ……」

サティスもすぐには気づいたがもう遅い。

強烈な威力を孕んだ蹴りが、バランスを崩して無防備なヒュドラの顔側面にモロに炸裂した。

「うぼぉぁあああぁッ!!?」

背後からの強烈なタックルと、強烈な蹴り。

その威力は彼女の身体に凄まじい回転を生み出し、そのまま天高く吹っ飛んだ。

高速回転し続けるヒュドラは白目を向き、意識が完全に飛んでいた。

そのまま地面に落下すると、骨や肉の断ち切れる音を響かせながら数メートルほど転がった。

「村の平穏を脅かす狂人めッ！　そこを動くなッ！」

腕も足もあらぬ方向に曲がり、所々から血を流して仰向《あおむ》けに倒れているヒュドラにキリムは剣を向ける。

「いや、動けないですよね、それ」

「……え、あ、そう？　……た、立て、オラァ!!」

「立てないです」

こうしてヒュドラの襲撃は彼女の登場により、幕を閉じた。

そしてこの事件は、ふたりが村を出る決断を早めるきっかけになったのである。

（十八）旅立ちの前の真実。

次の日の夕方。

サティスは村長の家を訪れ、セトはリョドーに連れていかれた。

リョドーなりにセトと話したいそうだ。なんでも男同士の話だとか……。

あとで内容を聞いてみようかと思いながら、サティスは村長であるスカーレットと応接室で話す。

「夜中に来たあの女の子ですが、今、村の魔術師の方に魔術医療を施してもらってます。……幸い命には別条ないみたい。酷い怪我だったけど案外頑丈なのね」

「……あの、ご迷惑をおかけしてたいへん申し訳ありません。私たちはもうこの村にはいられません」

差し出された紅茶はすでに冷めていた。

紅茶にはサティスの暗い表情が映っている。

重苦しい空気を漂わす中、スカーレットはにこやかに彼女を慰めた。

隣に座り、サティスの背中を撫でる。

「そんなに気を落とさないで。この村では変なことが起こるのはしょっちゅうなの。この間だって
……」

「いえ、村長。実は、あの少女は……実は勇者一行のひとりなんです」

サティスは話す。

ここで黙っていても、ヒュドラがいる限りきっとわかってしまうだろうと。

「あの人は、セトを連れ戻しにきたんです。彼を追い出してから状況が変わったんでしょう。でも
まさか……こんな早くに連れ戻しにくるなんて」

サティスはこめかみに手を当てて、悩みからくる痛みに耐える。

本当に頭痛でもしているかのように頭が重かった。

「そしてアナタは、人間じゃない。……恐らく敵対していた魔人ね？」

「……え？」

「心配しなくていいわ。……来たときから、アナタたちはなにか事情があるものだとわかってた。

長くこの村の村長をやっているとね、顔を見ただけで〝あぁ、この人は……〟って感じちゃうのよ」

そのとき、スカーレットはまるで生徒と答え合わせをする学問の師のように優しく語り掛けた。

その言葉や目の色には、侮蔑《ぶべつ》や憤怒の気は見られない。

なにもかも穏やかに包み込む陽光のような雰囲気でサティスに接していた。

そんなスカーレットの姿勢に困惑するサティス。

ズレそうになった眼鏡を直し、サティスはスカーレットと向き合う。

なぜスカーレットはサティスが魔人と気づき、そしてこの村にいることを許したのか。

「ど、どうして……？」

「……私の愛した人も、魔人だったわ」

「……え？」

「出会ったのは戦場。お互い憎み合う者同士だった。ある日、戦っていたら深々と被っていたはずの兜が同時に脱げたの。同時によ、信じられる？　……顔を見たのがそれが初めてだった。ふたりして戦争の最中に固まって……。一目惚れだった。今でもあれは奇跡なんじゃないかって思うくらいの出会いだったわ」

魔人という存在と面識があっただけでなく、その人と愛し合っていた。

そこから紆余曲折があり、スカーレットはその魔人と結婚し、この村で暮らし始めた。

夫であったその魔人は、数年前に病《やまい》で死んだ。

強靭な肉体を持つ魔人であっても病魔には勝てなかったらしい。

「――……だからアナタたちが来たときはもう内心ビックリしたわ。人生に疲れた顔をした人間の子供と魔人の女性。きっとこれもなにかの巡り合わせだって思って」

「それで……私たちを？　敵とは思わなかったんですか？　私は……魔王軍にいたんですよ？」

「敵か味方か、か。さぁ……どうだったかしらね」

「そんな適当な……」

「フフフ、ごめんなさいね。でも、もし困ったことがあれば村の皆が力になってくれるもの。……それに、アナタたちの正体に勘付いてたのは私だけじゃないのよ？」

「それはどういう意味ですか？　ほかにも気付いた人がいると？」

サティスが手に取った冷めた紅茶が、一瞬細波《さざなみ》を生んだ。

そのティーカップは、蝋燭の火によって艶やかな光沢を放ってる。

今のサティスの心の動きを表したものなのか。

そんな風に感じ取りながら、スカーレットは紅茶を一口含んでから優しく言葉を漏らす。

「……──村の皆、よ」

その言葉を聞いたとき、サティスは思わず口を覆った。

全員自分たちのことに薄々勘付いたうえで、この村の滞在を許したというのか。

サティスにはにわかには信じられなかったが、スカーレットは真実をありのままに話す。

「言ったでしょう？　ここは変わり者の村。英雄もいれば賢者もいる。彼らの観察眼は並じゃないわ。……皆いろいろなワケがあってこの村に辿り着いてきたの。人よりずっと孤独を感じている人たちの心の港、それがこのベンジャミン村。……リョドーさんなんて一目で看破したわ。セト君のことも、アナタのことも。だけど、〝心配はいらない〟って言ってた。それどころか、セト君とも仲良くなっちゃって」

「信じ、られない……どうして、私たち、なんかを……ッ!!」

この村にはあらゆる者を癒やす奇跡の魔法でもあるのだろうかと疑った。

知らない内にふたりはずっとこの村の皆に見守られてきたのだと。

サティスの頬に涙が零れてきた。

今まで人間を見下してきた己自身を大いに恥じるサティス。

大粒の涙が頬を伝い、嗚咽《おえつ》が止まらない。

人間の繋がり、そして温かみが彼女の壊れかけていた心を満たしていく。

「今は泣いていい。いいえ､泣いたほうがいいわ。大丈夫、アナタたちならこれから先も上手くやっていける。不器用な私がここまで来れたんだもの。……でも、あの子の前では笑顔でいなさい」

「……はいッ」

サティスはセトと話し合ったことをスカーレットに話す。

明日にはこの村を出て、もう一度旅をすると。

もっとセトに世界を見せてあげたい、と。

「……そう、残念ね。でも、決めたのなら仕方ないわね」

「本当に、申し訳ありません」

「いいのよ。楽しんできてね。……あ、あと、あの家は取り壊さずに置いておきますからね。いつでもこの村に帰ってこれるようにしておかないと。……ベンジャミン村はアナタたちを歓迎するわ」

「……ありがとう、ございますッ！」

「そうだわ！　今夜は村の皆を集めてパーティーでもしましょう！　うん、それがきっといい」

「そんな……」

「いいのよ。ときにはパァーッとやりましょう！　そのほうが村の皆も喜ぶから」

こうして、ふたりの送別会が行われることとなった。

夜の村はいつも以上に賑わい、誰もが彼らの旅の無事を祈った。

そんな中、意識を取り戻したヒュドラは、用意された部屋で空虚な表情で宙を見つめたまま、その賑やかな声を聞いていた。

第三章

（一）村を出て長閑な街道で。

セトとサティスは朝早くに村を出る。

ゲンダーの言った通り、国境の関所は閉鎖が解除されており、行き来が可能だった。

「干し肉に燻製……リョドーから食料とかいろいろ分けてもらったけど、空間魔術の収納スペースは大丈夫か？」

「ええ、大丈夫です。……それにしてもすごい量でしたね」

「あぁ、これまで仕事を手伝ってくれた礼と話を聞いてくれた礼だってさ。お金までくれたよ……」

「これで食事の心配と当面の旅費は確保できましたね。……で、リョドーさんとはなにを話されていたんです？」

「ん～、昔話的なことかな。あんまり人には言うなって言われたけど」

たわいない会話をしながら、また前と同じように続いていく長閑な街道を歩いていくふたり。

幸先の良いことに、道に止まっていた馬車があった。

国境が開いたばかりでまだ人も見かけないだろうと思っていたが、さすが商人は仕事が早い。

御者《ぎょしゃ》と連れに話をして次の街まで乗せてもらうことに。

「助かりました。次の街まで大分遠いようなので……」

「ハハハ、そうですな。ようやく魔物との戦争も落ち着いてきたから、移動が多少は楽になりましたよ」

「次の街までどれくらいだ？」

「そうさなぁ。まぁこのまま行けば明日の朝ですかな。オタクらは食料とか持ってる？　なけりゃ少し分けますよ」

「いや大丈夫だ。保管してある」

「へぇ、ってことは、魔術師さんかい。……いいねぇ魔術師さんは。なんでもヒョイヒョイと入れて持ち運べるんでしょう？」

「なんでも、というわけではありませんが。……まぁ食料などはそれなりに」

御者や連れの者たちとも会話をする。

温厚な人たちで、ここに来るまでの旅の話をセトとサティスに聞かせてくれた。

突然魔物に襲われたときや、食料が尽きかけたときはかなり焦ったそうな。

それでも彼らは力を合わせて乗り切り、この山脈と広大な大地が広がる場所までやってきたのだ。

「クレイ・シャットの街の公衆浴場《テルマエ》には行かれましたかい？　あそこの湯は最高でしてねぇ」

「えぇ、私たち最初にあそこへ立ち寄ったんですよ。お風呂が大好きになりました！　お風呂って毎日入りたいんですけど、なかなか……」

「ハッハッハ！　そりゃあなんとも贅沢だ！　いいねぇ、一度はそんな生活やってみたいもんだ！」

彼らはさまざまなことを知っていた。

知識も経験も豊富で、セトから見れば旅における大先輩だ。

彼らの話を聞くことでいろいろなことを知れるかもしれない。そう思って話題を考えてみた。

（そうだ……気になっていたことがあったんだ。リョドーが言ってたあの話）

〝……──魔王を倒すために派遣された勇者一行が、行方不明になったらしい。〟

勇者一行の行方不明。ヒュドラを除いて三人。

旅をしてきた彼らならなにかしらの情報を持っているかもしれない。

本来なら気にすることもないが、ヒュドラが来たこともあり、セトの中で若干の関心が湧いていた。

「なぁ、ひとつ聞きたいんだが」

「ん？　なにかな？」

連れの男性がセトに顔を向ける。

「俺たちはある村にいて、変な情報を聞いたんだ。魔王を倒すべく派遣された勇者一行が行方不明になったって」

「勇者一行？　あぁ、それかぁ。旅人の間ではかなり有名な話だったな」

「そうね。聞いたときはビックリしたわ。勇者様、なにかあったのかしら？」

「無事だといいがなぁ」

特に情報は聞けなかった。だが、気になることは増えた。

（ヒュドラはあのとき言っていた。奴隷のような約束までした、と。あの鬼気迫る表情……一体パーティーでなにがあったんだ？　それに、行方不明の情報と一緒に舞い込んできた、行商人の馬車を襲う謎の存在。気になる……）

セトが考え込んでいると、隣に座っていたサティスが密かに彼の服の裾を引っ張った。

視線を向けると、彼女はやや辛そうな目をして首を横に振る。

勇者一行について考えるなと言いたいらしい。

ヒュドラの件もあり、彼女にとってはあまり蒸し返されたくない話のようだ。

彼女の思いも考慮し、この件はここで打ち切った。

（ヒュドラが来たことでまた魔王関連で接点を持ってしまったな。……うん、忘れよう）

気分を入れ替え、今度は美味い料理について聞いてみた。

どんな料理があり、どんな味がしたか。

美味い物を腹一杯に食う。それは、セトの旅の喜びのひとつだ。

馬車の人たちは笑いながらセトに答えてくれた。その様子をサティスは微笑みながら見ている。

料理の名前や味について聞いている内に、セトは空腹を感じた。

昼も近くなってきた頃合いということで、馬車を停めて昼食とする。

馬車の人々の食事もこちらと似たようなものだった。

魚を燻製にしたものやピクルス、チーズなどを、皆で輪になって野に座りながら食べる。

食料は分け合い、まだ食べたことのなかった一品を堪能した。

「ん、このピクルス……美味しい」

「このチーズも……んぐ、美味いぞ？　パンと一緒に、ふご……食えばさらにいいかも」

「もう、食べながら喋らない。お行儀悪いですよ」

「ハッハッハ構わんよ。いやぁ美味しいって言ってくれてなによりだ」

和やかな雰囲気の中、食事を交えつつ笑いながら話していると、セトは誰かが歩いてくるのに気がついた。

黄色いローブに身を包んだ人物で、肩や頭に小鳥や小動物などを乗せながらズルズルとローブを引きずる音を立て、セトたちの進路へと歩いていた。

（あれは……）

見覚えがある姿。

フードで顔部分は見えないというよりも、フードの中は果てしない暗黒が広がっているようにしか見えなかった。

黄色いローブは布というよりも生き物のようなうねりを見せながらはためいているようだ。

（まさか……ウェンディゴ!?　なぜこのタイミングで）

死のウェンディゴ『アハス・パテル』。

自分たちを追ってきたのかとセトは瞬時にナイフに手をかける。

だが、敵意や殺意といったモノはまるで感じられない。

むしろただ本当にその道を、慕ってくる動物たちとともに進みたいだけのようだった。

すれ違いざま、セトをほんの一瞬だけ見るような仕草をするが、そのまま歩いていってしまう。

（あれ……歩いているのか？　いや、そもそもなんで）

「セト？　どうかしたんですか？」

サティスの声で我に返る。馬車の人たちはすでに出発の準備に取り掛かっていた。

セト以外にアハス・パテルは見えなかったらしい。

アハス・パテルも彼を慕っていた小動物たちの姿もいつの間にか消えている。

ローブが地面を引きずってできた足跡も、すでにない。

「さっきからボーッとして……もしかして、疲れたんですか？」

「え、あぁいや。なんでもないよ」

サティスにはこのことは言わないでおこうと思った。

アハス・パテルが見えたのにはびっくりしたが、特にそこまで警戒することはないようだ。

（しかし、なぜ奴は俺たちと同じ方向へ？　……ん？　これは）

セトの右手には手紙が握られていた。

見覚えのない封筒は、見たことのないマークが描かれた封蝋で口が閉じてある。

（手紙……いつこんなものを？　まさか奴が？　……っていうかウェンディゴって手紙書くのか？）

「セトー！　早く行きますよー!!」

「あぁ、わかった。すぐに行く」

セトはとりあえず謎の手紙をポケットにしまって馬車に乗り込むと、まだまだ続く道を馬車に揺られて進んでいった。

（二）ウレイン・ドナーグの街を目指して、俺たちは心を躍らせる。

セトはその晩、寝ずの見張りを買って出る。

近頃は健康的な生活を送っていたせいか、久々の夜通しの見張りは若干眠気のある状態だった。

（サティスは交代制を提案してくれたけど……今はひとりのほうがいい）

街道脇の草原で、一同は静かに眠る。

セトは木にもたれかかり、ぼんやりと夜の風景を見ながら考えに耽っていた。

（そういえば、昼にアハス・パテルからもらった手紙……中にはなにが書いてあるんだ？）

ふと今日の昼の出来事を思い出し、手紙をしまったポケットに手を伸ばしかけた。

だが、後ろからの声ですぐにそれを取りやめる。

「セト、紅茶いりませんか？」

「サティス、寝たんじゃないのか？」

「眠れなくてね。……ですので、眠れるようになるまで起きていることにしました」

「そうか……眠れないんじゃしょうがないよな」

手紙はまた明るいときに見ようと、とりあえず保留にした。

今は隣に座るサティスとともに、温かい紅茶を堪能することにした。

茶葉の種類や風味、そういったことはわからなかったが、こうしていると自然とリラックスできるのが感じ取れた。

いつもと変わらないこの時間にセトは安堵しながら、サティスと明日のことを話す。

「次の街ってどんなのだ？」

「ん～、クレイ・シャットの街よりかは小さいですけど、治安もそこまで悪くない場所ですね。名前は確か『ウレイン・ドナーグ』だったと思います」

ウレイン・ドナーグの街。

その街は、別名〝冒険者たちの台所〟とも言われている。

武器や防具といった装備が揃った店が多く、なにより鍛冶屋の質も高い。

多少値は張るが、そういった逸品物狙いで来る武芸者も多いようだ。

「それでも海に近くなりますから、景観も、より良いモノになりますよ」

「へぇ海か。てことは……あれが食えるんじゃないか？」

「あれって？」

「噂に聞いたことがある……。俺もこの話を聞いたときは正気かと疑った」

その名も寿司。

異国の食べ物であるが、その美味さと珍しさからさまざまな国に店が現れ始めているとか。

「生の魚を〝シャリ〟というモノに乗せて食べるというワケわからん料理だ。想像もつかないぞ」

「あぁ～寿司ね。……そう言えば私も食べたことないですねぇ。でも、ウレイン・ドナーグにそんな店ありましたっけ？」

「わからなければ確かめればいい。海の近くなんだからきっとある」

「港街っていうわけじゃないですけど……まぁ期待しましょう」

その街は港からの流通もあり、魚類関係の料理はかなり豊富だろう。

川魚しか食べたことのないセトには、海の魚がどんな味がするのか楽しみでならない。

魚は焼くか干すかして食べることくらいしか知らないので、本格的な魚料理には興味がある。

ベンジャミン村で金を大分稼いだこともあって、しばらく滞在できるかもしれない。

（海か……どんな美味いモンが食えるかな）

そんなことを考えながらふたりして夜が明けるのを待った。

結局サティスもセトとともに起きていることを決め、ずっと傍にいてくれたのだった。

そして時間は過ぎて、夜明けがくると、馬車の人たちが目覚め始め、出発の準備をし始める。

この時間からいつも通りのペースで行けば、昼前までには街に辿り着くそうだ。

（いよいよかぁ、寿司食えるといいな）

（海、かぁ。……確か近くに浜辺があったはずですね。釣りとかいいかも。ん～、どうしよっかなぁ～）

互いに違うことを考えながら馬車に揺られつつ、セトとサティスは穏やかな時間を過ごす。

そのうちセトは眠りについた。

サティスに膝枕されながら、狭い空間で器用に寝転がる。

「どうもすみません。狭いのに場所を取ってしまって」

「いやぁいいよ。……子供なのにしっかりしてるねぇ、まったく。お姉さんも寝たら？」

「いえ、私は大丈夫です」

同行者に気を遣いつつ、サティスは寝息を立てるセトの髪を撫で続けた。

ウレイン・ドナーグの街までの道のりは、大したトラブルもなく進む。

宿を取ったらその次はなにをしようかとサティスは思案する。

セトの空腹事情を考えて、最初に食事だろうか。

(……寿司もいいですけど、ムニエルも食べたいなぁ)

そんなことを考えていると、サティスもまた空腹を感じてきた。

(そうですね。時間はたっぷりあるんだから……観光でもしながらいろいろ食べればいいか)

そろそろ街が見えてきた。

朝から市場は賑わっており、所々から錬鉄製造の音がする。ここもまた観光地としても有名だ。

これまでの場所とはまた違う空気のおいしさに、サティスは胸を躍らせる。

「んむ、もう着きそうだな」

「あ、ようやく起きましたね。見てください、あれがウレイン・ドナーグの街です」

ベンジャミン村から旅を再スタートさせ、その最初の街は、セトの冒険心をさらにくすぐらせた。

(三) 俺たちが街へ来ての最初の飯、それが寿司である。

ウレイン・ドナーグの街。

青々とした空の下に並ぶ、清廉《せいれん》な白の建物の数々。その合間に見える煙は、鍛冶屋からだろうか。

人々の賑わいの中から、確かに熱い鉄を槌《つち》で叩く音が聞こえる。

これまでの街とは違う景観に新鮮な思いを馳せながらも、ここまで運んでくれた馬車の人たちに礼をした。

その後宿屋に入り、部屋を取った。クレイ・シャットの街のときとは違い、ベッドはふたつ。

安い部屋とはいえ、二階という高さから見える街並は実に壮麗たるものだった。

クレイ・シャットの街やベンジャミン村で感じたあの穏やかな風が、ここでは潮風となってやってくるのがわかる。

肌と目で感じるこの美しさを、今度は恥ずかしがらず、ぜひともサティスとともに分かち合いたい。

「おい！　海が見えるぞッ！」

「あらホント。セトは海を見るのは初めてで？」

「あぁ。デカいとは聞いてたけど……やっぱりすごいな。あそこからいろんな魚が獲れるんだろう？」

「ええ。観光地としてもここはかなり人気の場所です。魔王軍が勢いを失くしてからはここの人口や観光客も増えたみたいですよ？」

海の歴史とともに歩み、ここまで繁栄した街の見所《みどころ》はかなり多そうだ。

時間は昼前、観光ついでに食事にしたい。

「寿司を取り扱っている場所を探しますか？」

「あぁ、探しながらこの街を回ろう。きっとなにか面白いものがあるはずだ」

宿を出てからお互い離れないように気を付けながら、セトとサティスは通りを歩く。

肉や野菜は勿論、魚を使った料理の匂いがセトの食欲をそそった。

「……ん？　あれ、寿司じゃないか？」

「あ、ホントだ。へぇ～、店の外観までかの国のを真似てるんですね。この店だけなんだか古風というか……」

「そうだな。なんていうか……地味？」

「う～ん、ほかの店と比べると確かに。でも逆にこれは目立ちそうですね」

「よし。じゃあ入ろうか。……お、これが噂の引き戸ってやつか」

店の中は意外に狭かった。

杉を使用しているためか、かすかに店内にそのほのかな薫りが漂う。

人気の店なのか、客が多く、座敷はすでに満員だった。

「……いらっしゃいッ！」

店の大将が不愛想に挨拶する。

その後店員の女性が来て席まで案内してくれた。

奥のカウンター席がちょうどふたつ空いていたので座らせてもらう。

熱いお茶を出され、その独特な味と苦みに顔を歪めながら、セトとサティスは店の雰囲気を楽しんだ。

「……握りましょうか？　それとも、なにかつまれますかい？」

店の大将は相変わらずの不愛想。

握る、というのはぼんやりとしたイメージだが、だいたいわかる。

だが〝つまむ〟というのがセトにはよくわからない。

サティスもこれに関しては知識がないようで、ふたり揃って首を傾げていたが、すぐに店員の女性がフォローしてくれた。

「すみませんお客さん。つまむっていうのはお造り・お刺身のことで、簡単に言えば生のお魚を小さく切って食べやすくしたものです。お客さん、観光客なら、ぜひともどうぞ！」

「へぇ、魚って生で食えるのか。じゃあそれを！」

「私もお願いします」

白身魚の刺身が出てきた。

醤油につけて食べる、というのが一般的らしいが、一番の問題は〝箸〟と言われる道具の使い方だ。

（こんな棒切れで挟んで食うのか……）

（フォーク……なぁんて置いてませんよねぇ）

お互い四苦八苦しながら刺身をいただく。一切れ食べるのにかなりの神経を使う作業だ。

しかし、その苦労に見合う味だった。

醤油と言われるタレの辛さと、身の引き締まった食感やしっかりとした旨味が口の中で混ざり合い、噛むごとにその芳醇《ほうじゅん》な香りが広がっていく。

「うまいな、これ」

「えぇ、この味好きですね。とても美味しいですよ」

純粋な感想を大将に述べる。しかし、大将はまるで反応を示さず、黙々と仕事をしていた。

「ふふふ、ごめんなさいねぇ。大将はこういう性格だから」

「……いらんこと言わんでいい」

「はいはい。……じゃあお客さん、どうぞごゆっくり！　注文があれば言ってください。大将が作ってくれますから！」

店員の女性は元気よくそう言うとほかの客席まで歩いていった。

セトたちはお造りを平らげたあと、握りを頼んでみることに。

「ん～、お決まりとお任せがあるみたいですね」

「ここは大将に任せてみよう。寿司に関しては俺たちはなんにも知らないから」

「そうですね。すみません、あの～」

「……もうやってるよ」

すでに大将は寿司を握り始めていた。

仕事の速さに感服しつつ、セトたちはゆっくりとでき上がるのを待つ。

出てきたのはカンパチという魚を使った握り寿司。

艶やかな色合いの切り身の下には、シャリという米を使った小さめの塊が。

「いただきます」

「いただきます」

手掴みでも構わないということで、早速ふたりは寿司を手に取ると、醤油を少しつけて口の中へ。

ゆっくりとよく噛んで、その未知なる料理の味を感じ取る。

独特な食感の魚とシャリ、その中に含まれる酢の風味。

そして醤油の辛さが口の中で混ざり合い、なんとも言えない旨味へと変化していく。

「お、おぉ……これ……ッ！」

「これが、寿司……」

大将は黙ったままチラリとセトたちを見るや、まんざらでもないような表情で仕事を黙々とこなしていく。

残念ながらセトたちには寿司の美味さを語るための知識や言葉がないため、上手くこの喜びを表現することができない。

大将は言葉数は少なくとも、それでもいいと言うかのように小さく笑んでいた。

さて、もっと食べてみようかとセトたちが思ったそのとき、この店に荒客が訪れることになる。

（四）無法者を制するは、もうひとりの魔剣使い。

しばらくしてのことだった。

引き戸が乱暴に開かれ、そこに無骨な風貌の男が五人入ってくる。

「あ、いらっしゃいませ。……あの～すみません。今満席ですので、もうしばらくお待ちいただければ空くと思いますので～」

店員の女性がそう言いかけたとき、男のひとりが彼女を押しのけさらに入ってくる。

客たちは男たちの風貌と乱暴さを見て、無頼漢と察し、食事の手を止め俯《うつむ》くように黙った。

乱暴狼藉を働いて、恐怖の名の下に金を得る無法者集団だ。

そんな連中が寿司を食べに来るなど夢にも思うまい。客たちは、今日の運の悪さを呪った。

「俺らみてぇな野郎に食わす寿司はねぇってことかい？　楽しみにしてたんだぜぇ？　寿司ってのがどういうもんかをよぉ？」

「いえ、ですから……。申し訳ないんですが、今は満席で」

「あぁん？　ンなモン追い出しゃいいだろうが!!」

無法者たちが汚い怒号を上げながら騒ぎ出す。

「おいアンタら！　これ以上騒ぐなら衛兵を呼ぶぞ！」

大将が堪《たま》らず叫び、無法者たちに凄む。だがそれを無法者たちは笑い飛ばした。

「はっ！　そんな脅しが通じる時代はもう終わってんだぜ？　それともテメェからいたぶってやろ

うか？」

「ぐッ！」

無法者たちのほとんどが血生臭い、殺しをなんとも思わない連中だ。

カタギの言葉で怯えるタマではなかった。

誰もなにも言えない状況に満足げに笑みを浮かべていると、仲間のひとりが奥のほうを指差す。

子供《セト》と女《サティス》。

客の中で、このふたりだけ恐怖を抱かずに男たちに視線を向けている。

その眼光には一種の嫌悪が入り混じり、それが彼らの癇に障った。

「おいそこの。なぁに見てんだよ」

「へっへっへ。女のほう、めっちゃ美人じゃん！」

そう言って五人がゾロゾロと奥のほうへ。

客たちは今まさに一触即発の現場を、固唾《かたず》を飲んで見守るほかなかった。

女子供を囲むように反り立つ巨体。

剣やナイフを引き抜き、セトたちの眼前や首筋などにちらつかせ始める。

「……おい小僧。なんだぁその目は？　俺は生意気な態度を取るガキが嫌いなんだよ。そういうガキはどういう末路を辿ったか。お前知ってるかぁ？　皆このナイフでグッサリだぁ」

「ようようお姉さん。俺たちと遊ばねぇか？　おっと変に抵抗しないほうがいいぜ？　俺らの剣の腕は世界最強だぁッ!!」

下卑た笑みを浮かべながらふたりに迫る無法者たち。

だがセトたちはまるで相手にしていないかのように、一言も喋ろうともしない。

「おい無視してんじゃねぇ!!」

セトに絡んでいた無法者がセトの態度に痺れを切らし、ナイフを突き刺そうとした。

だがその直後にセトは、冷静に淹れたての熱い茶をその男の顔面にかけてやる。

「うぎゃあああッ!!　——うぐぅッ!?」

叫び声を上げ、熱い茶を掛けられた顔を手で覆った直後、セトは思わず彼が落としたナイフを手に取り、彼の背中におぶさるように組み付いて動けないようにしてから、刃を首筋に当てる。

長い間戦場で培われてきた技術の一端。

隙だらけの男をこのように動けなくするのは赤子の手をひねるようなものだ。

この電光石火の早業《はやわざ》に仲間たちが呆気《あっけ》にとられた隙に、サティスも動く。

右脇にいた無法者の腹に、肘鉄を喰らわせてやった。

女性と言えど、魔人の一撃は無法者の意識を一瞬にして奪うには十分すぎた。

すぐさま立ち上がると真後ろにいるもうひとりの顎に強烈なアッパーカット。

「気安く触ろうとしないでくださいます?」

気怠げに睨みつけてくるサティスの闘気にまだ自由に動ける一人だけの無法者は動けなくなる。

「テメェ……おい!!　その女ぶっ殺せ!　あと俺を助けろ!!」

「く、くそぉ!!　おい小僧!　仲間を放せ。じゃないとこの女が……」

「あ～、それ、やめたほうがいいぞ」

切っ先をピッタリとサティスの喉元に向ける無法者。だがセトは至って冷静に答えた。

その言葉の意味を無法者のひとりは身をもって理解することとなる。

突如として持っていた剣が軽くなった。

サティスが余裕の表情に怒りを滲ませながら、刀身を魔力で圧《へ》し折っていた。

呆気にとられ、身も凍《こご》えるような恐怖に包まれた彼の顔面にサティスの拳が炸裂する。

わずかな時間で制圧された四人。

セトにナイフを首筋に当てられている最後のひとりは悔しそうに歯軋りしながら、自分たちが負けたという現実に怒りを見せるも、なにもできずにいた。

「……出てけ。じゃないと今度は」

「くそ、このクソヤロウども……ッ!!」

セトに乱暴に放され、身をよろめかせながらひとり逃げていく。

「あ、逃げていきました」

「仲間を放っていくとは……」

しかし、飛び出すように外に出た無法者にさらなる受難が待ち受ける。

この街の衛兵たちがすでに待機しており、逃げられない状態にあった。

後ろにはあのふたり組。そして前には衛兵。

（こ、こんなところで……ッ！）

そう思ったとき、衛兵の中から一際《ひときわ》目立った格好の男が出てくる。

引き締まった細身のアーマーを着た緑色の髪をした男だ。

緑色の光のラインが走った妙な出《い》で立ちに怪訝な表情を浮かべる無法者。

「フフフ、俺の魔装具に見惚《みと》れるのはいいが……状況を考えたほうが身のためだぞ？」

男がほくそ笑む。

余程自分の能力に自信があるのか、不敵な笑みからは活躍の場に高揚する戦士の雰囲気が感じ取れた。

「て、テメェは！」

「俺はこの街の兵士たちを束ねる隊長。……『暗空を裂く光《オシリス》』の記号《なまえ》を持つ男。……そして、世界最強の、魔剣使いだぁ!!」

言葉の節々で奇妙なポーズをとっていくオシリスという名の男。

無法者もオシリスのことは聞いたことがあった。

「ま、まさか……テメェがッ！」

「ふぅ、貴様のような無法者がこの美しき街に来るとは。……警備をさらに強化しろ！　たるんでいるぞ！」

オシリスが衛兵のひとりに指示を出す。

そしてまた自慢げな笑みを以て無法者に近づくや、殺気を滲ませた。

「ここは俺の行きつけの店でもあるんだ。その店で、無法者が暴れたとあってはこの俺が出張《でば》るほかあるまい。……無法者め！　正義《ジャスティス》のもと、貴様をここで処刑するッ!!」

またしても奇妙なポーズを決めていくオシリスに、無法者はただならぬ気配を感じ、一目散に逃げようとした。

次の瞬間、オシリスの腰あたりから彼の魔剣らしき武器が召喚される。

見た目はジャマダハルのようだが、所々の装飾や幾何学模様がその見た目により奇怪な印象を与えている。

逃げる無法者の背中に突きつけるように向けると、刀身の部分が緑色に光った。

直後、肉を抉るような音が響くと同時に無法者の動きも止まった。

男が恐る恐る腹部を見ているとおびただしい量の血を噴き出している。

まるで後ろから剣で刺し貫かれたかのような痕だった。

オシリスの魔剣の刀身からでた斬撃波のようなものが、無法者を貫いたのだ。

「ば、ばか……な⁉」

無法者が力なく倒れるのを確認すると、オシリスは得意げに武器を指先でスピンさせながら腰元に開いた空間に納める。

「このオシリスの魔剣からは逃れられない……。よし、中へ入るぞ。無法者の仲間が正義あるふたり組に制圧されたという情報だ」

無法者は街の外に吊るして晒しものにする。

そうすることで、脅しをかけ、この街の治安と秩序を守ろうとするのがオシリスのやり方だ。

「入るぞ！　……ん？」

店の中に入ると、すでにセトたちによって残りは縄で縛られていた。

だがそれ以上に目についたのはセトとサティスの姿だ。

「お前たちは……」

「これが無法者たちだ。捕えておいた」

向き合うセトとオシリス。そしてお互いに理解する。

――コイツは魔剣使いだ、と。

(素晴らしい。魔剣使いにもこういった良き正義と才能に恵まれた者がいるとは。……だが)

ほんの一瞬、オシリスはサティスのほうを見る。

(なぜ、あの女がいる？　そういえば、魔王軍の勢いが弱まっていると聞いたが……なにか関係が？)

サティスのことを知るオシリスは怪訝な表情を浮かべる。

謎が深まる中、オシリスはセトたちのことを聞いてみることとした。

のちにオシリスはセトとサティスの盟友として、理解者として動くこととなる。

これはその馴れ初《なそ》めであった。

（五）魔王の城に、かつての威光はすでになく。

魔王の城ではまたしても魔王の激昂が響き渡る。

その勢いは城外にまで干渉し、大地を震わせ、無数の鳥たちを天へと飛ばした。

「えぇい、圧《お》されておるではないか⁉　セベクも投入したというになんだこの戦果は！　勝利しても別の戦場で敗北し、結局の所《ところ》成果はゼロ。おまけに幹部であるオークキングの行方もわからなくなるとはどういうわけだッ‼？」

魔王の怒りは、その御前にて跪《ひざまず》き、震える魔物たちに向けられる。

サティスの後釜が繰り出す策はすべて逆手にとられ、使い物にならない。

セベクを投入しなんとか勝利を得てはいるものの、負け戦《いくさ》が連続して起こり、結局領地が増えるには至らない。魔王軍の兵はついに、かつての半分近くまで減ってしまった。

いっこうに状況が変わらないことが、魔王の焦りを大いに加速させる。

魔王の焦りは、部下への八つ当たりと無限の不信感へと発展していく。

「もうよい！　こやつなどを処刑せよッ！　役立たずは我が魔王軍にいらぬ！」

「そ、そんなぁ！」

「連れて行けぇえッ‼」

魔王の命令とともに、サティスが抜けた穴を埋めるべく知略の限りを尽くした部下たちは処刑場へと連れて行かれた。

この光景に魔物たちは戦慄《せんりつ》する。

任務の失敗は魔王の怒りをこうむり、死を言い渡されるのだ。

しかもこういった粛清は何度も起きている。魔物たちも気が気でない。

「……セベクッ！　セベクはいるかぁッ⁉」

「なんだよ魔王さん……そんな叫ぶなって。俺ちゃんと結果出してんじゃん」

怒りに震える魔王に恐怖の一片も抱かない男。

常に戦いを求め、魔剣にて敵を斬り伏せることのみを生き甲斐とするセベク。

玉座に座りながら怒りで身を震わせる魔王へゆっくりと歩み寄る。

その後ろを彼の無礼に胃を痛めながらもついてくるゴブロクが、固唾を飲みながら魔王の言葉を待った。

「確かにな。だが、それだけでは足らぬッ‼　もっとだ……もっと人間どもの血を流せ！　お前にはまだまだ働いてもらうぞ？」

「へいへい」

「せ、セベクッ！　魔王様には敬意を払えとあれほど……」

玉座の間が緊張で凍り付いている中、適当な態度を取るセベクとギラついた眼光で怒る魔王とのやり取りが繰り広げられる。

「よいかセベク。貴様はけして我を裏切るな。常に我の役に立つことのみを考えろ」

「断る」

「なんだとッ⁉」

「俺は、俺のためと強い奴のために戦う」

周囲が一瞬ざわつき、永久凍土にも勝る恐怖が立ち込める。

魔王に対し、こうも本音を語るなど、たとえ古参であろうともいないからだ。

「き、貴様……裏切る気か？」

「それも面白そうだな。裏切るって言ったら俺を殺すか？　――いいよ。魔王軍も人間も、全員を相手にしたほうが面白そうだ」

彼の見開いたままの目にふと、殺気と狂気が入り混じった眼光がよぎる。

セベクは本気だ。魔王の返答ひとつで、魔剣を以てこの玉座の間にいる全員を皆殺しにする。

魔王は、一気に頭と背筋が冷えるのを感じ、セベクという男を理解した。

この男に主はいない、あるとすれば戦場だ。

戦いそのものがセベクという魔剣使いを動かす生命の衝動なのだ、と。

「……ならば、次なる戦場を用意しよう」

「そう来なくっちゃ」

「ま、魔王様！　この男をまだ使うのですか⁉」

「そうです。サティスやオークキング以上の強者である我々を差し置いてこのような……」

「黙れッ‼　そういうのは結果を出してから言え、役立たずども‼」

魔王とその配下たちとの間に、大きな溝ができ上がっていた。

重なる敗北と屈辱が、魔王の心を大きく歪めていたのだ。魔王が指示したのは、ある国を攻め落とすこと。

だがそこは、古よりウェンディゴが住まう土地も含まれていた。

「ま、魔王様。この土地はウェンディゴたちが人間と自然とともに住まう場所。奴らの土地で荒事をするのは……」

「やかましいッ!! どうせ世界を手中に治めるにはこの土地を制圧する必要がある。やれ自然の意思だの、やれ精霊の一種だのと、うざったいにもほどがある。セベク、この国を落とすのだ。まず見せしめとしてこの〝街〟を破壊しろ！」

「ふぅん……いいじゃん。知ってるよ、ここ。――『冒険者たちの台所』だっけ？」

「そう呼ばれているらしいな。本来なら貴様に兵を預け、指揮を任せるところではあるが、半人半魔の身分のお前にそれができるとは思えん。よって、貴様はまた一兵卒として軍に加われ」

「つまりいつものようにってことだな」

「そうだ。いいか？ あそこには魔剣使いがひとりだけいると聞いているが……貴様ならなんの問題もなく倒せるだろう。……兵が整いしだい出陣だ！」

新たな戦場が設けられ、セベクはニヤリと笑みを浮かべる。

そしてゴブロクとともに玉座の間を出て、出陣の時を待つこととした。

「……なんだろうねぇ。素敵な出会いがある気がするよぉ～」

「またいつもの勘か」

「そうだ。……ゴブロク、アンタも戦う準備をしたら？」

「武人たる者、常に戦に備えるものだ。……同じゴブリンたちからは奇異に見られるが、俺は武に生きる道しか知らん」

「ふ～ん」

しばらく歩いていると、急にセベクの前にゴブロクが立つ。当然、セベクは止まった。

「……なぁ、アンタの意見を聞きたい」

「なんだよ」

「魔王軍に、未来があると思うか……？」

俯いた状態でゴブロクは不安そうに問う。セベクは無表情に近い顔のまま小首を傾げた。

「サティス殿を追放してから……秩序も士気もガタ落ちだ。おまけに負け続きで、粛清の連続。このままでは内部から崩壊してしまう！　……サティス殿がいた頃の魔王軍が懐かしい。魔王様が勝つための方式をもっと見直しておれば今頃は……」

「それが魔王さんの命令だろ？　いーんじゃない？」

「命令だからといって……戦士にあのような恥辱を与えてから処刑しようなど……王のすべきことではないッ！　サティス殿は十分に尽くしたのだ。なのに……」

「そういうのは魔王に直接言え。〝テメーは間違ってたんだよクソ暗君が〟って」

「そ、それは……」

ゴブロクは言葉に詰まる。そんな勇気などあるはずがなかった。

セベクなら息をするかのように言うかもしれない。

だが、現実的にゴブリンという矮小な存在であるゴブロクが魔物を統《す》べる王に盾突くことなどできるはずもないのだ。

それを鼻で笑い、脇を通り抜けて口笛を吹くセベク。

「……魔王様を含め、幹部や古参連中は皆気づいていない。自分たちが負ける未来が近づいているのを……」

密やかに呟くゴブロクは、振り返りセベクの背中を見る。

彼にとって、セベクの存在は非常に大きかった。

圧倒的な力と権力に物怖じしないあの姿勢。

無欲なようでいて、内側には無限とも言える力への欲望がみられた。

「セベク……魔王軍を救えるのは……最早アンタしかいない。アンタを越える強者が現れるとは思えんが……絶対に死ぬな」

だが、きっとその思いは叶《かな》うことはないだろう。

いかにセベクの力が強大と言えど、最早魔王軍は取り返しのつかないところまで追い込まれている。

無論、セベク自身もそれを知っていた。

魔王とその軍勢は、いずれ無様《ぶざま》にこの世から消え去るだろう、と。

「魔王軍がどうなろうが知ったこっちゃねぇ。……斬って、斬って、斬りまくる。それが俺だ」

(六) 月よ、憐み給え。

——どうしてこうなってしまったんだろう。

ある日の夜、勇者レイドは目の前の惨状を見てふとこう思う。

イメージしていた冒険とかけ離れた世界に絶望しながら、レイドはそれでも妄想の中へ逃げ込んだ。

「アーッハッハッハッ！　すごいッ！　コイツら、こんなお宝を荷台に積んでいたなんて！」

魔術師アンジェリカの笑い声がする。

血塗られた者の笑い声だ。そして今この現場は、地獄絵図と化していた。

横たわる馬車に、絶望の形相で死んでいるその持ち主たち。
・・・・・・・・・
レイドとアンジェリカが馬車を襲ったのだ。

満たされない空腹感と突きつけられる厳しい現実の連続が、彼らをついに蛮行へと走らせた。

国境が封鎖された際に、街へ戻ろうとする馬車を襲い、そこから金品や食料を強奪。

それは一体何度繰り返されたことか。今や理想と正義に輝いていた勇者一行は見る影もない。

月の光が降り注ぐ大地に、罪なき人々の血を捧げ、強奪する様はまさに彼らがもっとも毛嫌いしていたであろう類の存在——外道《げどう》である。

「仕方ないのか？　そうだ、仕方ないんだ。……ここから。そう、ここから挽回すればいい。ここから善行を積み上げればチャラになる。フフフ、そうだ。旅を続けるには食事もお金も必要だ。これは……やむを得ない行動なんだ」

「もう、それ呟くの何度目レイドさん？　それよりご覧なさいな。この豊富な食料と金品の数々。これなら当分は食いつなげるわッ!!　新しい装備だって買えるし、なによりフカフカのベッドで寝られる！　早く街を探しましょ」

「あ、あぁ……」

この蛮行を最初に提案したのはアンジェリカ。

守るべき存在から奪うことを決断した彼女の言葉に、レイドは揺らいでしまった。

この最初の襲撃がきっかけで、魔王討伐の任を課せられた勇者一行ではなく、強奪を生業とする賊の類へとなり下がったのだ。

「僕は勇者なんだ……僕は勇者なんだ……間違ってない、僕はなにも間違っていない」

かつて奪った馬車に、強奪品を乗せながら虚ろな瞳で涙を流すレイド。

ほんの一瞬、目の前で死んだ彼らの目が一斉にこっちを向いたような錯覚に陥り、背筋が凍った。

対するアンジェリカは狂気の笑みで鼻歌交じりに金品を見ていた。

もはやレイドとアンジェリカは、血の付いた手で水とパンを掴み喰らう存在。

その様は最早死肉を漁るハイエナそのものだ。

「恨むなら自分の不甲斐なさを恨んでくださいな。アナタが役立たずだからこうなったのよ？」

「ぼ、僕は常に最善を尽くしてる。……僕は悪くない」

「フン、またそれぇ？　勇者の伝説なんてアナタには荷が重すぎたみたいね。そのせいでこんな強盗紛《まが》いなことをする羽目になってるんじゃない。おっと、私を責めないでくださいね？　私の提案のお陰で馬車に乗れるし、水にも食料にもありつけるんですから」

それを言われると、レイドにはなにも言いようがない。

実際レイドはパーティーの苦難に対して、なにひとつ対処できていないのだから。

だがそれを認めることは、レイドのプライドが許さない。

今できるのは、こうやってアンジェリカの提案に乗ることだけだ。

しかし、こういった態度が逆にアンジェリカの癇に障る。

そこで彼女はある恐ろしいことを考えたのだ。

「ハァ、もうしょうがないですね。……少し向こうへ行って話しませんか？」

「え、あぁいいよ」

馬車を降りて、ふたりして月がよく見える崖まで来た。

血塗られた彼らに対し、月明かりのなんと優しく慈悲深いことか。

心が浄化されていくような気がしたレイドは、ふと目を閉じて全身で光を感じ取る。

大きく息を吸って、大自然の恵みを肺の奥へと染み渡らせると、幾分か気持ちが楽になった。

「で、アンジェリカ。話って――」

背後にいた彼女に視線を向けようとした次の瞬間、背中に衝撃が走って身体が崖下の暗闇に向かって前のめりに傾く。

　アンジェリカが不気味な笑みを浮かべて、両手を突き出していた。

「ぐわぁあああッ‼」

　咄嗟《とっさ》の反射行動で身を捩《よじ》り、崖端に両手で掴まるレイド。

　狂ったように笑いながら彼の手を足で何度も踏み始めるアンジェリカに、レイドは恐怖した。

「グアッ！　や、やめろぉおッ‼　なにをするんだぁあああ‼」

「見てわからないかしら？　もういい加減アナタの無能に付き合うのはゴメンってこと！　ここで死になさぁい！」

　勢いを強めるアンジェリカに対し、ひたすら耐えるレイドの頭の中は困惑の色で埋め尽くされる。ただ必死に崖を離すまいと力を込めていた。

「大丈夫安心してぇ？　アナタが死んだあとも魔王討伐の旅は続けてあげる。そ・の・ま・え・に。街へ行って美味しいもの食べてお風呂に入って綺麗にしてから、再度冒険者を募《つの》るわ。今度は私を中心にしたパーティーを組むのッ！」

「そんな……させないぞ……ッ！」

「フン、これから死ぬ身でなに言ってるのよ！　新しいパーティーを組んで魔王を倒せば、私の名は永遠に歴史に残る。誰もが私を讃美することでしょう。アーハッハッハッ！」

　下卑た笑みを浮かべながら何度も、それはもう何度もレイドの手を踏みつけ、これから始まる新しい旅を夢想した。だが、運命は彼女の味方をしなかった。

タイミングを見計らったかのように、レイドがアンジェリカの足を掴んだ。

力を振り絞ってレイドは反撃へと出る。

「この悪魔めッ！　お前が地獄に堕ちろぉおおッ!!」

「きゃあ!?　は、離して……離せオラァアアッ!!」

「ぬぉおおおッ!!」

レイドの膂力《りょりょく》がアンジェリカの抵抗に勝った。

アンジェリカはバランスを崩し、レイドの引っ張りに導かれるまま、崖下の暗闇へと堕ちていく。

「ぎゃあああああああああああああッ!!」

断末魔を上げて、貴族の娘にして魔術師アンジェリカは、最期まで外道として堕ちるべきところへと堕ちていった。

「うぐ……ぬぉおッ！」

なんとかして崖からよじ登ることに成功したレイドは、呼吸を整えると、今し方行ったことを冷静に思い浮かべた。

「こ、殺した……殺したのか？　僕は……仲間を殺したのか？」

悪寒《おかん》に襲われ、身も心も震えた。

嗚咽と嘔気《おうき》が治まらず、これまでの悪事の数々が脳裏に再生されていく。

「違う……僕は悪くないッ!!　あれは仕方がなかったんだ！　僕は殺されかけた。あれは正当防衛だ！」

彼が抱いたのは明らかなる罪悪感。

アンジェリカを殺したことがスイッチとなり、これまでの強奪や殺人の記憶が重圧となって伸し掛かった。

「そうだ！　僕は！　僕は悪くないッ‼　僕には義務があるッ！　こんなことで立ち止まってちゃいけないんだ！　ヒャハ！　ヒャハハハハハハッ‼」

狂気と恐怖で笑うレイドを、月はいつまでも見下ろしていた。

理想と現実の間ですべてを砕かれたこの哀れな青年には、美しい月光に照らされる世界はいかに見えていたのか。

笑い転げるように走り、馬車に乗るレイド。

仲間を失ってなお、進み続ける彼は、最早魔物でも人間でもないなにかになろうとしていた。

「僕は負けないぞ……魔王を倒して、世界を救うッ！」

（七）オシリスはセトとサティスを見きわめようと眼光を光らせる。

「こんな現実は夢であって欲しかった。俺の行きつけの店が無法者に穢《けが》された。しかしかの有名な魔王軍幹部が少年とともに無法者を制した、と。……実に奇妙な巡り合わせと思わんかね？」

この街に存在する兵士たちの施設。

そこのトップである魔剣使いのオシリスは、執務室にセトとサティスを招き入れるとソファーに座らせた。

魔王幹部のひとりサティスと魔剣使いではあるが素性もわからぬ少年《セト》。

彼らを招き入れるなど、本来このような行動は上に立つ者として慎むべきであり、責任者としては軽率であろう。

だが、オシリスの瞳は真実を見きわめようと、黄金に勝る輝きを以てふたりを見据えていた。

身分や立場、情勢という固定観念とはまた別の視点で、自らの持つ疑問とも向き合う。

「まずは自己紹介だ。俺の名は知っているだろう? 『暗空を裂く光《オシリス》』の記号《なまえ》を持つ男、と」

執務机の前に座る彼は、自信満々の笑みを浮かべながらも、眼光鋭くふたりの反応や心理を探る。

サティスは、オシリスと今日まで面識はなかった。

だが、オシリスは彼女を見たことがあり、彼女もまたオシリスの情報は耳にしている。

彼の実力を知るがゆえの恐怖、そしてここが魔物と敵対する人間たちの巣窟であるためか、サティスは自己紹介を躊躇《ためら》っていた。そこでオシリスは疑念を抱く。

彼の知っているサティスなら、得意の話術なりハニートラップやらで、常に優位に立とうとするはずだ。

しかし今のサティスは、まるで親に怒られるのが怖くて怯えているただの生娘《きむすめ》のようにしか見えない。

実に弱々しい。

(やはり妙だ……奴の弱気な態度。……だがそれ以上に奇妙なのは、アイツの意識は俺ではなく常

にあの少年に向いていることだ。……この少年の正体、確かめねばなるまい）

オシリスは笑んだ表情を崩さぬまま、セトに視線を向ける。

自己紹介してくれと片手で軽くジェスチャーをしてみせた。

セトはそれに応じようとしたとき、サティスの手が彼の腕を軽くつまむように掴んだ。

その所作をも見逃さなかったオシリスは、ますます疑念を深める。

あれは止めたというよりも、迫る恐怖に対し温もりを感じて気持ちを和らげようとする咄嗟の動作に見えた。

「俺は、――セトだ。隠しても無駄だろうから言っておく。魔剣使いだ」

「……セト？　お前、『破壊と嵐』か？　お前の噂はずっと耳にしていた。幼いときから魔剣適正を持ち、あらゆる強者と死線を魔剣にて制してきた伝説の少年兵であると！」

「誇張表現が過ぎるな。俺は体《てい》のいい使いっぱしりだった」

「カッハッハッハッハッハッ！　意外に流暢《りゅうちょう》に喋るなお前はッ！　気に入ったぞ」

「気に入られてもな……」

「そう言うな。……しかし、いや、であるからこそ、お前たちが解《げ》せん。魔王軍幹部に伝説の少年兵。……この組み合わせが意味するモノとは一体なんだ？　これは、今の世界情勢となにか関連があるのか？」

オシリスが目を細める。

いつの間にか出されていたであろう紅茶は、すでに冷めきっていた。

三人とも口を付けず、静かな紅茶の表面がずっと平面に保たれている。

それほどまでに荘厳で緊張感漂う空間と相成ってしまっていた。オシリスに嘘は通じない。

きっと満足のいくまで何度も言及するだろう。

「……あるかもしれません」

静寂の中、サティスが口を開く。自然とオシリスの視線も彼女のほうへ向いた。

「ご存知の通り、私はかつて魔王軍にいました。ですが度重なる失態により、私は魔王軍を追われたのです」

「追われた？　……お前ほどの知恵者が」

「命からがら逃げて、途中の森で出会ったのが、セトなんです」

サティスはセトとの出会いとこれまでのことを掻い摘んで話す。

無論その内容の中には、セトがかの勇者一行に所属していたことも含まれていた。

「なるほど……だいたい把握した。お前たちには敵対意志はなく、ただ静かにふたりで生きていたいと」

なんという愛の逃避行であろうか、とオシリスは呟く。

この組み合わせからして複雑な事情はあるだろうと予感はしていたが、まさか歴史の裏舞台でこんな物語が展開していたとは夢にも思わなかった。

「それで、アンタは俺たちをどうするつもりだ？」

「ふぅむ……そうさなぁ、どうして欲しい？」

「できれば放っておいて欲しいです」

「だろうな。だが悲しいことに俺は組織に属する人間。無論俺にも権限のひとつやふたつはあるわけなんだが……組織人というものはなにかとしがらみが多い」

しばらく考えると、オシリスはセトを見てニヤリと笑う。

「明日の朝、もう一度この施設へ来るように」

「なんだって？」

「捕らえる、にしては随分効率が悪いですね」

「ククク、そうではない。まぁ来ればわかるさ」

約束の内容を濁したまま、オシリスは直々《じきじき》にふたりを施設から見送った。

去っていくふたりの背中を見ていると、兵士のひとりがオシリスに話しかける。

「よろしいのですか？　彼らをこのまま帰しても」

「とんでもない。まずは監視・観察だ。明日の趣向もその一環だ」

「趣向、ですか……。とても楽しそうですね。隊長は……」

「楽しいとも。これだから魔剣使いの性は恐ろしい。同じ魔剣使いを見ると、どちらが上かをつい決めたくなってしまう。――訓練所の闘技場を整備しておけ。明日、『破壊と嵐《セト》』と決闘するッ！」

（八）オシリスとセトの決闘。

時間は目まぐるしく、あっという間に夜となった。

すでに街も人も眠りにつき、隣のベッドでもサティスが寝息を立てている。

セトは窓から月明かりが差し込む部屋の静寂の中、ずっと目を開けていた。

疲れはあるものの、どこか神経が高ぶっているような感覚があり、身体が眠ろうとしない。

（昼のゴタゴタで随分遠回しになったな……）

サティスを起こさぬよう窓際まで行き、月明かりを一身に浴びる。

今宵は満月で、その光は闇を裂くほどに輝いていた。

（これだけ明るいのなら見ることはできるだろう）

ポケットから取り出したのは、あの手紙である。

この街に来る途中、アハス・パテルより渡された手紙。

音を立てぬよう封筒から便せんを取り出す。

「これは……、鰐《わに》と蛇の絵か？」

恐ろしい形相をした鰐と、その身体に巻き付きながら同じ方向を向く大蛇が描かれていた。

その下には文章がつづられている。

セトは文字をまったく読めないわけではなかったが、解読に時間が掛かった。

謎解きをしているかのような思考を終えて、セトは心の内でその内容を読み上げる。

（〝満月を越えた日の後、我が地と汝に死をもたらす者現れり。汝いかにしてこれを祓うか。もし力欲するとき来たらば、我が試練を受けよ〟……か）

危険を知らせてくれている内容に思えるこの手紙。

死をもたらす者というのは、恐らく絵の獣のことだろう。

（試練？　一体なんのことだ？）

この内容だけでは要領を得ない。

だが、死のウェンディゴはなにかを見抜いていると同時にセトを試そうとしている。

（試練のこともそうだが、数日の内に来ると言っていたな。オシリスに伝えた方がいいんじゃないか？　……あと、サティスにはどう伝えるかな）

セトはサティスのことが心配だった。

これまでの日々のおかげで、サティスはトラウマを克服しつつある。だがそれは完全ではない。

一対一ならともかく、もしも軍勢が襲い掛かってくるようなことがあれば、彼女はまた酷く怯えるのではないかと、セトの心が得も言われぬ痛みに襲われる。

（でもサティスにとっても他人事じゃないしな。明日オシリスと会ったら伝えてみよう）

手紙をポケットにしまい、再びベッドへと就く。

内容にあった〝試練〟のことも気になるが、今の段階ではどうしようもない。

比較的精神も落ち着きを取り戻したようで、ゆっくりとセトは瞼を閉じると、朝まで目を覚まさずにいた。

次の日。

セトとサティスは再びオシリスのいる施設まで赴いた。

兵士がふたりを案内してくれるが、訓練場のほうまで歩かされる。

あの執務室や応接室といった場所ではなく、兵士たちの訓練の怒号が響く暑苦しいところへと行くことにふたりは怪訝な表情をしていた。

そして、訓練場の一角にある一際目立つドーム状の場所へと辿り着く。

内部は闘技場のように広く、整備されていた。

「よくぞ来た。歓迎するぞ」

その中心に立っていたオシリスは嬉しそうに両手を広げ、出迎える。

なぜこの場所に呼びだしたのか、サティスは困惑の色を浮かべながら問うた。

「これは一体なにごとです？　なぜこのような場所に」

「フン、決まっているだろう。……セト、俺はお前に用があるのだ」

「なに？」

「——決闘だ！　この俺と決闘しろ。破壊と嵐《セト》！」

突然の決闘宣言に、セトの表情が動く。

サティスに至っては半ば怒ったようにセトの前へ出て、庇《かば》うように立ちながらオシリスを睨みつけた。

「待て待て待て。別に殺し合いをしようってわけじゃあない。一対一の試合だ。殺しは御法度《ごはっと》、どちらかが負けを認めるか、あるいは審判によって続行不能と判断した場合、ストップが入る。だが、そうだな……時間制限を付けよう。五分だ。五分の内にお互い決着を付けよう」

理性的なことを考えるならば、今は決闘などしている場合ではない。

だがオシリスの眼光は鋭く、昂《たかぶ》る闘気からは固い意志のようなモノを感じる。

とてもじゃないが、今の状態で話を聞いてもらえるとはセトには思えなかった。

「なぜセトと決闘がしたいんです？」

「ふん、決まっているだろう。魔剣使いの性というモノだ。同じ魔剣使いを見れば、どちらが強いかを決めずにはいられない。本来なら殺し合いだろうが、俺はお前たちの境遇を酌《く》んでやっているんだ。実に良心的じゃないか？」

「なんて勝手なことを……ッ！」

そう言いかけた直後、サティスの後ろからセトが一歩また一歩と前へ進み出る。

その姿にサティスはハッとし、彼を呼び止めようとするが、できなかった。

（セト……まさかアナタ……）

サティスは直感する。

オシリスと同様、セトもまた戦いたいと思っているのではないか、と。

事実、セトもまた理性では、今、このときに決闘というものに興じるのは、無駄なことと判断している。

だが、セトもまた魔剣使いであるためか、オシリスの言葉には内心共感していた。

——どちらが強いか。

まったく気にならないと言えば、嘘になる。

同じ魔剣使いとして、彼がどのくらいの強さなのか、純粋な興味があった。

「フフフ、いいぞその目だ。やはり決闘に挑む男とはそうでなくては!!」

オシリスとセトは各々位置に着く。

こうなってはサティスも遠方から見守るほかない。

(戦うのはいいが……相手がどのくらいの強さかもわからない。なにより、話を聞いてくれるまでには止めないと……)

セトは空間から魔剣を取り出す。太陽光で刀身が鮮やかな閃光を放った。

サティスと同様、遠方で控えている兵士たちから一瞬感嘆の声が上がった。

「……彼らは俺が鍛え上げた、対魔剣使いに特化した最高の兵士たちだ」

「あぁ、いい訓練してる。見ただけでわかるよ」

「そうだろう? ——この五分間だけ、お互いのしがらみや経歴は忘れよう。ただひとりの男として、向かい合うのだッ!」

「あぁ、付き合ってやるよ。……アンタと俺の、魔剣使いの性って奴にッ!!」

（九）vs.暗空を裂く光：『オシリス』。

オシリスが自らの魔剣を召喚し、人差し指で器用に回す。

「暗器みたいな魔剣だな」

「魔剣『王の心臓《アトリビス》』……俺の魔剣はほかとは桁違いなのさ」

お互い魔剣を見せたところで、つかの間の静寂。

闘争の空気が漂う中、審判を務める兵士が号令をかけるとその場から去っていた。

「安心するといい。威力は弱めてある。さぁ、いくぞぉ！」

オシリスはおもむろに切っ先を向ける。緑色の光が刀身から滲み、彼の瞳もまた同じく染まった。

次の瞬間には三発もの鋭い斬撃波がセトの足元に飛ぶ。

「ぬおッ⁉　遠距離型の魔剣か！」

「然《しか》りッ！　俺の魔剣はただ斬撃を光線のごとく飛ばすことのみに特化したもの！」

切っ先を目標に向けて扱うことで簡単に遠くのものを穿ち貫ける。

近距離での戦闘を生業とする者にとってはかなり相性の悪い代物だ。

ジリジリとにじり寄るセトに対し、突如として奇抜なポーズを連続して行うオシリス。

自信に満ち溢れた顔面に、バイザーらしきものが被さり上半分を覆った。

「ここからが本当の勝負だ。――ジャスティィイイスッ、イグニッション……フラァァアアイッ‼」

オシリスの着込んでいるアーマーが突如唸り出す。

魔装具と言われるこのアーマーに備えられた膨大な魔力が、オシリスの意思に反応し、エネルギー噴射を以て彼の身体を宙へと上昇させた。

「出た！　隊長殿のジャスティス・イグニッション・フライッ！　空を駆ける隊長はまさに正義の流星！」

「なにそれ⁉　空飛ぶ鎧とかただの変態じゃないですか！　……てか卑怯《ひきょう》ですよ、ソレ‼」

外野からサティスたちの声が響く中、セトはその格好良さにほだされながらも、対抗策を考える。

空を飛んでからオシリスが取る行動などわかりきっていた。

「フンッ！」

鋭い緑光の雨がセトに降り注いでいく。

上空からの斬光掃射は、容赦なくセトにダメージを与えようと迫った。

「ぬぉぉおおおおッ‼」

セトは手の内で器用に素早く柄《つか》を返しながら、刀身で掃射を弾いていく。

その過程でこの斬光をオシリスに弾き返すことを思いつき、すぐさま行動に移した。

弾き返した四発は弾幕を切り抜け、まっすぐオシリスへと飛んでいく。

「やるなッ‼」

オシリスは巧みな空中機動でそれも回避して、セトを上空から追い回す。

セトは韋駄天《いだてん》走りで動き回って地上からオシリスを翻弄《ほんろう》する。

(なんとすばしっこい小僧だ。狙いが定まらんッ！　だが、こんなもので俺が参ると思うな)

魔剣から駆動音らしき鳴動がするや、今度は先ほどとは桁違いに速い連射攻撃を仕掛けてくる。

殺傷能力は抑えてあるとはいえ、これに当たってしまえばひとたまりもない。

「セトッ！　逃げてッ！」

サティスが堪《たま》らず叫ぶ。だが、セトの意思は逆だった。

このまま逃げていても、いつかはあの魔弾によっていたぶられる。

ここは逃げるより、攻めに転じるほうがよい。セトはおもむろに魔剣を空間へとしまう。

そのまま前方の壁に向かって全速力で走る。

(コイツ魔剣を？　なんだ、なにをする気だ⁉)

オシリスも追いかける。

そしてゆっくりとセトの背中に照準を定めた。

魔剣の力を発動しようとした直後、セトが壁を蹴り上げ高く飛ぶ。

ちょうどオシリスと同じくらいまで飛んだが、まだ距離があった。

オシリスは冷静な目付きでそのままセトに照準を向けていたが、次の瞬間には驚愕の色に変わって彼から狙いが外れてしまう。

セトの近くの空間から、彼の魔剣が飛び出る。

柄頭を狙うように、セトの空中回転蹴りがそこに炸裂した。

魔剣はオシリスの斬光と同等の速度でオシリスのほうへ、流星のように宙を飛ぶ。

「いッ⁉」

オシリスは驚き、思わず身を捩って躱す。

だがその反動でコントロールを失い、空中での飛行が一時的に困難になった。

コントロールを取り戻したときには、すでに高速で壁の間近くまで来ていたことに気付く。

そしてセトの意図を理解した。

（しまった、あの魔剣はブラフか⁉　あの速度、あの角度……ギリギリ避けれるように——）

重鈍な音を上げてオシリスは壁に激突し、地面に落下した。

ぶつかった衝撃で受け身を取り損ね、大ダメージを被る。

「ぐはぁッ⁉」

だが彼もまた腐っても軍人。

この隙をついてセトが攻撃を仕掛けてくるというのは瞬時に把握できた。

案の定セトが組みつこうとしてきたところを、身軽な動きで回避。

バク転を数回しながら中央へ行くように距離を開ける。

「まだだ……勝負はこれからだッ！」

「だろうな」

セトが数歩近づき、互いの間三メートルほどで止まる。

そして腰に差した剣を抜くかのような構えを取った。

その構えを見たオシリスは不敵に笑む。彼もまた魔剣を納め、無形の構えを取る。

「その構え、知っているぞ？　異国の剣士が使うバッ・ト・ー・ジ・ツ・という技だろう？」

「………」

「いいぞ、乗ってやる。俺には俺のバットージツがあるのだ」

しばらく無言で睨み合うふたりの間に、一陣の風が吹く。

互いの闘気が周囲に緊張として伝わっていった。

（セト……もうなにしてるんですか！　早くズバーッとやっちゃいなさいよ）

サティスが心配そうに見守る中、時間だけが過ぎていく。

残り時間が十秒を切ったとき、オシリスの右手が微かに動いた。

次の瞬間、同時に強烈な光が放たれた。

赤と緑の閃光の中で、互いに空間から出た魔剣の柄を素早く握った。

瞬間速度はセトが上回り、瞬時にオシリスの懐へ入り、下から抉るような抜き際の一刀を放つ。

オシリスも負けじと彼の持ちえる最高速度で応じ、小さな構えで切っ先を向けて、緑色の斬光を放った。

凄まじい衝撃音と砂埃とともに、終了を告げる鐘が鳴り響く。

砂埃が晴れると、ふたりが彫像のように固まっている姿があった。

セトは刃をギリギリのところで止め、オシリスも切っ先を向けたまま、互いにしばらく睨み合っていた。

静かな緊張が漂い、外野は勝敗の行方を固唾を飲んで見ている。

そんな中、ようやくお互いが口を開いた。

「引き分け、だな……」

「いいや、勝ったのはセト……お前だ」

セトにそう告げてオシリスは魔剣を器用に指で回しつつ空間へと納める。

あのとき、撃ち放った斬光はまるで刀身に吸い寄せられたかのごとく斬り裂かれた。

オシリスの攻撃はセトには当たっていない。

「俺の攻撃の軌道を読んだのか？」

「読んだ……というより見えた、かな。アンタの斬光はその刀身からまっすぐ放たれる。あの速度、あの角度なら身体のどこを狙っているかがわかったんだ」

「短い戦いの中で……あの刹那の状況でそれを？　……フッ、見事だ」

オシリスはセトの戦闘センスに感服する。

セトも魔剣を納めて、健闘したオシリスを憧憬《どうけい》の目で見上げた。

気付けばお互い熱い握手を交わしていた。

固く握り合う手に相手への尊敬の意思が伝わってくる。

そんな中、外野で見ていたサティスや兵士たちが駆け寄って来た。

「あぁセト！　大丈夫？　怪我はない⁉　……あぁもう心配しましたよ」

「アハハ、ごめん。でももう大丈夫だ。終わったよ」

「なんだお前たち。こうも取り乱すなどみっともないぞ！」

「た、隊長！　大丈夫ですか？　先ほど落下した際に……」

「フン、あんなもの屁でもない。俺を誰だと思っている。――『暗空を裂く光』の記号《なまえ》を持つ男、オシリス隊長だぞッ！」

またしても奇抜なポーズを連続して行うオシリスに、兵士たちは大歓声を上げる。

「……私には絶対理解できませんわ、アレ」

「そうか？　俺はカッコいいと思うけどなぁ。俺もやるかな、あぁいうポーズ」

「やめてください」

（だが、これでようやくオシリスに話せるな）

セトはすぐさまオシリスに話があると持ち掛ける。

オシリスは快く受け入れて、またあの執務室へと案内してくれた。

（十）戦いのあとで久々のデートタイム。

「いやぁ～、実にいい戦いだった。久々に燃え上がったぞ」

執務室でセトとサティスとともに紅茶を愉しむオシリスは、先ほどの戦いが嘘のようにピンピンしている。

「なぁ、その空が飛べる鎧はどこで売っているんだ？」

「売っているのではない。魔術師たちに作らせた特注品だ。俺の力と正義《ジャスティス》を十分に引き立てる最高の防具さ」

「……なぁサティス」

「ダメです」

「まだなにも……」

「同じようなの作って欲しい、とかでしょう？　そんな余計なことに使う魔力はありませんッ！」

「うぐぐ……」

静かに紅茶をすするサティスにおねだりするも拒否されたセトは、がっくりして項垂れる。

こうして見ると姉と弟に見えなくもない。

オシリスは彼らのやり取りを見て、顔をほころばせた。

彼自身が常日頃から守りたいと思う光景が今そこにあるからだ。

しかし、こうして和《なご》みつつも、オシリスはセトを促す。

セトが話したいことがあると言ったからこそ、彼らをこの執務室に再度招き入れたのだ。

「あぁ、すまない。これは俺たちにとっても大事な話なんだ」

「言ってみろ」

「――今現在の魔物たちの動きはどうなんだろう、って思ってさ。ホラ、俺たちのことはもうわかってるだろ？　俺はサティスと一緒にいたい。だけどもしも魔物とかがここへ攻めてくるようなことがあれば……」

セトは手紙の内容のことは話さず、それに関連することを聞いた。

軍人であるオシリスからなら、今の戦況や魔物の動きに関しての情報が聞き出せ、今後セトたちが無駄な戦闘を避けるために上手く立ち回れるかもしれない、と。

「……なるほど。そういえば今のお前たちはかなり特殊とは言えど、ただの観光客だったな。気になるのはもっともな話だろう。だが、そういった軍事の情報を観光客に明かすわけにはいかんなぁ」

「そりゃあ、まぁ……」

「ハッハッハ、心配するな。すべてではないが俺に勝利した報酬として、特別に教えてやろう」

そう言うや、オシリスは地図を取り出し、テーブルに広げて簡単に説明する。

「魔王軍は劣勢から……そうだな、善戦というくらいには勢いを取り戻している。もっとも、ここから逆転するのは現状難しいだろう。魔王幹部であったお前……サティスが抜けてから統制にガタが入っているようだ」

「わ、私が抜けてから？　それはなぜ？　私がいなくても魔王軍には圧倒的な力があります。それでも巻き返せなかったと？」

「奴らは各国の軍にことごとく打ち破られている。……まったく、優秀なブレインを上手く扱えんとは。これだから野蛮な魔物は……おっと失礼。ともかくこのまま行けば魔王軍の壊滅も時間の問題だろう。俺にも召集がかかると思っていたんだが、これでは俺の出る幕もないだろうな。セトの〝魔物がこの街に来るのではないか〟という懸念だが、まったくもって問題ない。見張りからの連絡も、そういった情報は入ってないしな」

「そう、ですか……」

「まぁ俺が本気を出せば魔王軍くらいすぐにでもぶっ飛ばせるがな！　フハハハハハッ‼」

オシリスは余裕の表情を浮かべて笑っている。

試合形式かつ殺傷能力を下げたうえでの戦いであったとはいえ、セトに負けた男の台詞とは思えない。しかし、ハッタリや強がりではなく、そこには確かな自信があった。

セトの力も未だ計り知れないが、オシリスの力ももしかしたら実はサティスの想像の上をいくのかもしれない。

（魔剣使いって、皆こうなんでしょうか？）

魔剣使いの可能性にやや呆れ気味になりながらも、オシリスの話を聞き、サティスはセトの代わりに分析を行っていく。

隣のセトも自分の考えられる範囲で、考察を繰り返し、オシリスに質問をしていった。

「――……とまぁ、ここまで話したが。ともかくここは安全だ。魔王とてバカではない。変な気も起こさん限りはな。……お前たちは観光客だ！　ゆっくりとしていくがいい」

（……逆にイカれてたらあり得るって話か。まぁ……今のところは大丈夫、か？）

「う～ん、確かに魔王は短気なところはありますが、無駄なことをする方ではないですし。……そうですね。私たちは観光客。戦争とかそういうのはなしで穏やかにしていたいです」

サティス自身、最近の魔王の様子を知らない。

彼がこの戦況をどう思っているかなどは、さすがに詳しく推《お》し量《はか》ることは困難だ。

そもそも、もうそんなことを考える必要もないし、考えたくもない。

（セトと暮らせる一日一日……私はそれだけを考えていたい。私の願いはそれだけ……）

サティスは密かにセトとの平和な時間に思いを寄せる。

先ほどの決闘は彼女にとっては冷や汗ものだったが、またこうしてセトと穏やかに時間を過ごせると考えると、少しずつ胸が躍ってきた。

「ありがとうオシリス。お陰でいろんな話が聞けたよ」

「俺にできるのはこれくらいさ。この街で困ったことがあったら我々を頼るがいい」

話し合いを終えて、セトとサティスは施設から出ると街へ出た。

オシリスと交友を結べたのはある意味では僥倖《ぎょうこう》だ。

なにかトラブルがあれば、彼が力になってくれるだろう。

「オシリス……いい奴だったな」

「もしかして、セトって、あぁいうのカッコいいって思うんですか？」

「え？　カッコいいだろ実際！　空飛ぶ鎧にあの魔剣だぞ⁉　なにより決めポーズ。なんかこう、心にグッとくるモノがあった。わからないか⁉」

「ん～、ごめんなさい。私にはちょっとわかりません」

「そうか、でも大丈夫だ。きっとサティスにもわかる日がくる」

「えぇ～」

街を歩く中、お互い離れぬよう手をつないだ。

そういえばこうして手をつないで歩くのは久しぶりだと、セトは考えた。

クレイ・シャットの街では普通につないでいたが、ベンジャミン村からはここまでの道中はなかったような気がする。

「なぁ、昼まで時間あるし、ちょっと歩いてみないか！」

「あ、あの戦闘の後によくそんな元気がありますね」

「大丈夫だ。俺はサティスと一緒に楽しくしていたいんだよ」

セトの言葉にサティスは安堵の息を漏らす。

自然とお互い握り合う手の力が強くなった。

「なぁ、あそこに登ってみよう。海とか山とかが一望できるらしいぞ！」

セトは高台を指差した。

「元気ありまくりですねぇ。わかりました。さぁ行きましょう」

街の高台は見晴らしがよく、絶景スポットとしても有名らしい。

とりあえずセトとサティスはそこを目指した。

そのあとのことは着いてからゆっくり考えることとして。

（十一）ふたりだけの海の浜辺で。

ウレイン・ドナーグの街にある高台はたいへん見晴らしがよく、海だけでなく、薄っすらとした水平線まで堪能できるのだ。

元より自然豊かな地であって、海以外にも、天高くそびえ立つ白い山脈や、遥か向こう側まで続いているであろう草原や街道も見ることができる。

この絶景を一目見ようと、カップルや冒険者たちが来るのだとか。

「すごいぞサティス。こんな高いところから綺麗な景色を見たの、初めてかもしれない！」

「そんなにはしゃがなくても景色は逃げませんよ。あ、ベンチがひとつ空いてますね」

ベンチに並んで座って、潮風の心地良さを感じながら水平線と大地を眺める。

セトたちのほかに、カップル同士が集まっていて、街とはまた別の賑わいを見せていた。

「しかし……大人ばっかだなぁ」

「あれ？　もしかして緊張してます？　そりゃあ子供はアナタひとりだけでしょうけど。私から見ればアナタも立派で素敵な男性なんですから胸張ってもらわないと」

「え、そ、そうか？　そう……だな。アハハ」

サティスに褒められ、セトは照れくさそうに笑った。

そんな彼をサティスは優しく撫でる。傍から見れば姉弟に見えるかもしれないが、ここに集まる種類の人々を鑑みれば、年上年下のカップルに思えてならない。

（え～嘘！　あんな綺麗な人と付き合ってるの、あの子！）

（マジかよ……あの超絶美女を一体どこで見つけたんだあのガキッ！）

一時的にではあったがふたりは注目を浴びていた。

サティスは見られることに対して特に気にも留めなかったが、セトは視線が集まってきたことで、なんとも言えない居心地の悪さを感じた。

（まぁ、あんま気にしちゃダメだな）

そう思いながら、サティスと一緒に周りの景色の美しさを愉しむ。

「しかし暑くなってきましたね。季節の移り変わりは早いこと」

「あぁ、オシリスのところにいたときは気付かなかったけど。……そうなると海が冷たそうに見えるな」

涼やかな風が吹くも、この日は太陽の照りが強い。

サティスは空間魔術から取り出した水筒の水を、セトに分け与えた。

「日傘なりなんなり持っていれば良かったですね。セト、汗びっしょり」

「うん、さすがに暑い。サティスは平気なのか？」

「まさか。ホラ、こんなに汗かいちゃって」

そう言ってサティスは顔や首筋など、湿潤した部分をセトに見せた。

日の光で余計に煌《きら》めく肌は、彼女をより艶めかしく映す。

首筋を通る汗は鎖骨《さこつ》の窪みへと渡り、胸元の雫《しずく》は谷間の奥へと消えていく。

サティスにとってそれはただの無自覚な動作であったのか、そうして肌の見える部分を強調し、なおかつ汗に濡れた肌を晒す姿をごく自然にセトに見せたため、セトの顔が一気に紅潮し、目を回し始めた。

「え、ちょっとセト大丈夫ですか⁉」

「み、水……！　水を頭からかけてくれッ！」

「え、水を……？」

セトの言葉に困惑の表情を浮かべたサティスから、セトは水筒を素早くとって頭にかぶる。

周りの人たちがチラホラと見てはいたが、セト自身は気にしていられない。

「ハァ……ハァ……ありがとう」

「あ、いえ……」

（なんでだ……普段からサティスを見てるから大分耐性はついたと思ったのに……ッ）

手ぐしで頭を掻きながら、髪の間も風が通りやすくするようにして頭を冷やす。

冷静になったセトを見て、サティスはようやく気付いた。

（あら～、刺激が強すぎた？　もう慣れたかなって思ったのに……。あ、そ～だ）

ここでサティスは嗜虐《しぎゃく》心にも似たような感情を抱きながら、セトに笑みを向ける。

昼からの予定が決まった。

「ねぇセト。お昼からどうです？　動けそうですか？」

「あぁ大丈夫だ。なにするかは決まってないけど」

「でしたら、ご飯食べたあと海へ行きませんか？　海水浴場は遠いのでこの付近の浜辺へ行きましょう」

「おお、そんな場所があるのか。そこなら魚釣れるかな」

「フフフ、そうですねぇ」

楽し気に会話をしつつ、ふたりは高台をあとにして街のほうへと下り始める。

セトからすれば、海でのひとときを楽しむのは初めてのことだ。

海で釣れる魚など見当もつかない。

想像を膨らませながら、セトはサティスとともに付近にあった店で食事を手軽に済ませると、いったん宿へと戻った。

宿の部屋でセトは鼻歌交じりに、宿の主から貸してもらった釣り竿を手入れし始める。

「あら、楽しそうですねぇ」

「当たり前だろ。……ん？　サティスはなんの準備をしてるんだ？」

「知りたいですかぁ？」

かつて敵対していたときのような妖艶な笑みを浮かべるサティスを見て、セトはなにか危なげな予感を感じる。

「なぁ……なんか企んでる？」

「どんな企みをしてると思いますぅ〜？　エッチなこと考えちゃダメですよ」

サティスににやけながら指摘され、セトは顔を赤らめ思わずそっぽを向く。

背後でサティスが愉快そうに笑っているが、セトはそれを無視して釣り竿や餌の確認などをし始めた。

数分後、セトはひとりで先にこの街から少し出た浜辺へと出かける。

岩に囲まれた小さな浜辺で、人はいない。観光客の大半は海水浴場へと赴いているようだ。

「サティスは先に行ってろって言ってたけど……」

サティスのあの笑みはなにか企んでいるときのそれだ。

セトは彼女のさっきの発言を頭から振り払いながらも、ポツンと海に飛び出た磯場に腰掛け、釣り糸を垂らす。

静寂な雰囲気の中に波の音がテンポ良く聞こえてくる。

ベンジャミン村でピクニックへ出たときのように、自然と穏やかな気持ちになってきた。

(来てよかったなぁ)

水筒の水を飲みながら、海の涼しさと日差しの強さをその身に浴びる。

しばらくして後方からサティスの声が聞こえてきた。

「あぁ、来たの……──か」

振り向くとシートやらさまざまな荷物を持った彼女がいた。

コンバットスーツではなく、真っ黒な上下のビキニに着替え、その肌の露出度を一気に高めた夏の海特有の格好だ。

黒い布地に包まれた胸は、さらにしっかりとした艶美の弧を描きながら、柔らかく整えられている。

普段の格好でいるときとは違って歩くたびに揺れるそれは、セトの脳内を煩悩《ぼんのう》で一瞬スパークさせた。

「せっかくの海なんだから泳がないとと思いまして」

「え、え、え、えぇッ!!?」

　案の定慌てふためくセトの反応にサティスは満足そうだ。

　シートを敷いてパラソルを立て始める彼女に駆け寄ったセトは、ドギマギとしながらも手伝う。

　明らかな視線を感じ取ったサティスは、微笑みながら艶めかしいポーズを取るようにして、いったん座った。

「安心してください。ここには人除《よ》けの魔術が施してあります」

「いや、安心ってなにが……」

「ん～？　だって、アナタは今から水着の私を独り占めできるんですよ？　海水浴場だったらナンパ男とかいて、そうはいきませんからね」

　言わばここはふたりだけの空間。

　挑発的な笑みを浮かべながら、まずは一服とばかりに、裸身にも近い格好でパラソル越しに日差しの強さと潮風を感じるサティス。

「……セト、私を見るのはいいですけど。竿はいいんですか？　引いてますよ？」

「え？　あ、あぁ本当だ!!」

　急いで駆けていくセトを見ながらサティスはクスクスと笑う。

　普段とは違うセトの動きや反応が見られるのが楽しくてならなかった。

「さて……ゆっくり楽しまなきゃ」

　セトとサティスのふたりだけの緩やかな海の時間が始まった。

（お、落ち着かねぇ……）

（十二）海の中で拾った貝殻で、私はアナタを想う。

セトが釣りをしている磯場から、少し離れたところで泳ぐサティスは、時折潜っては、底にある貝殻を拾って明るい表情を見せている。

そんな彼女をぼんやりと見つめていたセトは、さっきの引きから一向に反応のない釣り竿をじっと握りしめたまま静かな時間を送っていた。

海水で全身を濡らしながら喜びを見せるサティスは、まるで血も穢れも知らない女性にすら見える。

殺戮に生きていた者とは思えないほどに、その笑顔は純粋なものだ。

その顔を見て、セトは心の底から、彼女とともに歩んできて良かったと思う。

今ある心の充実に、セトはサティスへの感謝を抱かずにはいられない。

（静かな場所でこうやってサティスといるのも悪くはない、か）

ようやく最初の困惑から落ち着きを取り戻してきた頃、サティスが泳いでこちらまでやって来た。

「釣りもいいですけど、たまには海に入りませんか？　一緒に泳ぎましょうよー」

「い、いや。俺は大丈夫だから！」

「え～？　もしかして泳げないんですか？」

磯場を華麗にのぼったサティスは、セトの背後から顔を覗かせる。

ようやく収まってきたあの困惑がまたしてもぶり返してきた。

至近距離での今の彼女はあまりに刺激的で、セトの身体をムズムズとさせる。

「いや、泳げないことはないけど。今はダメだッ！」

「なんで？」

「なんでも！」

一向に顔を向けないセトに、サティスはイタズラっぽく笑みながら。

「んも～。そういうイケズなこと言う悪い子は……えいやッ」

セトの背中に抱き着き、長く細い腕をセトの身体の前に回して、身体を密着させた。

「お、お、お、お、おぉッ⁉」

背中に当たる女性的な柔らかさと温かさ、そして至近距離から感じるサティスの吐息にセトの緊張は最高潮に達する。

そんな彼の首筋や脇腹などを滑るように触りながら、身体の火照りや衝動を感じ取っていたサティスは、さらに挑発的なことを言った。

「ンフフ～、お触りは禁止ですからねぇ～？　変なことしちゃダメですよぉ～？」

「お、お触り禁止なのに……自分からお触りするのか……ッ⁉」

「私はいいんですよ～だ。お姉さんの言うことを聞かない悪～い子はもっとお仕置きしてあげますからね？　……こんな風にッ！」

「お、おわわぁあッ⁉」

サティスは器用にセトの服の中に手を入れてくすぐり始める。

彼の急所を知っているかのように、的確な部位に指を這わせた。

皮膚から感じるあまりの感触に身を捩じらせるが、サティスは逃がそうとしない。

「わ、わかった！　俺の負けだ！　だから……もうやめてクハハハハッ！」

「はい、オッケーです」

ようやく解放されたセトはぐったりとしながら項垂れる。

くすぐり攻撃をされたのは生まれて初めてだ。

服の中が汗で濡れて、じっとりとした感覚が包んでいた。

「泳ぐにしても俺は水着とか持ってないぞ？」

「ん～、上だけ脱げばいいんじゃないですか？　服くらいなら私の魔術で乾かせますし」

一緒に泳ごうと言った割にはその辺が割とアバウトな答えだった。

だが、服もキチンと乾かしてもらえるのなら問題はないだろうと考え、セトは上衣を脱いで身軽になる。

準備体操をして身体をほぐし、彼女とともに海での遊泳を愉しむこととした。

青い海の中で、セトは陸とは違う光景に心惹かれていく。

波によって揺れる海面では、光が波の動きに合わせて煌めき、水中へと降り注いでいた。

小さめの魚が泳ぎ、蟹らしきモノが底を歩いている。

そこには海ならではの穏やかな時間と秩序があった。陸と海との境界線に漂う壮麗な光景だった。

一度息継ぎをしてから再度潜り、その光景を眺めていると、サティスがまた貝を底から拾ってくる。

巻貝の一種で中身は空。淡いピンク色で細長いシルエットが特徴の可愛らしい貝殻。

これまで彼女が集めてきたのと同様、掌に納まるサイズのものだ。

海面へ上がるようにサティスがジェスチャーする。

セトは頷き、彼女とともに海面へと顔を出した。

「ぷはっ。どうしたんだ、サティス？」

「ふぅ。これ綺麗でしょ？　さっきまで集めてきた貝殻と組み合わせてアクセサリーを作ろうかと思いまして」

「アクセサリー？　いいんじゃないか、サティスならどんなの付けても似合いそうだし」

「違いますよ。アナタのです」

「俺に？　……アクセサリーなんて俺に似合うか？」

今まで武装という形でしか自分の身を飾ったことがないセトは、日常生活でオシャレをするなどということに、一種の抵抗感があった。

オシャレは戦闘においてなんの意味も持たないものであり、それは兵士でなくなった今もなお残滓《ざんし》としてセトの心に根付いている。

オシリスのときは武装面から見てもカッコいいと判断したため目を輝かせてはいたが、日常においてのそうした事情にはまるで疎《うと》かった。

ただ、サティスの提案ということもあり、そういった感情は表に出さなかった。

「んもう、少しはオシャレにも興味持ちましょうよ。今のままのセトも好きですけど、やっぱりオシャレとかして見た目とかにも気を遣《つか》って欲しいんです」

「そ、そうかぁ？　……なら、せっかくだし作ってもらうかな」

「そうこなくっちゃ。じゃあ一度海岸に上がって休憩にしましょう。人間にとって長い時間の遊泳は危険ですからね」

サティスはセトのためにアクセサリー作りができるということで、とても嬉しそうだ。

オシャレにはまだ興味は持てなかったが、それでもサティスの笑顔が見れてよかったとセトは密かに笑う。

お互い海岸に上がり、パラソルを立てたシートの上に並んで座る。

セトが水を飲みながら一息ついていると、サティスは早速空間魔術で道具を取り出し、作業に取り掛かっていた。

（なんでも入ってるんだな……）

そう思いながらセトは彼女の傍らで横になる。

いつも通りの穏やかな凪だが、暑い陽光を孕んでセトたちの濡れた身体を包んでいった。

「フフフ、大分泳ぎましたもんね。少し休んでいてください」

「わかった……」

そう言って、セトはとりあえず瞼を閉じる。眠るわけではないが、そうすると落ち着くのだ。

視界が暗くなってもサティスが隣にいるのがわかる。

セトは頭の中で彼女の姿を想像しようとするも、やめた。

さすがに想像で描くには、今の彼女は刺激的過ぎる。

正直今までの彼女の衣装の中では、かなり心に響いた。

(あれは不意打ちだったな。村にいたときの風呂みたいに……。あぁ、こんなことばっかり考えて、ダメだな俺)

目を閉じながらも自分自身に密かに落胆していたころ、サティスは手を止めてセトを見ていた。

そして当初と比べてずいぶん感性が柔軟になった彼の感情に、喜びの笑みを浮かべている。

(まだまだですねぇ、セト。……でも、アナタがもう少し大きくなったら、きっと今以上の感情が湧くでしょう。そのときになったら、ちゃんとイイコトして上げますから。今は、ね?)

これからも続くであろう日々のお守り——〝長く、そして健《すこ》やかに〟、そんな願いを込めた首飾りをサティスは作っていく。

(十三) 森のウェンディゴ。

一方、ウレイン・ドナーグの街を目指す魔王軍は、幹部であるリザードマンを先頭に深い森の中を進んでいた。

魔王領から目的地のある国まで入るのに山や森の中を越えなければかなりの遠出となってしまうため、結果を急いだ魔王は癇癪《かんしゃく》を起こし、最短の道で行くよう無茶な命令を出したのだ。

案の定、編成された軍勢の士気は著しく低く、誰もが暗い面持ちで隊列を組んで行軍している。

もっとも、この男に限ってはまるで別だが……。

「暇だねぇ、ゴブロクぅ～。……しりとりしようよ～」

「アホか。……少しだらけすぎだぞ」

国境を越えた森の中、不気味な雰囲気と重苦しい空気が漂う行軍の最後尾にいる魔剣使いセベクとゴブリンのゴブロク。

セベクはいつものようにふざけた態度を取っているので、いつ懲罰としてこちらも責任を取らされるか内心気が気でないゴブロクはセベクを静かに叱咤する。

しかし、そんなときだった。セベクはある話題を切り出してきたのだ。

「なぁゴブロク、ここがどういう森か知ってるか？」

「この森がどうかしたのか？」

「ここはなぁ、ウェンディゴの森だ。出るよぉ～。ヒュ～ドロドロっつって……」

そう言っておどけて見せるが目が笑っていないセベクに苦笑いしながらも、ゴブロクはその単語に思わず身を震わせた。

ウェンディゴの存在は勿論ゴブロクも知っているが、実際に見たことはない。

彼らの姿を目の当たりにするということは、それは死への入り口にいることを意味し、その名は永遠に畏怖されるものだからだ。

ゆえに多くの人間たちや動物たちは、彼らの縄張りや聖域といった場所には近づかない。

現にウェンディゴを一目見ようと彼らの縄張りに入り込んだ愚かな人間は、皆帰らぬ人となっている。

しかし彼らは、一部のウェンディゴを除いて、縄張りや聖域から外側へ出ることはないそうだ。

内側においてその力は強大であり、現状の兵器や魔術ではまるで歯が立たない。

遥か昔、ウェンディゴがいるとされている場所を離れた位置から焼き払おうとした者たちがいる。

だが、彼らは忽然《こつぜん》と姿を消した。

恐らくウェンディゴの仕業であろうが、一切の痕跡もなしに、いかにして焼き払おうとした者たちを消し去ったのか、謎は未だ解明されていない。

魔物の叡智、人類の進化でも及ばない未知の力を秘めた存在、それがウェンディゴであるという。

「それが奴らだ。魔物だろうがなんだろうが、自分達の縄張りを荒らすような奴には容赦なく牙を向く。喰われるか、それかどこか異次元ってぇところへ連れていかれるか……もしそうなったら、それで終わり」

魔物も人も例外なく襲う。

その言葉をゴブロクはにわかには信じられなかったが、セベクがそういう冗談を言う男には見えなかった。

ここが本当にウェンディゴたちの住処《すみか》であるのなら、もうすでに彼らは魔王軍に目をつけているということだ。

ゴブロクは武人として数々の苦難と戦場を切り抜けてきたが、この深い森の中に得体の知れない気配を感じるような錯覚に陥る。

それは鼓動を早め、気を抜けば冷静さを欠いて自暴自棄に走ってしまいそうな感覚だ。

それに比べてセベクはいつもの調子で、目を見開いたままゾンビのようにやる気なく歩いている。

この森が彼らの聖域と知っていて魔王は進軍させたのかと思うと、ゴブロク自身、魔王に嫌気がさしてきた。

もしウェンディゴがこちらの様子を見ているのであれば、いつ襲い掛かられてもおかしくはない。

「おい、見ろ……下だよ下」

突如足を止めたセベクは、ゴブロクに地面を見るよう促す。

地面に埋もれるように、古臭い木造の物が倒れているのが見えた。

「……これは？」

「トーテムポール。……これは警告を伝えるためのものだ」

「まさか……」

このトーテムポールの先は彼らの聖域。入れば、最早命の保証はない。

「み、皆に知らせねば！　ここは危ない。安全なルートを……ッ！」

ゴブロクが慌てるも、セベクは鼻で笑い、別の方向へと歩み始めた。

ゴブロクは呼び止めるが、鼻歌交じりに茂みの奥へと行くセベクは聞く耳を持たない。

「く、クソォッ！」

ゴブロクは先へと進みゆく魔王軍を捨てて、セベクの行く方向へと駆けていった。

戦いで死ぬのは武人の誉れだが、こんなところで死ぬのは以《もっ》ての外《ほか》だ、と。

そして、ウェンディゴたちの聖域をさらに奥まで進む魔王軍に変化が現れた。

奥へと進むにつれ、奇怪な霧が立ち込めていく。

緑色でうねるような動きで魔王軍を囲み始め、視界を遮っていった。

進軍を止めた魔王軍全体が緊張と闘気で張り詰める。

「まとわりつくようなこの霧……貴様ら、油断するなッ！」

先頭を行くリザードマンが声を張り上げる。

だが次の瞬間、隊列の中心にいた魔物の一体が首を押さえ、苦しみ始めた。

「う、……うぐ、ぐぇえあああッ!!?」

叫びを上げるとともに、彼の口が大きく裂けてそこからおぞましいものが奇声を上げて出てくる。

一見、包帯に無数の苔が生えたようなミイラのような姿で、人間のような口を大きく開き、人間とは思えないほどに長い手足を伸ばしながら魔物の中から出てくる。

大きさは牛ほどで、それも一匹だけではない。腹を裂き、背中を裂き、無数に湧き出てくる。

親蜘蛛の腹を食い破って出てくる小さな子蜘蛛たちのように、その魔物の中から出ると、四つん這いでの素早い動きで魔王軍に襲い掛かった。

彼らはこの森の聖域に住まう森のウェンディゴ。

ヒトでも魔物でもない、見る者を慄然《りつぜん》とさせるその様相とその姿。

まさに〝この世のあらゆる既知から外れた未開の悪鬼〟だ。

正常や常識を謳《うた》う人間の世界においては、恐らく魔物以上に許容されてはならない存在だろう。

襲われた魔物たちは直感する。

ウェンディゴが自然の意思であり精霊の一種であるというのなら、こんな存在が至るところにいるとするならば、なんと世界は恐怖で満ち満ちていることか。

自然はけして、沈黙の神などではないのだと。

文明を満喫する命たちを、遥か深淵なる未知の底で、じっと睨みつけている者どももいるのだと。

「うわぁああッ!!」

物理法則や魔術理論を完全に無視したようなウェンディゴの突然の登場に、魔王軍は大パニック。

しかも、ほかの魔物からも無数に出てくるので、逃げ場などどこにもない。

戦おうとしても、ウェンディゴたちの動きは予想以上に素早く、瞬《また》く間に大多数の命をこの森に捧げていく。

「は、走れッ!!　聖域から脱出するのだぁああッ!!」

リザードマンは急ぎ前進する。総大将たる彼に続いて、魔物たちも駆け出した。

だが、森のウェンディゴはそれを許さない。

濃い緑の霧で方向がわからなくなり、迷ってしまった魔物を次々と虐殺していく。

「ぎゃあああッ!!　あああああッ!!」

リザードマンの隣を走っていた魔物が木の上から複数のウェンディゴに捕らえられる。

大きさや重さ、種族系統など、一切の関係なく魔物たちを残酷に引き千切り、噛み切り、肉塊を弄《もてあそ》ぶウェンディゴに、魔王軍は恐れをなして逃げ回った。

そして、なんとかあの濃い緑色の霧を脱出したころには、魔王軍の兵はもう半分よりさらに下回る数に減っていた。濃い霧が晴れていくと、そこにはいつもの森が広がっている。

先ほどの喧騒が嘘のように静かで、血も肉も、そしてあの断末魔の光景の跡すら残っていない。

「あ、あぁ……。こ、これは……悪夢だ」

リザードマンはその場にへたり込む。部下である魔物たちも彼に続いてへたり込んでいった。

「や、やはり……遠回りをしてでも……時間がかかってでも別ルートで進軍すれば良かったんだ。もしそうだったらこんなことには……」

しばらくその場にいると、聖域には入らず別ルートで迂回したセベクとゴブロクがやって来て合流した。

「なぁんだ随分減ったな。……いや、これだけの被害で済んだと思えばまだ大丈夫か」

「大丈夫じゃないだろッ！　こ、これは……一体……」

ゴブロクが絶句する。

ほかの魔物はセベクたちを力なく睨みつけたが、いつものように彼を見下したり罵倒したりすることはなかった。

最早そんな体力も精神力もない。

「ウェンディゴは聖域からは出られない……が、注意したほうがいいな。ここを離れねぇかい、指揮官さん」

「あ、あぁ……わかってる。命令、するな……」

リザードマンが力なく答えると、隊列を組み直し、進軍を再開する。

セベク以外の顔は皆、恐怖と虚無に覆われて、さながら死者の行進であった。

（十四）虚ろにして揺れ動く心、そして昼間の静かな月の下の牢で。

ベンジャミン村にある衛兵の詰所。

赤髪の女性キリムが勤務するこの場所の奥にある牢屋。

その中にひとりの少女が、簡素なベッドで端座していた。

その名はヒュドラ。勇者一行のメンバーであり、勇者に半ば追い出される形でこの村にいたセトを追ってきたのだ。

食事を与えられている分少しは血色は良くなったが、彼女から漂う雰囲気はどこまでも虚ろで、人生の疲労感による重い空気がその肩に伸し掛かっていた。

「おい、面会だそうだ」

「面会？」

「スカーレット村長だ。お前と話したいらしい」

「今さらなにを話す？　見ろ、私は罪人だ。かつては勇者一行として国と父、ひいては人類の期待を背負ったメンバーのひとりだったんだぞ。……それが今やこのザマだ」

「そんなザマのお前と、一度話がしたいとのことだ。時間になったらまた声掛けるからな」

そう言って去っていくキリムを力なく見送るヒュドラ。

拳法着ではなく囚人用の衣服を着こみ、まとめていた長い黒髪は乱雑に下ろされている。

かつての勇ましい女武闘家としての凛々しい姿はどこにもなかった。

この世の終焉《しゅうえん》を目の当たりにした無力な少女そのものでもあるかのようだ。

「……変わり者の村、か」

そう呟きながら項垂れる。

セトを捜すためとはいえ、ここに流れ着いたのは運命なのかもしれない。

(そうだな……私も変人か。フフフ、今まで真っ当な道を歩《あゆ》んできたつもりだった。父の教えを守り、善を尊び悪を憎んだ。でもそれは……どこで間違っていたんだろう？)

虚ろな瞳を床に向けながら、ヒュドラはしばらくそうしていた。

大分経ってからキリムが再び現れ、彼女に手枷《てかせ》を付ける。

「フフフ、入念だな。今の私に抵抗の意思なんてあると思うか？」

「武闘家だからな、油断ならん。言っておくが抵抗しようとしても……」

「わかっている。もうタックルはごめんだ」

自嘲的な笑いを浮かべ、詰所に設けられた面会の場へと赴く。

そこにはスカーレット村長とリョドー・アナコンデルがいた。

「具合はどうかしら？」

「……見ての通り最悪だ」

ヒュドラは俯きながら答える。

「アナタのことは知っています。確か今魔王討伐のために旅に出ていらっしゃる勇者御一行様のひとりでしたわね」

「正確には、〝元〟だ。もう私は戻れない。国にもパーティーにも……。どの面《つら》下げて戻れって言うんだ」

「一体なにがあったんです？　アナタの様子はサティスさんやセト君から聞きました。とてもじゃないけど……」

「わかってる。……幽鬼のようだったと？　そうさ、かつて私は勇者の意見に賛同し、セトを追い出すことを容認した。そのあとどうしたと思う？　セトが抜けた分の穴を埋めることができず、パーティーの秩序は乱れ、互いに憎み合うようになった」

ヒュドラは勇者がセトを追放したあとのことを詳《つまび》らかに話した。

最初は自嘲気味に話していたが、次第に涙が溢れ出て、まるで懺悔のようにこれまでに溜まった心の邪気を吐露していく。

「今の私にはもうわからない。セトを追い出したことははたして正しかったのか。確かにアイツの戦い方や考え方は残忍だ。死ぬまで攻撃を止《や》めない……私はそんな奴を軽蔑した。殺すことのみを追求した戦いを〝野蛮〟だとも思った。そんな私は、少年兵という奴の立場に疑問すら抱かず、ただ目先の善悪だけに囚《とら》われ、いつしか父が教えてくれた仁義を歪めて捉えていた。過酷な環境で必死に生きてきたセトを、悪魔のように残忍な子供としてしか見なかったんだ。セトを見下すことで、自分は正しい側だとずっと思い込んでいた」

そしてこの村でセトと再会し、彼自身の変化に触れる。

だが、彼の態度は、追い詰められていたヒュドラには受け入れ難いものだった。

殺戮を軽蔑していたはずが、自らの保身のために殺戮を欲し、いざその少年と再会したら申し出を断られた。

——もう兵士ではない。

——自分の人生を歩みたい。

その言葉はこれまでのヒュドラの辛苦を否定されたかのようで、疲弊した精神を激昂させるにはきわめて効果的だった。

挙句の果てにセトの傍で暮らしていたとされるサティスに負け、この村の牢屋にて囚われることとなる。

そしてセトたちはこの村を出て行った。

「そもそもだ……。セトは戦いを、敵を、悪を憎んでいたのか？　いいや、セトは誰・ひ・と・り・と・し・て・憎・ん・で・い・な・か・っ・た。じゃなきゃ私に報復をしないのはおかしい。気付くべきだった……セトは敵味方の憎悪と、戦場の中で兵士として弄ばれながらも、誰も恨まなかったんだ」

「……それは恐らく、あの小僧の生まれ持った性質もあるからだろうな。兵士は敵を憎み殺すことを国から強要される。それは少年兵でも同じだ。きっと小僧も最初は敵を憎んでいただろうが、途中で『それは無意味なことだ』と悟ったんだろう」

ヒュドラの話を黙って聞いていたリョドーが付け加える。

「だがそれがわかったところで兵士である以上、戦場は避けられない。少年兵ならなおさらだ。小僧は戦い続けた。大人たちが作り上げた不条理とわかっていながらも、国や大人たちのために戦い続けたんだ。……そして、勇者一行《おまえたち》のためにも」

「――ッ⁉」

ヒュドラはあることをふと思い出す。それは戦闘が終わったときのことだ。

セトは敵を蹂躙した。魔物であろうが人間であろうが、容赦なく。

だがそこに殺戮の快楽や死への悼みは存在しなかった。

その瞳に映るのは果てしない空虚。

事務的に、作業的に、戦争的に敵を滅した『殺し』の顔だった。

無機物のように冷たい無表情、それは年頃の子供がしていい顔ではない。

セトの戦場への思いはほかのメンバーの思いとは乖離《かいり》したものだったのだ。

殺すことになにも感じないというのではなく、『もう感じても無駄だ』というのがセトの結論だったのだと。

そう思うと乾いた笑みが零れてくる。

「――なぜ、誰も優しくしてやれなかったんだろう。どうして私はあのとき、手を差し伸べなかったんだろう。皆に嫌われてひとり陰で食事をしているとき、どうして私は歩み寄らなかったんだろう。〝一緒に食べよう〟って言わなかったんだろう……それが、父が私に語ってくれた仁義じゃないのか？　私は……なぜ仁義の意味を履き違えてしまったんだろう」

「仁義……慈《いつく》しみの心、人情というやつね？　……素敵な考えをお持ちじゃない。アナタのお父様は」

「だが私はこの旅の中で……そんな父の教えすらも踏みにじった。ハハハ、なんだったんだろう、私の人生って」

ヒュドラは涙を流しながら自嘲的な笑みをこぼす。

武闘家という屈強な人生を歩む者とは到底思えないほどに、その姿は、か弱かった。

「サティスさん……アナタたちと敵対していたころは知らないけど、素敵な女性だったわ。セト君のことを心から愛している。きっと彼が変わったのも、彼女のお陰というのもあるんじゃない？」

「サティスの？　……そういえば、もう魔王軍の配下ではないって言ってたな。どういう経緯かは知らんが……そうか。セトはもう自分が愛されることを知ったんだな。なのに、私はそんなアイツを……道具のように扱おうとしてたんだな……。なにもかもが根本的に間違っていたんだ、私は」

涙で濡れながらもヒュドラの顔はどこか満足気だった。

そして、このとき初めて心からセトの自由を祝う。

追放されてから途方に暮れていただろうときにサティスと出会い、自らの人生にようやく花を咲かせた。

今彼が感じている幸福を、踏みにじっていい権利が誰にあるだろうか。

ヒュドラの心から邪気が抜けた。同時に身体に伸し掛かっていた絶望もまた消える。

「あら、随分と明るい表情になったわね」

「……村長、この度《たび》は私の稚拙な思想からなる浅はかな行動により、この村に多大な迷惑をお掛けしました。どうぞ、処罰を」

ヒュドラは改まり、彼女らに首を垂れる。自らの罪と向き合う覚悟はできていた。

たとえ首を刎《は》ねられようとも、彼女はそれでもかまわないと。

「処罰、ねぇ。……どうしましょうか、リョドーさん」

「俺に聞くのかよ。そうだな。……キリム、とりあえず手枷を外してやれ」

ヒュドラは驚いたように顔を上げる。キリムによって手枷が外され、腕が一気に軽くなった。

「……なぜ？」

「特に意味はない。俺はお前みたいな若い女が、手枷だのなんだのを付けられているのを見てるとムシャクシャする性質でな」

「でも、私は凶悪犯です。悪い人間なんですよ？」

「理由があったんだろう？　悲しい理由だ。お前もまた時代に弄ばれた。俺たちのように……」

「え？」

「ヒュドラさん。今からアナタは自由よ。……とは言っても、村を出る前にまずは養生してからね。

村の魔術師に回復してもらったとはいえ、身体は休めないとだわ。しばらくこの村にいなさい」

「な、なぜ……ッ⁉　なぜこんな私にそんな待遇をッ⁉　おかしいじゃないですか。私は……卑劣な、人間なのに……」

椅子から立ち上がり悲痛な声を上げる。そんなヒュドラにスカーレットは微笑みを返した。

「さぁ、なんでかしらねぇ？　……ここが〝変わり者の村〟で、私はその村の長だから、かな」

この言葉を残し、スカーレットとリョドーは詰所から去っていった。

ヒュドラはこの村の温情を深く受け止め、残ることにした。

「なぁ、本当にいいのか？　もう一度牢屋に入るって……」

「いいんだ。あと一日だけ入らせてくれ。……今は、牢屋にいたい」

キリムに頼み、牢屋の中で再びベッドに腰掛けるヒュドラ。

壁に備えられた小さな鉄格子の向こう側には空が見えた。

昼の月が出ており、白い表面を薄っすらと見せながら、静かにヒュドラを見守っている。

（………）

ヒュドラの顔は憑き物が落ちたかのように穏やかだった。ヒュドラは心に決めた。

これから己はどうすべきか、セトたちが見出したように、もう少しこの村で考えてみようと。

（十五）魔王軍接近中！　そして俺たちは……。

その日の夕方、執務室で今日の分の報告書を処理し終えたオシリスが、休息として紅茶を飲んでいたときだった。

息せき切って入って来た部下から信じられない報告を受ける。

「なにッ⁉　魔王軍だと！　……えぇい、見張りは今までなにをやっていた！」

「それが、魔王軍はあの森を越えてきたのです。あのウェンディゴの森をッ！」

「馬鹿なッ！　あそこは禁断の聖地だ。たとえ神に等しい力を持つ魔物であろうとも安易に近づいたりしない」

「しかし、魔王軍が確認できた地域と方角を考えますと……」

オシリスは奇襲の線を疑う。

魔王が奇襲作戦として命懸けの作戦を考案したのか。

だが、この街は確かに土地も物資も豊富で、陥落させれば魔物にとってもプラスにはなるが、そのために冒すリスクとしては釣り合いがとれない。

たとえ落とせたとしても、すぐに王都にも知らせがはいり、大きな戦になれば疲れ切った魔王軍の負けは必須。

報告によればウェンディゴの森を越えたことで魔王軍の多くが大怪我を負い、身体を引きずるようにこちらへ向かっているのだとか。

オシリスは魔王の考えが読めず混乱するも、部下の手前、仏頂面《ぶっちょうづら》を浮かべたまま、しばらく考え込む。

「それと、もうひとつ、ある人物の目撃情報が……」

「なんだ、言ってみろ」

「ハッ、実は魔王軍の中に、人間のような姿を発見したのとことです」

「人間……？　魔王軍に人間だと？　……いや待て、確か以前に見た報告書にあったな。〝魔王軍に属する魔剣使いがいる〟と。まさか、そいつがここへ向かっているのか？」

その魔剣使いが現れる戦場は、ほぼ魔王軍が勝利を手にしている。

かの者の剣捌きは、まさに戦場で殺戮を繰り出すために極限まで練り上げられた怜悧《れいり》な太刀《たち》筋であるとのことだ。

（魔剣の能力は不明……、だが、そんな奴がここへ来るとすれば……たとえこの街にいる戦力を総動員しても勝てるかどうか……）

まだ見ぬ強敵の予感。

だがまるでその強敵がすでにこちらの首筋に剣を突き立てているような、そんな冷たい感覚を覚えた。

「魔王軍到着までまだ時間はあるな。王都に早馬を出せ!!　一刻も早く兵を要請するのだ。街の住民の避難誘導も忘れるな！」

「では、街にいる冒険者たちにも動員の声掛けを……ッ！」

「うむ。……そうだ、セトは？　セトたちのいる宿はわかるか⁉」

「ハッ！　すでに把握しております」

「よし、急ぎ彼らをここへ！　彼らにとっても他人事ではないだろうしな」

こうしてオシリスに呼び出されたセトとサティスは、オシリスの執務室にて状況を把握する。

セトは終始目を細めながらオシリスの言葉に耳を傾け、テーブルに広げられた地図を見ていた。

サティスも一瞬驚愕に表情が歪んだが、すぐに気を取り直し、知り得る情報を彼らに提示していく。

「……その魔剣使いですが、恐らく奴のことに間違いありません。——魔王軍最強の魔剣兵士、『怒り狂う鰐《セベク》』の記号《なまえ》を持つ半人半魔」

以前、ベンジャミン村にてセトに伝えようとしていた名だ。

戦争とはもう関わるまいと、記憶の中に封じてきたが、状況が状況なだけにサティスは情報の出し惜しみはしなかった。

「セベクとは直接の面識はありませんが、ものすごく強いことは確かです。……恐らく、私なんかより」

「幹部クラスすら超越する魔剣使い、か。……そんな豪傑が半人半魔という理由で下っ端扱いされているとは」

「そういうところですよ、魔王軍というのは。……魔剣の能力は不明ですが、魔剣の銘《めい》は一度だけ聞いたことがあります。確か、『蛇の毒《アポピス》』と」

「……蛇《アポピス》の毒を持った怒り狂う鰐《セベク》、か」

セトが呟く。

というのも、そのワードに心当たりがあった。

この街に来る前にアハス・パテルより貰った手紙。その中に蛇と鰐が描かれた絵があったからだ。

もしもあの絵が、魔王軍最強の魔剣兵士たる存在セベクのことを示すとしたら。

そう思うと、ますます他人事とは思えなかった。

「厄介《やっかい》だな……いかに魔王軍が満身創痍《そうい》とはいえ、魔物と人間の強度を比べれば……。それに、セベクがいる以上、士気は高いかもしれん」

「奴らはいつ来る?」

「……早くて、明後日の昼過ぎくらいか」

「勝てますか?」

「俺は負けん。だがこれは個人の戦いではない。魔王軍の数は減っているようだが、それでもこの街の兵力では心許《こころもと》ない。……王都からの増援が来るまで持ち堪《こた》えれば。或いは、敵の総大将であるリザードマンを早々に討てば……」

それでも苦戦は必須だろうと、オシリスは答える。

セベクの戦闘能力が未知数である以上、油断はできない。

「……情報提供感謝する。ここへ観光へ来てゆっくりしたかっただろうが、これも運命だ。早々にこの街を出るがいい」

「オシリス……」

「いかに強者と認めたとはいえ、観光客の子供の力を乞うて大喜びするほど、このオシリスは腑抜けてはいない」

そう言って、オシリスはセトたちに重ねて礼を述べたあと、退室を促した。

オシリスのいる施設を出て、騒ぎの中を宿へ戻り、出立《しゅったつ》の準備をする。

（オシリス……あの顔……）

セトにはわかった。

オシリスは、本当は一緒に戦って欲しかったのだと。

だが、セトとサティスを見てその直前で考えが鈍ったのだろう。

セトたちは冒険者ではなく、あくまで観光客。

種族と敵味方の垣根を越えて、互いに平穏に生きたいという思いを持つセトとサティスに、一緒に戦ってくれとオシリスは言えなかったのだと。

彼らを再び戦火に巻き込むことを、オシリスは拒んだのだ。

「……セト？」

「サティス……あぁ、ゴメン。ぼーっとしてた」

窓際から外を眺めていたセトにサティスが声を掛ける。

「オシリスのことですね？」

「え？」

「フフフ、顔に書いてありますよ。まったく、ふたりして隠しごとが下手って言うかなんていうか」

「そ、そうなのか」

顔をこすって見せるセトを見て、サティスは優しく微笑んだあと、少し俯いた様子で語り掛ける。

「……ねぇセト。私たち、本当に逃げるべきなんでしょうか？」

「え？」

「このまま逃げても……また同じことが起こるんじゃないかって。そう思ってしまうんです」

「サティス……。あぁ、俺もそう思う」

平穏の中で一緒に生きたい。それはセトとサティスの変わらぬ願いだ。

だが、それは逃げ続けることで叶えられるものなのかと。

それに、オシリスやベンジャミン村には恩義がある。

もしもこの街が陥落すれば、村のほうにも影響が出る危険性は高いだろう。

サティスも過去の恐怖を完全に乗り切ったわけではない。

だが、きっとセトと一緒ならと、胸の中で希望を湧かせている。

「サティス、教えてくれ。俺はどうすればいい？」

「セト……」

「俺はサティスやオシリスみたいに、考えを巡らすっていうのはできない。だが、大人でも音《ね》を上げるほどの無茶はこれまでずっとやってきた。俺は戦える……国のためじゃない、ましてや大人たちのためでもない。頼む、オシリスは……〝友達〟なんだ。そして、サティスは俺にとって一番大事な人なんだ！　……俺は、皆と自分のために戦いたい」

オシリスは今たいへん苦しい状況にいる。

ともに剣を交え、ともに認め合った仲の存在が、今死地へ向かおうとしている。

セトはここに心苦しいものを感じていた。

サティスは頷き、凛《りん》とした笑みを見せる。

「安心してください。私を誰だと思っているんです？　軍の指揮や策をずっと任されてきた女なんですよ。……私にいい考えがあります」

そう言って彼女はセトに自らが考えた作戦を伝える。

第四章

(一) 戦争勃発。セトは潜み、オシリスは舞う。

そして、魔王軍の襲撃が予測された日。

それは的中し、魔王軍は街から少し離れた場所に陣を敷いていた。

ウレイン・ドナーグの街にいつもの賑わいはなく、兵士たちの張り詰めた緊張と闘気で重々しい空気が広がっている。

王都への増援要請は聞き入れられ、準備ができしだい来るとのことであった。

(敵は満身創痍、だが、かの魔剣兵士がいる以上油断はできん。奴に無双の力を出されでもしたら……増援が来る前に街を落とされる。この街に住む者たちの希望が消えてしまうのだ)

オシリスは街を囲む城壁の上から魔王軍を睨む。彼自身も自ら撃って出る覚悟はしていた。

この勝負はこれまでで最大の難関となるだろう、と。


一方、その街から離れた森の中では、ある人物が動いていた。

『……セト、聞こえますか?』

『あぁ聞こえる』

セトは森の中を注意深く進んでいた。

昨日から森に潜伏し、魔王軍が来るのを待ち構えていたのだ。

魔王軍の到来と共に、陣地の近くへと移動していく。

『魔王軍の背後を突くには、その森をもう少し進んでいただいてから岩が数ある丘のほうまで行かなければなりません。魔王軍はその先に陣を取っていますからね』

サティスは離れた場所にて、魔術によるテレパシーでセトと連絡を取っている。

『そこからは身を隠しながら匍匐前進でバレないように、だろ？　慣れてるよ』

『慣れているからといって油断はしないでくださいね。では幸運を、また連絡します』

サティスからのテレパシーが切れる。

テレパシーを連絡手段にするのはいい手だった。離れていても的確な指示が貰える。

だが、唯一の欠点はサティスから連絡を貰えないと、こちらからは一切話しかけることができないところか。

セトは魔剣適正という特異な能力を持ってはいるが、魔術に至っては才能の欠片《かけら》もない。

よって魔術によるテレパシーはおろか、魔術すら使えないのだ。

（まぁ贅沢は言ってられない。……それに、俺はなにがなんでも生きて帰らなきゃいけないんだ）

セトはサティスが海で作ってくれた貝殻のアクセサリーを思い出す。

サティスからの初めてのプレゼントを貰ったときの感動は忘れていない。

今回の任務で失くしたり壊れたりするのを避けるため、サティスに預かってもらっていた。

必ず生きて帰って、サティスに会いに行く。

そして、もう一度あのアクセサリーを身に着けるのだ。

(もうすぐ森を抜けるな。……敵陣地を確認)

森の草陰と木々の間にしゃがみ、身を隠すと、魔王軍の側面を睨みつける。

ここから見つからないように背後に回り込み、敵の総大将であるリザードマンを討つのだ。

しばらく敵陣の様子を確認すると、魔物たちが前線へ出るために、ワラワラと隊列を組み始める。

そんなとき、サティスからのテレパシーが脳内に入ってきた。

『どうやら、そろそろ始まるみたいですね』

『あぁ、陣地内の魔物は少ない。……というよりも、前線に出る魔物もかなり少ないな。皆傷付いてる』

『あんなボロボロで戦争をしようだなんて……。一体魔王はなにを考えてるんだか。まぁいいです。今が好機ですね。そのまま進んでください。……見つからないように』

『あぁわかってる。……――これより奇襲作戦を開始する』

セトは重心を低く、しゃがみ込むような姿勢のまま、時に草むらや岩陰に隠れながら進む。

陣地の周りを警護する魔物がチラホラといるのが見えた。

それに見つからぬよう、慎重に進みゆく。

本来、奇襲をするなら夜のほうがいいのだろうが、セベクという魔剣兵士の危険性を考慮し、短期決戦で挑むことにした。

（サティスが作ってくれた草に擬態するための布と……望遠鏡を使って……）

陣地が近くなれば完全に匍匐前進。

布を被り、隙間から警備の隙を窺う。そのとき、前方から魔物たちの雄叫びが聞こえてきた。

どうやら魔物たちは街を落とすために、突撃を始めたらしい。

（よし……警備の穴を見つけた）

セトは長年積み上げてきた隠密行動の能力をふんだんに使い、敵陣地へ潜入していった。


戦場では、街を守るために集められた兵士や冒険者たちの軍団と魔物たちがぶつかり合っていた。

男も女も魔物も、敵対者を殺し、そしてその敵対者に殺されていく。

しかし、人間側が有利。

その理由のひとつとして、オシリスの奮闘がある。

身に着けた魔装具による飛行、そして魔剣『王の心臓《アトリビス》』による斬光掃射。

「この俺の魔剣からは逃れられんッ‼」

空中からの攻撃に次々と倒れていく魔物たち。

しかし魔王軍もここで飛行可能な魔物を投入してきた。

オシリスの狙いは正確で、次々と撃ち抜いていくが、魔物もオシリスの周りを高速で飛び交いながら火炎放射などを繰り出し、徐々に追い詰めていく。

「フン、やるな……だが、それでこのオシリスを仕留められると思ったら大間違いだッ‼」

バイザーの奥にある目から緑の輝きが溢れ出るや、空間からなんともう一振りの魔剣を取り出す。

「王の心臓《アトリビス》は二対一体の魔剣ッ！　これが本来の姿なのさッ！」

そう言ってふたつの魔剣を高速かつ華麗に指先でスピンさせる。

そしてしっかりと柄を握るや、飛び交う魔物たちに一斉掃射。

「ぐぎゃあああッ!!?」

次々と肉体を抉られた魔物は、地面へと落下していく。

オシリスの勢いは留まることなく、地上の魔物にも向けられ、次々と撃ち取られていった。

「おぉぉお……あれが、ウレイン・ドナーグの街の魔剣使いの力。なんと恐ろしい……ッ！」

ゴブロクが戦慄する中、人間相手に一切の容赦なく魔剣を振るうセベクは、オシリスの方に目を向けた。

「空中からの攻撃たぁ面白いじゃない」

「呑気《のんき》に言っている場合かッ!?　なんとかできんのか!?」

「ハイハイ、やってくりゃいいんだろ？　……だがその前にアンタまだ迷ってんのか？　ここ戦場だぞ？　死ぬよ？」

「……女子供を斬りつける刃は持ち合わせていない」

「だからって峰打ちか逃がすかをやるなよ。アンタ、魔物だろうがよ。殺せよ、敵だぞ。ガキのチャンバラじゃねぇんだ」

「ゴブリンである前に、俺は武人。たとえ戦場と言えど己が刃に女子供の血が付くなど、恥辱でし

「ワッケわかんねぇ。戦場に出れば男も女も変わんねぇが……よッ！」

そう言ってセベクは背後から斬りつけてきた女性剣士の刃を躱し、一突き。

それを見たゴブロクは一瞬顔をしかめるが、すぐにやってきた人間たちに刃を向けられ、彼は再び剣を構える。

「……未熟モンが」

「俺は、頭がおかしいのだろうな」

「知るかよ。……ん？」

オシリスの相手をしようと思った直後、ふと彼は自軍の陣地を見る。

陣地内の様子が少しおかしいことを瞬時に見抜いた彼は、薄ら笑いを浮かべた。

「ゴブロク、ここは任せたッ！」

「な、なにぃ!?　お、おいッ!!」

ゴブロクの声も虚しく、セベクは嬉々とした笑みを零しながら自陣へと走っていった。

半人半魔のその脚力や凄まじく、すぐに陣地まで辿り着く。

そこで彼は、信じられないものでもあり、彼自身が望んだ大いなる歓喜の対象を目の当たりにした。

「素敵な出会い……見ィ～ッけ！」

そこには陣地内で魔剣を振るい、魔物たちを掃滅していく少年《セト》の姿があった

（二）激突！　破壊と嵐vs.怒り狂う鰐。

「ぎゃあッ！」

敵大将であるリザードマンはあっけなくセトの刃《やいば》に倒れた。

だが、その直後にセトは彼にとって最大の敵と出会う。

魔王軍最強の魔剣兵士、その名もセベク。

気配に気付いたときには、セトはすでに間合い一歩手前までセベクに近づかれていた。

「まさか……アンタが……ッ！」

セトは魔剣を正眼《せいがん》に構え、切っ先の向こう側のセベクを睨む。

対するセベクは構えもせず、魔剣の峰を肩に乗せたまま興味深そうにセトを見ていた。

「ふぅん……俺のこと、知ってるんだ」

見た目は二十代から三十代くらいの人間にも見えるダウナー系の男。

上半身は裸で、鍛え抜かれた肉体は、いくつもの色で描かれたラインで彩られており、そこにある無数の刀傷はセベクが歴戦の猛者《もさ》であるということを証明していた。

頭髪は綺麗になく、見開いた目は焦点が合っておらず、それどころか、一切瞬きをしていない。

口元だけに微妙な笑みを浮かべながら、セベクはセトの足先から頭のてっぺんまで満遍《まんべん》なく観察する。

「君、名前なんて言うの？　ひとりでここへ来たの？　子供なのに偉いねぇ。おじさんも少年兵《こども》の頃を思い出しちゃうよ。今の君みたいに無茶やったねぇ」

「なにぃ？」

「でさ、君、なんて名前？　おじさんに教えて欲しいなぁ。おじさんの名前はね、セベクって言うんだ。もっとも、本当の名前じゃないし、本当の名前なんて初めからないけどな」

セベクという男の奇妙な言動に、セトは目を細め、内心警戒の糸を張り詰めながら、とりあえず名乗った。

「俺はセト。ただの旅人だ。……あの街に恩があるから、こうして戦ってる」

「セト。セト・・・・ちかぁ。なるほどいい名前だねぇ。……本当は誰の命令でここまで来たんだ？」

「俺自身から出た行動だ。誰の命令でもない」

鋭く睨みつけるセトに一歩また一歩と近づいていくセベク。

そのたびに、靴底をこすらせながらセトは後ろへ移動し、間合いをとる。

セベクから放たれる異様な空気に、セトの肌がピリピリと痛むのを感じた。

「そう構えんなよ……おじさんともっとお話ししようよ」

セベクがのらりくらりと近づきながらそう言い放った直後、セトが動く。

流れるように魔剣を脇構えに持ち、刃を水平に寝かせてからの横薙ぎ。

瞬時の高速移動で撃尺の間合いに入った。

切っ先がセベクの腹を抉ろうとした直後、セベクが一瞬にして後ろへ舞いながら横薙ぎを躱し、
大上段からの斬り下ろしを放つ。

「ぬッ！」

一瞬息を飲んだが、セトは顔と身を捩って躱す。

右足を大きく踏み込み、セトは下段から斜《はす》に薙ぐ斬撃を放つと、セベクもまたそれに応じた。

セトの斬撃の軌道を、自らの魔剣を以てこするようにずらし、そのまま水車のように振るって横薙ぎの一閃。

セトはその切っ先が自分の頬を掠《かす》ることを許してしまいながらも、身を宙に投げ出し後方へ着地。

互いがこうして間合いを空けるまでに、凄まじい刃風が何度も起こり、稲妻のように煌めきあう刀身が何度も交差した。

地に足を踏み込むたびに、いくらかの砂埃が舞い、剣を振るった際の圧で、風に乗って来た少数の花びらが斬り裂かれながら飛んでいく。

きわめて峻烈《しゅんれつ》な剣捌きの使い手であるふたりの殺気によって、周囲には静かな間合いが広がっていた。

セトは先手を取ったが、難なく返すセベクの力量は、最早常人の域ではない。

「スゥ……スゥ……スゥゥウウッ」

突如、セベクが刀身に付いたセトの血の臭いを嗅ぎ始める。

「いい匂いだ……セトっちの匂いがするぅ。今まで散々殺してきた奴の濃厚な……」

（こいつ……ッ！）

セベクは静かに呟くと、構えを変える。

力《りき》みのない脇構えで、左右の足を前後に開きながらどっしりと腰を落としていた。

セトの予想を上回る攻撃を仕掛けるセベクの剣に、セトは背中に冷たいものを感じる。

同時にセベクがどういった剣士かを読み取ってみた。

半人半魔ということで、人外の力に相応しいパワーとスピードで圧倒するタイプかと思ったが実際は違う。

真に恐ろしいのはセベクがこれまで積み上げてきただろう剣術の練度・技巧だ。

セベクの太刀筋はセトの知る剣術とはまた違う次元に達していた。

ただひたすら殺戮を追求し続けたその技巧は、人間のあらゆる思念に縛られない自由な殺人剣を可能にしている。

剣の天才に出会おうとも、努力で強者に上り詰めた剣士に出会おうとも、老練な達人に出会おうとも、セベクの剣はそのすべてに応えられるほどの高みにいるのだ。

一体どれだけの敵を殺せばこれほどの腕になるのかと、セトは下段に構え直しながらもふと考えた。

「セトっちの剣は独特だねぇ。俺と同じ戦場でこそ威力を発揮するタイプだ」

「それがどうした？」

「だが、決定的な違いはある。剣を交えるからこそわかることがな。……セトっちさぁ、他人のことは好きになれても、肝心の自分自身のこと好きじゃないでしょ？」

「自分、自身……？」

「自分は卑しい人間だ、自分は汚れた人間だっていう意識がある。他人を尊敬して愛そうとはするけど、自分のことは低く見てる。そういう人間の太刀筋だ。……ダメだよぉ勿体《もったい》ない。自分として生きてる以上自分を好きにならなきゃ」

いきなりな話題にセトは戦意を削がれそうになったが、なんとか持ち直す。

だが、セベクの言葉はセトの心のどこかに引っかかりを生じさせた。

「ただの旅人って言ってたな。戦場には出ないの？　一緒にさ、戦場へ出て目に映る奴、皆殺しにしてみない？　……セトっちは俺と同じで、戦闘狂なんだよ。戦場が大好きになれば、きっとセトっちも自分自身のことが大好きになる。他人を好きになっても自分を好きになれない人生なんざ、長かろうと短かろうと虚しいもんだぜ？」

セベクの淡々とした言葉の裏には、狂喜じみた激しい衝動が見え隠れした。

同類と出会えた喜びなのか、それともさらなる強者と出会えた狂気なのか。

無表情に近い顔を作っているセベクからは一切読み取れない。

「話は終わりか？　……揺さぶりなんぞ、俺には通用しないぞ変態野郎」

「悪いな。おじさんはねぇ……君みたいな強い子に変態って言われるの、――大好きなんだ」

セトは構えを取ったまま鋭く睨みつけセベクと相対する。

セベクも楽し気に口元を歪めさせ、次の一撃に備えた。

これまで以上の強い殺気のぶつかり合い。

先ほどのは小手調べだと言わんばかりに、高い純度の剣気を放つ。

「――行くぞぉ!!」

裂帛《れっぱく》の気合いともども、セトは下段からセベクへ斬り込んでいく。

（三）冷たい刃風はいったんの終焉を迎える。

幾合《いくあい》も斬り結ぶ両者。

神速とも言える動きからなる剣捌きは、互いの間合いの中で刃風を唸らせる。

（おいおい、ガキの太刀筋じゃねぇぞ、これ。戦法を誤れば即首を落とされるな。楽しくなってきたよ）

（こちらの速さも力も、圧倒的な技巧ですべて返される。一分《いちぶ》の隙も見当たらない）

互いの実力と太刀筋の読み合いが続く中、サティスからのテレパシーがセトに入ってくる。

『セト、セトッ！　どうしたんです!?』

『現在魔剣兵士セベクと交戦中ッ！　強いとは聞いてたが、これは規格外だ』

『今すぐ逃げなさい!!　たとえアナタでも、奴に勝てるかどうか……ッ！』

『逃げられるならとっくに逃げてるよッ！　それに……今コイツをこのままにしておくわけにはいかないッ！』

セベクは体勢を低くしながら勢いよく迫り、湾曲した魔剣の刀身を水平に寝かせて刺突《つき》に出る。

それを躱すも、そこからの横薙ぎへの転換に、セトは狩られる側の死の冷たさを感じ取った。

しかし、そこにセトは勇気をもって勝機を見出す。

瞬時に逆手に持ち換えた魔剣の刀身で横薙ぎを防ぐと、そのまま滑らせて、一気にセベクの側面に回り込み、低い姿勢からの乾坤一擲《けんこんいってき》。

一瞬の隙を見出したセトは、逆手袈裟《けさ》斬りを繰り出した。

「ぬぅッ！」

セベクの左脇から血が噴き出す。

しかしまだここで終わらない。セトはさらなる連撃に出る。

そのまま潜り込むように、袈裟斬りの軌道の流れを汲み、逆手での横薙ぎで脇腹を再度一閃。

その勢いのまま回転しつつ持ち手を返し、大上段からなる三の太刀をセベクの背中に叩きこむ。

「わかりやすいんだよぉッ!!」

しかしそれはセベクが遮ってしまった。背中を向けたままで、背面での防御を行ったのだ。

セベクの恐るべき瞬発力、そしてみるみる回復していく肉体に、セトは瞳を鋭くさせる。

「決め技ならそんな雑にやっちゃいけねぇなぁ」

「なるほど、半人半魔は伊達《だて》じゃないいな」

「へへへ、セトっちもどう？」

「冗談ッ！」

魔剣同士のぶつかり合いによる火花が勢いよく散っていく。

互いに滑らかな動きで刀身を滑らせて離すや、またしても斬り合いが始まった。

先ほどの攻撃で、セベクの守りは固くなり、セトは攻め辛さを感じる。

だがけして圧倒的な格差ではない、つけ入る隙はまだあるはずだとセトは踏んだ。

「お互い埒《らち》が明かねぇな……じゃあ、お楽しみの魔剣解放といこうか？」

「あぁいいだろう。アンタの魔剣がどんな力を持っていようと……俺が全部ぶっ壊してやる」

間合いを十分にとった両者に魔剣解放時における特徴的な光が宿る。

セトは燃え滾《たぎ》るほどの真っ赤な光で、セベクは澄み切った水のような蒼白い光。

セトは瞳に猛る炎か荒れ狂う稲妻かの勢いの赤い光を宿し、表情を鬼のようにしてセベクを睨む。

それとは対照的に、セベクの表情はより虚無的な静けさをまとい、見開いていた目には瞼が半分ほど下りていた。

セベクの魔剣解放の力を警戒しつつも、セトは殺気を漂わせながら威圧するように近づいていく。

対するセベクはがら空きの構えを取っていた。

魔剣の切っ先を斜めに落として、足を揃えている。

（不気味な構え方だ……だが、勝負は一瞬で……ッ！）

そう思い、爆発的な速度で斬りかかろうとしたセトは直後に信じられないものを目の当たりにする。

突如後方から流れ矢が、セベクに向かって勢いよく飛翔してきた。

だが、およそ五メートル内に入った瞬間、まるで見えない壁、否、見えない斬撃に阻《はば》まれ、セベクに到達する前に粉々に斬り刻まれたのだ。

無論、セベクは剣を振っていない。佇んだままでセベクは魔剣の持つ力に守られた。

「なにぃッ⁉」

「……チッ、戦う前に種明かしされちまったか」

セベクの舌打ちとともに聞こえてきたのは、人間たちの雄叫びと怒涛の進軍の音。

魔物たちは蜘蛛の子を散らすように逃げ惑い、人間たちに狩られていく。

『セト！　どうやら王都からの増援が辿り着いたようです。勝ちました！』

『勝ったには勝ったが……まだコイツとの決着が』

『くッ、どうにかして逃げられれば……』

テレパシーの向こう側でサティスが口惜《くや》しそうにした。

サティスは、セトの位置はだいたいではあるが掴んでおり、必要とあれば後方からの魔術支援を行える。

だが、近くにセベクがいるのならそれは難しい。

ピンポイントでセベクを狙うことはセトが至近距離にいては困難だ。

『どうにか耐えてください。私も今から向かいます！』

『やってみるッ‼』

だが、セベクの間合いには近づきづらくなった。

あの見えない斬撃に襲われるとなれば、こちらも無事では済まない。

あれがセベクの切り札。

乗り越えなければ勝機はない。

そう思いながらジリジリと近づいていくと、この勝負に水を差すように一匹のゴブリンが現れた。

「セベクッ！　ダメだ、我らの負けだッ！　人間たちの増援が来た。……クソ、なぜ前線を離れた⁉」

そう言った直後、ゴブリンもといゴブロクはセトの姿を目の当たりにする。

瞬時に決闘の空気を感じ取ったゴブロクは黙ってしまった。

セベクは今本気でこの少年を殺そうとしており、この少年もまたセベクを殺そうと挑んでいるのだと。

「……人間の軍勢がここへ来るまで時間がある。楽しもうよ、セトっち」

「………」

セベクの無機質で冷たい声には、溢れんばかりの殺意があった。

ただああして立っているのに、セトはセベクの間合いに踏み込めない。

(サティスが来ればもしかしたら形勢は逆転できるかもしれない。だが、それはサティスを危険に晒すことになるッ！　なら、答えはひとつ。見えない斬撃よりも早く、そして奴の太刀筋よりも早く動いて斬ればいい)

魔剣を持つ手に力が入った。そして一気に斬りかかろうと、一歩踏み出そうとする。

セベクもまたセトを迎え撃とうと不気味に口元を歪ませた。

そうこうしている内に人間たちの雄叫びが近くなり、地鳴りもさらに激しくなっていった。

セトが覚悟を決めセベクに斬りかかろうとした直後、強烈な魔力攻撃と斬光がセベクに飛んでくる。

「セベクッ！　俺の魔剣から逃れられると思うなぁッ‼」

「セト、お待たせしました！　これより加勢します！」

空中からはオシリスが、そしてセトの後方からサティスが現れる。

セトにとっては最高の増援だ。

「小賢《こざか》しいな……」

ふたりの攻撃がセベクに及ぶも、魔剣解放によって発動した見えない斬撃たちが、あらゆる方位からの攻撃を斬り刻み、セベクを守っていた。

「チィッ！　全方位型の自動迎撃機能《システム》かッ！」

「そんなッ⁉　上位魔術ですら関係なく斬り刻むなんて……」

持ち主を完全に守り抜く絶対迎撃の力を持つ魔剣『蛇の毒《アポピス》』。

魔剣解放している内は、持ち主に危害を加えるあらゆるものを粉々に斬り刻んでしまう。

それを前にセト、オシリス、サティスの三人がセベクを睨む。

この三人でセベクを討たねばならない。そう思ったときだった。

セベクは構えを解き、この場所から走り去ろうとする。

「あ、オイ待て、セベクッ！」

「……楽しみは取っておくよセトっち。またおじさんと遊ぼうやッ！」

そのまますさまじい跳躍を以て去っていく。

ゴブロクはサティスを見て、申し訳なさそうに一礼し、彼のあとを追った。

「……なんとか退けられたか」

そんなことをふと思っていると、オシリスがセトに歩み寄り、ゴツンと軽く拳骨で頭を殴る。

「いって！　なんだよ痛いなぁ！」

「まったく、敵陣がなにかおかしいと思ったら……お前はなにを考えているッ！　たったひとりで奇襲をかけるなんぞ無謀だぞ！」

オシリスが叱ると、サティスはセトを守るように抱きしめながら割って入る。

「ちょっと待ってください！　作戦の立案者は私です。セトは恩のある人たちに少しでも報《むく》いたいと必死で！」

「だからってこんな危険を冒す奴があるか！　……ハァ、まぁ、なんだ。結果的にだが、セベクを引きつけてくれたのは感謝する。お陰で前線を崩すことができた」

オシリスが恥ずかし気に礼を言う。

セトはサティスに抱きしめられながらも、オシリスに笑いかけた。

「いったん街まで戻って施設に来い。そこで改めて礼を言おう」

「いや、礼なんて……」

「拒否は認めんッ！　お前たちは俺に祝われる義務があるのだッ！　……今の内にこの場を離れろ。目立つのは嫌だろう？」

こうして戦争は終わり、人間側の勝利で幕を閉じた。闘い抜いた戦士たちの歓声が大地に響き渡る。

そんな中、オシリスは彼らのもとへ赴き、英雄のような扱いを受けていた。

無論、この戦場でセトとサティスが活躍したという事実は、歴史には残らない。

だが、それで良かった。セトは英雄になろうとは思っていない。

ただ友人のピンチに駆けつけた。大切な人たちを守りたかった。それだけなのだから。

(四) 戦いが終わり、ほんの一息。

ウレイン・ドナーグの街へ戻ったセトとサティスは、オシリスがいる施設へと向かう。

オシリスの部下のひとりに案内され、施設の裏口からセトとサティスは入ることとなった。

宿のように特別に整えられた部屋に通され、オシリスが来るまで待つこととなる。

部屋は非常に豪華な造りで、上等なテーブルには果物や茶菓子、紅茶などが運ばれてきた。

好きにくつろいでもよいとのことで、ふたりはひとときの安息を得る。

「へぇ、この施設にこんな部屋があったなんて。いつ大事な客人が来ても宿泊できるように、掃除などは手抜かりないようにしてたみたいですね」

「なんか……落ち着かないな」

「フフフ、今の私たちには似つかわしくない部屋ですもんね。……オシリスはまだ帰ってこられないみたいですし、しばらくのんびりとしましょう。回復魔術で傷などは治しましたけど、アナタには心の休息が必要です」

「わかった。そうするよ」

セベクとの一戦を終えて、セトたちはようやく一息つける状況となった。

サティスは紅茶を淹れ、セトはソファーに座りくつろぐ。

セトが無事でいてよかったというように、鼻歌交じりに紅茶と茶菓子をふたり分用意するサティス。

一方、セトはあの戦いのことを考えていた。

（……もしあのまま俺が突っ込んでいったら、恐らくバラバラに斬り刻まれていただろうな。見えない斬撃による自動迎撃機能、か。あんな魔剣の力は見たことがない。それだけじゃない。アイツの剣の腕は恐らくもっと上……もしも次戦うことがあったら……今のままじゃ勝てない。となると……）

セトはふと、アハス・パテルの手紙のことを思い出す。

〝満月を越えた日の後、我が地と汝に死をもたらす者現れり。汝いかにしてこれを祓うか。もし力欲するとき来たらば、我が試練を受けよ。〟

セベクと戦い、なんとか退かせたものの所詮《しょせん》は一時しのぎだ。

（試練、か。受けるとしたらどこで受けるんだ？　どんな試練で俺を試すっていうんだろう）

考えていると、ふと耳に陶器が立てる小気味よい音が聞こえてきた。

そのタイミングにセトは意識を現実へと戻す。

サティスがテーブルに茶菓子と紅茶を持ってきて、セトの隣に座った。

紅茶の香りがまだ少しだけ張り詰めていた心を和らげ、美味しそうな見た目をした茶菓子がセトの食欲をくすぐる。

「クリームサンドクッキーですね。形や質から見て恐らく上流階級の方が食べるような……。オシリスって気前がいいというかなんというか」

「そ、そんな上等な菓子が食えるのか……。どうしよう、これを食べるときのテーブルマナーみたいなのあるのか？」

「アハハ！　もう、そんなの気にしなくていいに決まってますよ。オシリスだって美味しく食べてほしいから出したんでしょうし。……それとも、私とお勉強します？」

「あ、いや、いい。わかった。普通に食えばいいんだな。よし……」

こうしてふたりは紅茶と茶菓子を堪能していく。

セトの食べる姿を見て、サティスは終始嬉しそうにしており、彼の口元を拭いたり、紅茶のおかわりなどを用意したりして安息の時間をともにした。

セトもまた彼女との、このひとときを楽しんでいる。

しかし内心、セベクについてや、アハス・パテルの試練について話すのは、避けては通れないだろうというのはわかっていた。

だが今はサティスとの平和な時間を楽しみたいと、その話はまた近い内にしようと心の中で決める。

そしてサティスもまた、セトの様子を見て、なにか話したそうにしているという気配をずっと感じ取っていた。

サティスは無理に話を聞き出すことはせず、セトが言いたくなればそれを聞くというスタンスを取っている。

内容は恐らくセベク関連だろうと、察しはついていた。

心配ではあるが、それでもセトを信じると心に決めているのだ。

セトもサティスを信じ、彼女を守る。

ふたりの間にいつの間にかできていたこの固い絆《きずな》が、お互いの信頼感を生んでいた。

そしてその信頼感の中で過ごす穏やかな時間は、まさに至福のときだ。

そんなとき、扉をノックする音が聞こえ、ふたりの視線が向く。

「入るぞ」

「あぁオシリス。どうぞ」

オシリスは入ってくると、早速くつろいでいるふたりに微笑みかけた。

「どうだこの部屋は？　一番の功労者たちに相応しい空間だろう」

「あぁ、すごく快適だ。そして、紅茶も茶菓子も美味い。大満足だ」

「いい答えだ。……今回のお前たちの働きは実に見事だった。まさか森の中を迂回《うかい》して、敵本陣の背後を突くといった手法を取るとは……。誰の作戦だ？」

「サティスだ。俺があそこへ行けるようにバックアップもしてくれた」

オシリスは満足そうに頷く。

元魔王軍幹部としての戦術と、元少年兵としての戦場行動能力を見て、セトとサティスは最高のコンビであるとオシリスは改めて認識した。

「リスクも高いが、それでも恐れずに我々の援護をしてくれた。……そこでだ。お前たちにはさらなる褒美を与えたいと思う」

「いや、褒美なんていいよ。この街とベンジャミン村に危害がなかったのならそれでいい」

「それでは俺の気が収まらん。今回の戦いで、俺は軍や民たちから英雄視されている。だが、お前たちはそれに匹敵する働きをしたんだ。誰に命令されたわけでもなく、だ。敵大将を討ち取っただけでなく、あのセベクを最前線から外してくれたお陰で、勝てたようなモノだからな」

オシリスはけして譲らない。正義は感謝を忘れない、とのことだ。

「いいじゃないですかセト。貰えるものは貰っておきましょう。でないと、オシリスは納得しませんよ?」

「う～ん、そうか。……わかった」

「フフフ、そうこなくてはな」

オシリスが合図すると、褒美を持った部下が入って来て、テーブルにゆっくりと下ろす。

それは袋に入れられた大量の金だった。

「こ、こんなにも⁉」

「なんだ、足りないか？　ならもう一袋追加を……」

「いやいやいや！　いいよ！　こ、これで十分だ！」

セトは見たこともない額のソレを見て、思わず腰を抜かしてしまう。

少年兵時代に貰った一回の給金と比べてみても、その何百倍とある金額だ。

「え～、貰っとかないんですかァ～？」

「いや、金はあるだけいいだろうけど……こんなに貰ってもなにに使っていいのかわかんないよ」

「ハッハッハッ！　そうだろうな！　大人の兵卒でもこれだけの額など夢のまた夢だ。……さて、礼金を渡したところで、俺はお前たちに話したいことがある」

そう言ってオシリスが向かいのソファーに座り、一息ついてからこう切り出した。

「なぁお前たち。……ここで働いてみる気はないか？　お前たちの能力を俺は高く評価している。どうだ？　俺の部隊に入り、ともに戦わないか？」

それはオシリス直々の勧誘だった。彼は真剣な眼差しでふたりを見る。

諾否どちらの答えが返ってきても、真摯《しんし》に受け止めるつもりだ。

セトたちにとっても非常に魅力的な提案だった。

個人の力が今度こそ正確に使われる場所だと思えるからだ。

だが、セトたちは微笑みながらまっすぐ答える。

「非常にいい話だけど、俺たちは……」

「ええ、申し訳ありません。私たちは別の場所へと向かいます。きっともしかしたらまた戦うことになるでしょうけど……国や組織に属して戦うのではなく、自分たちのために戦おうと思っています」

「そうか……自分たちのために、か。……惜しいな。大勢の人間に役立てられそうな力を、互いが守り合うために使う……か。……わかった。もしかしたら今のお前たちには、それが一番いいのかもしれん。いや、つまらんことを聞いたな。ゆっくりしていってくれ。俺は執務室にいるから、なにかあれば言うように」

そう言って笑みながら、オシリスは去っていった。

彼が部屋を出てから、セトとサティスは街を出る日を決める。

明日の早朝、このウレイン・ドナーグの街をあとにする、と。

「明日街を出るって伝えてくる。サティスは待っててくれ」

「わかりました」

セトはいったん客室から出て、執務室へ歩き出す。そこには彼自身の思惑があった。

(予定は伝えるとして、もうひとつ、俺にはオシリスに聞きたいことがある。……オシリスもわかるかどうかはわからないけど、聞いてみる価値はあるな)

(五) オシリスとの会話と、ゲンダーからの手紙。

執務室の扉をノックする音がした。

「誰だ？」

「俺だ。セトだよ」

「セトか。入るがいい」

扉を開くとオシリスは書類を片手に本棚の傍に立っていた。

セトが中へ入るなり、本を閉じてソファーを勧める。

「お前ひとりで来るとは珍しい。なんだ？　やはり考え直してくれたか？　お前たちならば……」

「待ってくれ。俺はそのことを話しに来たんじゃあない。ちょっとした相談なんだ」

「相談……？」

セトは早速要件を話した。

サティスには言えなかった、死のウェンディゴ『アハス・パテル』からの手紙のことだ。

かの存在と最初にどこで出会ったか、どのタイミングで手紙を貰ったかなどを具《つぶさ》に話す。

セトの話を静かに聞いていたオシリスは、その手紙を見せてもらいながら熟考する。

オシリスもまたウェンディゴを知る人間であり、アハス・パテルのことも知っていたが、伝承程度にしか知らなかったため、若干動揺が隠せないようだった。

「なるほど……蛇と鰐の絵はまさしくセベクのことを指し示しているようにも見える。そして、〝もし力欲するとき来たらば、我が試練を受けよ。〟ときたもんだ。しかし、かのウェンディゴから手紙を貰うとは……お前はかなり注目されているらしいな」

「信じれない話だろうが、事実なんだ。俺はきっとセベクと戦う運命にある。……静かにサティスと暮らしていくにはコイツを乗り越えなくちゃならない。だからもし知っていることがあるのなら教えて欲しいんだ。このウェンディゴが示す試練というのを聞いたことは？」

「ん～……ないな。伝承で知っている範囲しか俺は知らない。だが、お前たちがいたベンジャミン村。そこにいる祈祷師ゲンダーという男ならなにか知っている可能性があるかもだ。彼はイェーラー族なのだろう？」

「……そうか。となると、ベンジャミン村に戻るべきなのか」

そう考えていると、オシリスの部下のひとりが執務室へと入ってくる。

どうやら手紙を預かってきたようで、宛先はセトだ。

「……なに？　セト宛の手紙だと？」

「誰からだろう？　……これは」

手紙の主はなんとベンジャミン村の祈祷師ゲンダーからだった。

なぜここにいることがわかったのか、なぜこのタイミングで手紙が来たのか、オシリスは神妙な顔で手紙を見ていたが、セトはすぐに理解した。

祈祷師ゲンダーは不思議な力を持っており、初めての際にも、セトが自分の家へ来ることをあらかじめ予期していたのだ。

それは未来視なのか。

真相は彼のみぞ知ることではあるが、こうして手紙を出してくれたということは、こちらのことを気に掛けてくれていたに違いない。

早速便箋を取り出す。

『破壊と嵐の少年よ。この手紙が届くころには、きっと君は人生における障壁に立ち向かおうとしていることだろう。だが、これまでにない悩みを抱え、いかに自分が考え動くべきかわからず、迷いが生じているのではないか』

(そこまで読んでいたか、あの人は……お見通しだな)

『自らの障壁に打ち勝つために、君はきっと力を求めていることだろう。君がアハス・パテルを見たと知ったときから、これはもしかしたらと運命を感じていた。君ならどんな困難さえも乗り切れるほどの、未知なる可能性を秘めていると私は信じている。これから君たちがどこへ行くべきか、ここに記しておく』

そこはウレイン・ドナーグの街よりさらに北へ進んだ、山脈付近の古代遺跡『ホピ・メサ』と言われる場所だった。

かつての遺跡の構造を利用してひとつの街ができており、まるで古代と現代の時間が交差し混じり合ってるかのような、不思議な街であるそうな。

そこへ行けばおのずと導きはあるだろう、とのことだった。

「ホピ・メサか……ベンジャミン村からここまでの距離よりは長くはないが」

「大丈夫だ。十分に食料や水を調達してから、明日の早朝にここを出るよ」

「そうか。早いな。……では送別会のひとつでもだな」

「いや、申し訳ないけど……サティスとふたりでいたいんだ。皆でワイワイやるのはまたの機会に」

「フフフ、あの女にゾッコンだなお前は。いいだろう。出るまでにこの街の珍味を味わっていけ」

そして、セトはオシリスの執務室を出る。

サティスの待つ部屋まで歩く中、セトは彼女にも話すことを決めた。

オシリスに話したように、サティスにも話す。

本来は真っ先にサティスに話さねばならなかったのだろうが、つい後回しになってしまい、完全に出遅れた。

（俺にはサティスの力が必要だ。だからこそ、俺はサティスにも話しておかなきゃいけない。……俺たちがゆっくり暮らすためにも、セベクを乗り越えなきゃいけないんだ）

セトは決意に表情を引き締めて、廊下を進んでいく。

（六）新たな旅へ出る俺たちに月は輝く。

部屋に戻ったあと、セトはサティスにも同じ内容を話す。

彼女が座っているその隣に座り、ひとつずつ話していった。

「どうしてそういうことをもっと早くに……って言いたいところですが、言い出しにくい空気を作ってたのは私ですし……」

「ごめん。俺も勇気を出せなかった」

「いいんですよ。むしろそんなことを自分ひとりで抱えて辛かったでしょうに……。それに、手紙の内容が確かなら、どうせいつかはセベクと戦うことになっていたでしょう。セト、これからは私もキチッと協力しますからね」

「ありがとうサティス」

互いに優しく笑みながら頷き合う。今後の方針は決まった。

明日の早朝に古代遺跡『ホピ・メサ』へと向かう。

街にもなっているということで、きっと賑わっていることだろうと思いをはせながら明日の準備をすることに。

では早速と、食料や水などを調達に向かおうとサティスが部屋の扉を開けようとしたその直後だった。

セトが背後からサティスに問いかける。

「なぁサティス。ちょっと聞いてもいいか？」

「ん、なにか問題がありましたか？」

「そうじゃない。……サティスはさ、自分自身のことをどう思ってる？　自分自身が好きか？」

「どうしたんです、突然？」

ドアノブから手を放し、セトと向き合うサティス。

腕を組み、肩幅程度に足を開いて、少し俯いている彼を見下ろしながら小首を傾げた。

「実はな……セベクとの戦闘のときには気にしないようにしてたことなんだが……」

セトはセベクに言われたことを話す。

それは戦闘時からずっと心に残っていた発言だった。

『……セトっちさぁ、他人のことは好きになれても、肝心の自分自身のこと好きじゃないでしょ？』

『自分は卑しい人間だ、自分は汚れた人間だっていう意識がある。他人を尊敬して愛そうとはするけど、自分のことは低く見てる。そういう人間の太刀筋だ。……ダメだよぉ勿体ない。自分として生きてる以上自分を好きにならなきゃ』

『……セトっちは俺と同じで、戦闘狂なんだよ。戦場が大好きになれば、きっとセトっちも自分自身のことが大好きになる。他人を好きになっても自分を好きになれない人生なんざ、長かろうと短かろうと虚しいもんだぜ？』

あのときは戦闘に支障をきたさないよう、自らの戦意で跳ね除《の》けたが、こうして平時になると、セトは心の中でずっと反芻《はんすう》していたのだ。

セトは困ったように頭を掻きながら、思いを吐露していく。

「人を好きになるのは、今ならなんとなくわかる。でも……自分を好きになるっていうのがどうしてもわからないんだ。……サティスはどう思ってるんだ？」

セトは顔を上げサティスに問う。悲しみや苦しみの表情ではなかった。

ただ単純に「わからない」という子供らしい困惑染みた顔を、年上でありさまざまな経験の中で生きてきた女性であるサティスに向ける。

そんなサティスは、顎に人差し指を当てながら少し考えた後、微笑みながらセトに視線を合わせるように身を屈めた。

「私も、セトと同じですね」

「俺と、同じ?」

「はい。私も今なら誰かを好きになるということはわかります。でも、アナタと同じように、〝自分自身のことが好きか〟と言われると、やっぱり明確な答えは出ません」

「そうか……」

「では、ちょっと聞きますよ? アナタは自分が〝同じ戦闘狂だ〟って言われて、自分自身そうだと思いますか? 戦場を好きになれば、自分自身のことも大好きになるって、本気でそう思ってたりするんですか?」

それはセベクの発言を取り上げた問いだった。セトは考えるまでもなく答える。

「戦闘狂……とは思わないな俺は。戦場を好きになったことはないし、好きにはなれない。……サティスと一緒にいろんなところやいろんな人たちに出会うほうがずっといい」

その答えを聞いて、サティスはいっそう嬉しそうに微笑み、セトの頬や頭を撫でた。

「なら、そういう自分自身を大切にすればいいかと思います。私もそういうセトが大好きです」

「う、……お、おぉ!」

セトは顔を赤らめ、満ざらではない表情をしながら視線を逸らす。

サティスはそんな彼を優しく眺めたあと、体勢を直して部屋の外へ行こうとドアノブに手を伸ばした。

その際に、彼女はセトにこう答える。

「私も、アナタと同じように自分自身を大切にしたいと思います。きっとそうすることが、もっとアナタを好きになれることなのかもしれないって……」

「う、うん。……一緒に乗り越えようッ！　俺とサティスならきっとどんなことも、乗り越えられるような気がするから」

「そうですね。私もそう思います。……さぁ、街へ行きましょう！　買い物をして、パァーッと美味しいもの食べるんです。明日も早いんですから、しっかりと英気を養いましょう」

「よし、わかった」

セトとサティスは満足そうに笑い合いながら、部屋を出て施設の出入り口まで向かう。

その途中でオシリスの部下の人たちと出会ったが、皆親切にしてくれた。

セトとサティスの活躍を聞いて、彼らはふたりに信頼の念を寄せてくれている。

あの戦いはけして無駄ではなかったと、嬉しさが込み上げてきた。

部下の人たちひとりひとりに礼を述べつつ、ふたりは施設の外へと出る。

ウレイン・ドナーグの街は、来たばかりのころと同様の賑わいを見せていた。

「行こう」

「はい」

また同じように手を繋ぎ、街の中を歩くセトとサティス。

必要な物を買いそろえ、ときどきは観光名所へ足を運びながら、夕食の時間までふたりの楽しい時間を過ごした。

夕食は少し高めの料理店へ赴く。オシリスからの礼金を使って、戦勝祝いを行った。

「こ、こんな高い店、大丈夫なのか？」

「大丈夫ですよ。今回の件でお金はたんまりありますからね。これくらいならまだ余裕がありますよ。……さぁ食べましょう。セトの大好きなお肉料理ですよ」

「あ、あぁ！　いただきます！」

肉に喰らいつき、あまりの美味さに目を輝かせるセトをテーブルの向かい側から見ながら、サティスは野菜と果物、魚をメインに食べていく。

とくに魚のムニエルは絶妙で、サティスも思わず顔をほころばせた。

「むぐ……ッ、ふが……ッ！」

あの戦いでかなりエネルギーを消費したのか、セトの摂取量はすさまじい。

次々と料理を平らげていく様は、見ていて気持ちのいいものだった。

「ふふふ、今日は頑張りましたもんね」

サティスはそう呟きながら、座席から窓の外を見る。

すでに空は暗くなっており、街中では数多くの店や露店の明かりに包まれて、人々が幸せそうにしていた。

酒を飲みながら勝利を祝う冒険者たちに、陽気に音楽を奏で、それに合わせて踊る街の若者たち。

この美しい街の夜の光景にすべてが溶け込んでおり、安息の空気に、より深みが増している。

セトと初めて訪れた街であるクレイ・シャットの街と同様の、心の安らぎが得られた。

「んぐ……そういやサティスは肉より果物が好きだったな。それ美味い？」

「ええ、美味しいですよ。セトもどうです？」

「あぁ、食うよ」

肉を食べたあとの口で、果実を頬張っていくセト。

甘酸っぱさとまろやかな舌触りが、セトの口の中を爽快にしていった。

果汁と果肉が広がり、肉の味ばかり感じていた味覚に一種の酸味を与えていく。

「うーん、美味かった。最初に森で獲った果物よりずっといいな」

「ふぅ、いっぱい食べましたね。……じゃあ、そろそろ帰りましょうか。明日も早いですし」

「うん、わかった。……今日はゆっくり眠れそうだ」

席を立ち、勘定を済ませて店を出るセトとサティス。

まだ賑わいの続く街の中をふたり仲良く並んで歩く。

空には星が出て、月が煌々《こうこう》と街と大地とを照らしていた。

大人であればこのあとゆっくりと酒を飲みながら、雰囲気を愉しむのであろうが、セトは酒が飲めない。

「サティスは酒は飲めるのか？」

「えぇいちおうは。……いつか、アナタともお酒が飲みたいですね」

「いつになるかな……」

遥か未来の自分など想像がつかないと、セトはサティスの隣で静かに笑う。

今はただ安心して休みたいと願いながら、ふたりは帰路へと就《つ》いた。

(七)新たなる旅へ出る俺たちに太陽は輝く。

次の日の朝。

日の出とともに、セトとサティスは部屋を出る。

この施設を出る前にオシリスに挨拶をと思い、すでに出勤しているオシリスのいる執務室へ行く途中だった。

「あれは……オシリス?」

「あらホント。わざわざ出向いてくれたんでしょうか?」

廊下の奥からオシリスが歩いてきたのだ。

朝日に照らされ、彼がまとっている黒い魔装具に白い照りが浮かんでいる。

セトたちを見るや、笑顔で軽く手を振って、ゆっくりと腕を組みながら出迎えた。

「わざわざ見送りに来てくれたのか」

「当たり前だ。俺は今回のお前たちの働きに感謝しているのだから。……しかし、やはり惜しいな。お前たちほどの逸材とともに戦うことができんとは」

溜め息を漏らしながらもオシリスの顔はほころんでいる。

非常に短い期間の滞在ではあったが、オシリスとセトたちには互いに惹かれ合うものがあった。

　これが運命や絆という言葉で言い表せる人間関係なのかもしれないと、セトは密かに思いながら静かに微笑んだ。

　サティスもまた、彼がいたお陰でこの街で楽しく過ごせたと、オシリスに感謝の念を抱く。

「お世話になりました。これからもこの街の治安を守っていってくださいね」

「勿論だ。この街は俺の誇りでもある。……いつでも訪れるがいい。今度はあそこの寿司をともに食べようじゃあないか」

「寿司か……そうだな。また食いに来るよオシリス」

「あぁ、約束だ。……さぁ施設の外まで送ろう」

　そう言ってオシリスは踵を返す。

　魔装具が擦れ合う音と、独特な足音が響く中、セトとサティスは彼の後ろをついていった。

　そして施設を出ると、部下数人がすでに整列し待機しており、オシリスたちが現れるや素早く敬礼をする。

　彼らが見送れるのはここまでとのこと。

「悪いな。見送りまでしてもらって」

「かまわんよ。……ホピ・メサまでは徒歩か？　なんなら馬を……」

「いや、歩いていくよ。俺たちは別に急いでいるわけじゃない」

「そうか。……セト、そしてサティスよ。最初の寿司屋の件に加え此度《このたび》の戦争の件、改めて感謝する。お陰でこの街の治安は守られた」

オシリスはゆっくりと敬礼をする。セトも同じく敬礼をして、元兵士として礼儀を尽くした。

「ピンチになるようなことがあれば、正義《ジャスティス》であるこのオシリスをすぐに呼べ。飛んで行ってやる」

「頼もしいな。そのときがくれば、必ずアンタを頼らせてもらうさ。……——ちゃんと助けてくれよ、ヒーロー？」

「もちろんだともッ！　なぜなら俺は……ジャスティス・オシリスだからだッ‼」

言葉の節々で奇妙なポーズをとっていくオシリス、とその後ろの部下たち。

最後に全員揃って決めポーズを披露し、満面の笑みをふたりに浮かべて見せる。

「おぉッ！」

セトは目を輝かせながら、オシリスの決めポーズに拳を握る。

彼の目にはオシリスは非常にカッコいい存在に映っていることは間違いない。

だが、セトの傍でサティスは愛想笑いを浮かべているだけだった。

（セトって、ああいうの好きなのかなぁ……）

密かにオシリスとその部下、そしてセトのセンスに微妙なものを感じ取るサティスであったが、そのことに関しては言及しないでおいた。

もしかしたらセトの成長には、こういった輝かしく見える存在が必要なのかもしれないと思ったからだ。

「じゃあ、行ってくる。いろいろありがとうオシリス」

「あぁ、またな」

オシリスは手を振り、部下たちは敬礼を以てふたりの旅路を見送った。

セトたちも手を振り返し、街の門へ歩いていく。これは互いが見えなくなるまで続いた。

「行ってしまったか……」

手を下ろしたオシリスは部下とともに施設へと入ってく。

今日からまた仕事に追われる日々が始まるのだ。

いつもの日常に戻った彼らは各々持ち場へと戻り、またいつものように仕事をこなしていく。

オシリスもまた執務室でたくさんの書類を相手に、机にかじりつくこととなった。

そして、セトとサティスもまたこれまでと同じように、長い道のりを歩き始める。


門を出て、街道をしばらく進んだところでふとセトが立ち止まった。

「ウレイン・ドナーグの街、か。なんだかんだ楽しかったなこの街も」

「えぇ、アクシデントには見舞われましたけど、それでも楽しめました。……またふたりっきりで海へ行きます？」

「わッ！　も、もう、からかわないでくれッ！」

海でのことを言われて、慌てふためくセトに意地悪な笑みを浮かべるサティス。

あのときのセトの反応は、サティスにとって面白可笑しいことではあったが、それ以上に、自分のことを魅力的だと思ってくれているということに嬉しさを感じていた。

そして思い出したようにサティスはセトに首飾りを返した。

サティスは少しだけ身を屈めて、セトの首にそのアクセサリーを通す。

太陽光で貝殻の表面が輝き、宝石とはまた違った美しさをセトにもたらしていた。

「すごく似合ってますよセト。やっぱりオシャレはするものですよ」

「ありがとうサティス。大事にするよ。絶対に」

貝殻の一片を軽く指で撫でながらセトは嬉しそうに微笑んだ。

それを見たサティスも嬉しそうにウインクし、彼にそっと手を伸ばす。

セトは微笑んだままなにも言わず、その手を握る。

互いに寄り添っているような距離で、ふたりは手を繋ぎ北へと進んでいった。

目指す場所は古代遺跡『ホピ・メサ』、その街である。

もしかしたらまたトラブルが起こるかもしれないと、そんな予感はあった。

だが、昇りゆく太陽の光に照らされたこの道を進むことにけして迷いはない。

光りとともに感じる温もりは、互いに握り合う手の中でよりいっそう増していく。

「なんだか改めて考えると不思議だな。立場の違ったふたりがさ、こうして同じ方向に進むなんて」

「そうですね。しかも同じように困難を乗り切ろうとしてる。……なんだか私もドキドキしてきましたよ」

「俺もだ」

ふたりは互いに目を見て笑い、温かな道を進んでいく。


（第一巻　了）

Special

キャラクターデザイン公開

『魔剣使いの元少年兵は、元敵幹部のお姉さんと一緒に生きたい』で活躍するメインキャラクターたちのデザインラフ画を特別公開！

Illustration : ox

サティス

年齢不明／元魔王軍幹部。狡猾な面もあるが、現在はセトを大切に思う気持ちが勝っている。頼りになるお姉さん。

セト

12歳／元少年兵。常に冷静だが、初めて目にするものに対しては、少年らしい無邪気な反応を見せることも。

セベク

年齢不明／魔王軍兵士。冷徹で残忍な戦闘狂。勝ち負けそのものよりも、強者と戦うことに喜びを感じる。

ゴブロク

年齢不明／魔王軍兵士。ゴブリン。セベクのお目付け役のようなものを押しつけられている苦労人。

オシリス

25歳／ウレイン・ドナーグ担当守護警備隊隊長。自信家だが、確かな実力に裏打ちされている。魔剣使い。

ヒュドラ

18歳／武闘家。勇者パーティーの一員。大陸武術の達人で、剣による高速連撃を得意とする。

レイド

18歳／勇者。好青年だったが、セトを追放したことをきっかけに歯車が狂い始める。

アンジェリカ

18歳／魔術師。勇者パーティーの一員。貴族の娘でプライドが高く、傲岸不遜なところがある。

あとがき

初めまして、私、支倉文度と申します。

この度は本作をご購入、並びに最後までご精読いただきまして、誠にありがとうございます。

えー、あとがきを書くようにと担当様よりメールをいただき、いざ、なにか気の利いたことを書こうかと思ったのですが、まったくと言っていいほどなにも浮かばないポンコツぶりを発揮しておりました。

物語を書くよりあとがきに苦戦するとは……不覚ッ！

さて、本作といたしましては森の中でのセトとサティスの出会いから、ウレイン・ドナーグの街を旅立つところまでとなります。

お互い追放される身となり、旅をしながら平穏な日々を求めようとするも、過去がそれを許さないように追いかけてくる。

ある意味では、『そんな過去にケリをつける』というテーマもこの物語にはあるのではと大袈裟かもしれませんが作者としてそんなイメージが湧いています。

お互いの得意《センス》を活かし尊重し合うふたりには、是非ともこのまま明るい未来へ進んでもらいたいですね。

ではまた、お会いしましょう！

支倉文度

魔剣使いの元少年兵は、元敵幹部のお姉さんと一緒に生きたい

2019年10月1日 初版発行

【著　　者】支倉文度

【イラスト】ox
【編集】株式会社 桜雲社／新紀元社編集部
【デザイン・DTP】株式会社明昌堂

【発行者】宮田一登志
【発行所】株式会社新紀元社
〒101-0054　東京都千代田区神田錦町1-7　錦町一丁目ビル2F
TEL 03-3219-0921 ／ FAX 03-3219-0922
http://www.shinkigensha.co.jp/
郵便振替　00110-4-27618

【印刷・製本】株式会社リーブルテック

ISBN978-4-7753-1747-1

※本書は、「小説家になろう」（http://syosetu.com/）に掲載されていたものを、改稿のうえ書籍化したものです。